AF290596

plaisir
d'amour

FSC
www.fsc.org
MIX
Papier aus ver-
antwortungsvollen
Quellen
Paper from
responsible sources
FSC® C105338

Katie Ashley

Drop Dead Sexy

Zum Sterben heiß!

Ins Deutsche übertragen
von Julia Weisenberger

Katie Ashley
Drop Dead Sexy – Zum Sterben heiß!

Aus dem Amerikanischen ins Deutsche übertragen von Julia Weisenberger

Prolog

Nennt mich ruhig pervers, aber ich wollte schon immer, dass mich ein Mann mal fesselt. In meiner Fantasie hätte der Kerl natürlich weniger wie ein Statist aus *Beim Sterben ist jeder der Erste* und viel mehr wie Chris Hemsworth ausgesehen. Ich wäre auch mit Seidentüchern gefesselt worden, nicht mit dem kratzenden Seil, das extrem eng um meine Hand- und Fußgelenke gewickelt war. Vor allem würde ich nicht auf einem Boden liegen, der mit Sägemehl und Gott weiß was sonst noch alles bedeckt ist. Stattdessen befände ich mich entweder in meinem eigenen Schlafzimmer oder in einer Fünf-Sterne-Hotelsuite. Und vor allem hätte ich meine Zustimmung gegeben, gefesselt zu werden, und wäre nicht gegen meinen Willen von Bubba oder Cletus oder wie auch immer der Name dieses Bergmanns oder Hinterwäldlers lautete, gefesselt worden. Bevor er mir eine abgesägte Schrotflinte ins Gesicht hielt, hatte er sich nicht großartig vorgestellt, was nur ein weiterer Aspekt war, der so gar nicht in meiner Fantasie vorkam.

Traurigerweise habe ich die Erfahrung gemacht, dass nichts in meinem Leben meinen Fantasien ähnelt; meistens handelt es sich stattdessen um etwas aus meinen Albträumen. Wenn man mein Liebesleben in ein Genre einordnen würde, müsste es Horror sein. Allerdings bin ich mir nicht einmal sicher, ob der Meister verdammt gruseliger Dinge,

Stephen King, es angemessen auf Papier bannen könnte.

Da ich etwas Zeit zur Verfügung hatte, konnte ich darüber nachdenken, wie die Dinge so weit aus dem Ruder gelaufen waren. Vor einem Monat machte alles in meinem Leben Sinn. Für die meisten Menschen war es sicher stinklangweilig, wenn nicht sogar seltsam. Schließlich war ich eine unverheiratete, dreißigjährige Leichenbestatterin und leitete das erfolgreichste Bestattungsunternehmen in Familienbesitz in den North Georgia Mountains. Ich hatte auch das große Privileg, der erste weibliche Coroner meines Bezirks zu sein, ganz zu schweigen vom jüngsten.

Ungeachtet meiner beruflichen Leistungen war mir der scharlachrote Buchstabe „S" im übertragenen Sinne auf die Stirn geschrieben, weil ich single war. Eine alte Jungfer. Diese Tatsache war für meine Mutter ein schlimmeres Schicksal als der Tod. Mindestens einmal am Tag sah sie mich wie ein fremdes Wesen an und schüttelte ihren Kopf mit dem perfekt frisierten braunen Haar. „Ich verstehe nicht, wie ein schönes Mädchen wie du immer noch alleinstehend sein kann."

Ich könnte eine ganze Reihe von Argumenten anführen, wie etwa die Tatsache, dass wir in einer kleinen Stadt im Süden lebten, wo wir mit einer großen Zahl der Bürger verwandt waren. Ich hätte sagen können, dass mit mir alles in Ordnung sei und die Schuld bei dem Pool unverheirateter Männer lag, zu denen ich Zugang hatte. Nun, denen, mit denen ich nicht verwandt war – obwohl das einen Cousin zweiten Grades nicht davon abgehalten hatte, mir einmal einen Antrag zu machen, aber das ist eine andere Geschichte. Ich hätte weiter vorbringen können, dass Männer es nie besonders toll fanden, dass ich mit Toten arbeitete. Ein todsicherer Gesprächskiller ... und das Wortspiel ist beabsichtigt.

Wirklich, es lief alles darauf hinaus, dass ich in Sachen Liebe einfach vollkommenes und totales Pech hatte.

Man sagt, wenn man kurz vor dem Tod steht, rast das eigene Leben vor dem inneren Auge vorbei. In meinem Fall war es mein Liebesleben ... oder der Mangel daran. Anstatt gefesselt und geknebelt in der heruntergekommenen Hütte zu liegen, entführte mich mein Kopf in mein Teenagerzimmer, wo ich mich in den Laken und in den langen Beinen meines Highschool-Freundes Jesse verheddert hatte. Es hatte sechs Monate des Werbens gedauert, bis es zu diesem Moment präkoitaler Glückseligkeit gekommen war. Mit siebzehn war ich mehr als bereit, meine Jungfräulichkeit dem Mann zu schenken, den ich liebte.

Da meine Eltern am Nachmittag nicht da waren, hatten wir das Haus ganz für uns allein. Das heißt, wenn man Mr. Greyman nicht berücksichtigte, der in der Tiefkühltruhe im Keller darauf wartete, einbalsamiert zu werden, sobald mein Vater nach Hause zurückkam.

Jesse riss sich von unseren aneinanderklebenden

Lippen los. „Bereit?", keuchte er.

„Ja", murmelte ich etwas ängstlich. Da ich die historischen Liebesromane meiner Mutter verschlungen hatte, wusste ich, dass das erste Mal wehtun und ich vielleicht sogar bluten würde, wenn Jesse seine „pulsierende Männlichkeit" in mich einführen würde.

Nachdem er die Kondomverpackung begeistert mit den Zähnen aufgerissen hatte, streifte er den fadenscheinig aussehenden Gummi über. Er bedeckte meinen Körper mit seinem, bevor er seine Lippen auf meine legte. Jesse verbrachte noch ein paar Minuten damit, meine Brüste zu küssen und mich zwischen meinen Beinen zu streicheln. Als er mich für die Penetration bereit erachtete, fühlte ich, wie die Spitze seines Penis gegen den Eingang meiner Vagina stieß. Oder, wenn ich den Jargon der historischen Liebesromane benutzte, sein glatter Schaft gegen meinen Venushügel strich.

„Ich werde langsam vorgehen und versuchen, dir nicht wehzutun", sagte Jesse.

„Danke", quietschte ich. Als er anfing, sich in mich zu schieben, kniff ich die Augen zu und atmete tief ein.

„Oh fuck", murmelte Jesse, oder zumindest glaube ich, dass er genau das sagen wollte. Es kam eher ein „Ohfwt" heraus.

Und dann geschah etwas, wovon ich noch nie zuvor gelesen hatte. Anstatt dass ich wegen des Schmerzes meiner verlorenen Jungfräulichkeit aufschrie, aufgespießt von Jesses Schwert, war er es, der vor Schmerz kreischte.

„Fwt, fwt, FWT!", brüllte er.

Als ich meine Augen öffnete, schrie ich auch. Jesses Lippen waren dreimal so groß wie sonst, sodass sie so etwas wie einem Kind der Liebe von Mick Jagger und Steven Tyler ähnelten, zusätzlich aufgespritzt mit Kollagen.

„Oh mein Gott, was ist mit deinen Lippen passiert?"

Jesse schrie wieder wie eine Todesfee. Er riss sich aus mir heraus und stolperte vom Bett zurück. Als er auf seinen Schritt starrte, weiteten sich seine Augen entsetzt. Als ich mich aufrichtete, fing er an, sich an seinem Schwanz zu kratzen.

„Jesse, hör auf! Du wirst dir noch wehtun."

Er ignorierte mich. Sein Brustkorb hob und senkte sich hektisch wegen seiner Bemühungen. „Krieg. Es. Nicht. Ab."

Ich schnappte mir das Laken und riss es von uns weg. Dann sah ich etwas so Entsetzliches, dass es mich jahrelang verfolgen würde. Etwas, an das ich mich noch viel später erinnern würde, nachdem ich in meiner Zeit als Coroner ziemlich abscheuliche Scheiße gesehen hatte. Es waren nicht nur Jesses Lippen, die wie aufgespritzt aussahen. Sein Penis war so angeschwollen, dass er einer Aubergine ähnelte. Das Kondom hatte sich bis zu einem Punkt gedehnt, an dem ich befürchtete, dass es platzen könnte und die Kraft, mit der es davonfliegen würde, Jesse und vielleicht sogar mich verletzen könnte, wenn ich mich in der Flugbahn befände.

Nachdem ich ihn mit großen Augen und offenem Mund angestarrt hatte, platzte ich schließlich mit der Frage heraus: „Hast du eine Latexallergie?"

„Nein … Iff meine, iff glaube nifft." Er warf frustriert eine Hand hoch. „Iff weiff nifft."

„Du brauchst Hilfe. Richtige medizinische Hilfe." Ich tastete auf dem Nachttisch nach dem Handy. Sobald ich es hatte, begannen meine zitternden Finger, hektisch zu wählen.

Bevor ich es an mein Ohr bringen konnte, schlug Jesse es mir aus der Hand. „Was tust du?!" Er schüttelte den Kopf so wild hin und her, dass er wie eine Zeichentrickfigur aussah. „So darf mich niemand sehen!", protestierte er unter Tränen. Obwohl es irgendwie so klang wie: „Fo darf miff niemand fehen."

„Du brauchst einen Arzt. Das geht nicht einfach mit einem Eisbeutel weg", erwiderte ich, während ich erneut das Handy ans Ohr hielt.

„911, Sie haben einen Notfall?", fragte eine monotone Frauenstimme in der Leitung.

„Äh, mein Freund hat eine allergische Reaktion."

„Ist es eine Insekten- oder Lebensmittelallergie?"

„Nein. Latex."

„Ich verstehe. Welche Bereiche des Körpers sind betroffen?"

„Seine Lippen und sein … ähm, sein …"

Jesse schien plötzlich seine Meinung darüber geändert zu haben, Hilfe zu holen, denn er stürzte nach vorn, um in das Handy zu schreien: „Mein verdammter Ffwanz ekpodiert gleiff! Oh Gott, bitte, ffickt jemanden! Ef wird den Weiffen Hai brauffen, um daf Kondom abfubekommen!"

Es gab eine Pause in der Leitung. „Ist das ein Witz?"

„Wie bitte?"

„Hören Sie, wir bekommen mindestens zwei bis drei Streichanrufe pro Tag."

Ich war empört, dass sie uns nicht ernst nahm. „Nein. Es ist kein Witz. Mein Freund und ich standen kurz vorm Sex, und gleich, nachdem er das Kondom überzog, begann er anzuschwellen. Nun, ich meine, er war vorher schon angeschwollen, aber dann geriet die Schwellung völlig außer Kontrolle."

„Ist das Ihr Ernst?"

Wenn ich durch das Telefon hätte greifen können, um die Frau zu erdrosseln, hätte ich es getan. „Ja, es ist mir sehr ernst! Würden Sie mir jetzt bitte jemanden in die 251 Sullivan Street schicken?"

„Okay, wir schicken Hilfe. Aber wenn das ein Streich ist …"

„Was muss ich tun, damit Sie mir glauben? Im Detail beschreiben, dass sein Penis wie eine in Gummi gewickelte lila Aubergine aussieht?"

„Himmel …"

„Ja, Sie sollten es live und in Farbe sehen. Sie würden ausflippen, genau wie ich!" Als ich Jesses jämmerlichen Blick sah, fügte ich hinzu: „Tut mir leid, aber es stimmt."

In diesem Augenblick hörte ich in der Ferne das

Heulen eines Krankenwagens. Ohne ein weiteres Wort an die Dame zu richten, legte ich auf und legte das Handy weg. Dann kletterte ich vom Bett, um mich anzuziehen. Es brauchte nicht auch noch die Peinlichkeit, dass die Sanitäter mich nackt sahen.

Während Jesse sich auf dem Bett krümmte und stöhnte, rannte ich aus dem Schlafzimmer und die Treppe hinunter. Ich riss die Haustür auf, als der Krankenwagen und ein Polizeiauto in die Einfahrt bogen.

„Hätte nie gedacht, dass ich hier mal einen Einsatz haben würde", sagte ein junger Sanitäter, als er heraussprang.

Sein älterer Partner kicherte. „Na, du wirst schon noch mitbekommen, dass das Bestattungsinstitut ein Hotspot für Notrufe ist. Irgendwas an Toten führt zu Herzinfarkten und Ohnmachtsanfällen, bei denen sich die Leute den Kopf so hart anschlagen, dass es zu Gehirnerschütterungen kommt. Und dann gibt es immer wieder Leute, die nach Kämpfen zusammengeflickt werden müssen."

„Kämpfe? Verdammt", murmelte der junge Sanitäter.

Nach dem Entladen der Trage eilten sie die Auffahrt hinauf.

Ich ging auf die Veranda hinaus, um sie in Empfang zu nehmen. „Er ist oben."

Der ältere Sanitäter nickte. „Gehen Sie voraus."

Ich eilte zurück ins Haus und begann, die Treppenstufen jeweils zwei auf einmal zu nehmen. Als ich den Treppenabsatz erreichte, bemerkte ich, wie unheimlich still es war.

Jesses gequältes Stöhnen erfüllte die Luft nicht mehr. Ich vergaß die Sanitäter und rannte den Flur hinunter. Ich schlitterte in die Türöffnung. Jesse saß mit hochgezogenem Laken wie erstarrt auf dem Bett und starrte auf seinen Schritt.

„Jesse?", fragte ich vorsichtig.

Er hob langsam seinen Blick, um meinem zu begegnen. „D…das Kondom i…ist geplatzt."

Die Sanitäter kamen mit der Liege klappernd in den Raum. Als sie Jesse ansahen, wiederholte er: „Das Kondom ist geplatzt."

Nach einem Blickwechsel begaben sich die Sanitäter zum Bett. „Wir sind hier, um zu helfen, mein Sohn", sagte der ältere. Auf seinem Namensschild stand Bridgestone.

Ich erinnerte mich vage daran, dass ich mit einem Lyle Bridgestone zur Schule ging, und fragte mich, ob das sein Sohn war. Innerlich stöhnte ich auf, denn wenn ja, würde sich die Geschichte wie ein Lauffeuer verbreiten, weil Lyle nicht die Klappe halten konnte.

Weil Jesses Körpersprache der eines wilden Tieres ähnelte, das kurz vor einem Angriff stand, hielt Bridgestone seine Hände hoch. „Ich werde dir nicht wehtun, versprochen."

In dem Moment, als Bridgestone das Laken herunterzog, riss er die Augen auf. „Verdammte Scheiße!" Sein wilder Blick zuckte zu seinem Partner hinüber. „Das Kondom ist vielleicht geplatzt, aber es haftet um die Penisspitze herum fest. Klebt wie ein Gummiband." Er schüttelte den Kopf, als wollte er seinen Unglauben wegschütteln. „Ich werde die Schere brauchen."

Jesse stürzte sich auf Bridgestone. Er packte die Vorderseite seiner Uniform und schrie: „Schneidet mir nicht den Schwanz ab!"

Bridgestone klopfte Jesse auf den Rücken. „Ich werde alles tun, was ich kann, um ihn zu retten. Sie haben mein Wort."

Bevor ich Jesse fragen konnte, ob er wollte, dass ich seine Hand halte, schlang einer der Polizisten, die gerade angekommen waren, einen Arm um meine Schulter und führte mich aus dem Raum. „Meine Güte. Sie haben genug gesehen", versicherte er mir, als ich zu protestieren begann.

Er hatte recht. Ich hatte schon viel zu viel gesehen. Natürlich würde ich nie in der Lage sein, diesen Auberginen-Penis zu vergessen oder den Schrei des qualvollen Schmerzes, der aus Jesse hervorbrach, als sie den verbliebenen Teil des Kondoms abschnitten.

Vermutlich ist es unnötig, zu erwähnen, dass die Beziehung zwischen Jesse und mir nicht stark genug war, um Latexgate zu überleben. Wie Pearl Harbor wurde es ein Tag, der auf ewig als tragisches Ereignis weiterleben würde – nicht nur für Jesse, sondern auch für jeden anderen Mann, den ich kannte. Ich war nicht nur das Mädchen, das tote Menschen in ihrem Haus hatte, sondern jetzt war ich auch noch das Mädchen, das Schwänze anschwellen ließ. Ich konnte mir den Versuch abschminken, zu betonen, dass ich keine Hogwarts-Absolventin war, die sich doppelt abgemüht und mit einem Zauber beschäftigt hatte, um Penissen Schaden zuzufügen. Es war so schlimm, dass ich einen Typen von außerhalb der Stadt importieren musste, nur um eine Begleitung für meinen Abschlussball zu haben.

Spulen wir sechs Jahre vor. Ich hatte es von meiner Kleinstadt bis nach Athens geschafft und an der University of Georgia studiert. Am Ende besaß ich einen Abschluss sowohl in Pathologie als auch in Forensik. Nach ein paar Kurzzeitbeziehungen und einigen heftigen Petting-Einlagen war ich endlich im Begriff, wieder in den Sexsattel zu steigen. Ich hatte Eric Sanchez während eines meiner Praktika in der Leichenhalle kennengelernt. Er war Assistent des Coroners, aber was noch wichtiger war, er war zwei Meter groß und strahlte lateinamerikanische Herrlichkeit aus. Ganz zu schweigen davon, dass er mit dreißig ein älterer, erfahrener Mann war.

Wir hatten nur ein paar Dates, bevor wir unzertrennlich wurden. Nun, so unzertrennlich, wie wir sein konnten, da ich wieder nach Hause gezogen war, um im Beerdigungsinstitut meiner Familie zu arbeiten. Nachdem drei Monate lang mein Bildschirm durch unseren Telefonsex ständig beschlagen war, war es an der Zeit, die Sache durchzuziehen.

So kam es, dass ich mit gespreizten Beinen auf

der Matratze lag, während Erics Kopf zwischen meinen Beinen vergraben war. Mit geschlossenen Augen hob und senkte ich meine Hüften wie wahnsinnig, als ich meinen zweiten Orgasmus der Nacht erlebte. Den ersten hatte ich gehabt, bevor wir überhaupt in Erics Wohnung gekommen waren. Er hatte mich gegen die Haustür gepresst und in Sichtweite der neugierigen Nachbarn fickte er mich mit den Fingern zu einem umwerfenden Höhepunkt.

Eric erhob sich und wischte sich mit dem Handrücken über den Mund, bevor er nach einem Kondom auf dem Nachttisch griff. Sofort fiel mein Orgasmushoch in sich zusammen, als ich eine schreckliche Rückblende auf das letzte Mal bekam, als ich versucht hatte, Sex zu haben.

Als Eric begann, die Kondomverpackung zu öffnen, packte ich seinen Arm. „Du hast doch keine Latexallergie, oder?"

Er warf mir einen verwirrten Blick zu. „Nein."

„Bist du sicher?"

Eric lachte leise. „Ja, Liv, ich bin sicher. Ich meine, ich trage jeden Tag Latexhandschuhe."

„Oh, stimmt ja." Ich stieß einen erleichterten Seufzer aus. „Gott sei Dank."

Er hob seine dunklen Augenbrauen. „Sollte ich nachfragen?"

„Das ist eine Geschichte für einen anderen Tag."

Er grinste mich blitzartig an und zeigte mir seine strahlend perlmuttfarbenen Zähne. „Gut. Denn ich bin nicht wirklich in der Stimmung zum Reden."

„In welcher Stimmung bist du denn?", fragte ich neckisch.

„Dich vollkommen besinnungslos zu vögeln."

Ich kicherte. „Wie romantisch."

Eric lachte. „Nächstes Mal werde ich Liebe mit dir machen. Dieses Mal muss ich dich unbedingt ficken."

Seine Worte ließen meine Vagina, die voller Spinnennetze war, in Siegesjubel ausbrechen. Immerhin war es sechs Jahre her, dass es eine Penetration durch die Spezies „Penis" gegeben hatte. Man kann jemanden nach sieben Jahren rechtmäßig für tot erklären, also war meine Vagina nur wenige Monate davon entfernt.

Aber in dieser Nacht wurde sie glorreich wiedergeboren. Sex mit Eric war alles, was ich mir erträumt hatte. Ich hatte mir nie vorgestellt, dreimal zu kommen, doch dank Erics sexuellem Können gelang es mir. Als ich wieder auf die Erde zurückkam, stieß Eric gerade ein letztes Mal in mich. Mit einem Stöhnen erstarrte sein Körper, während er auf mir zusammenbrach. Meine Finger strichen auf seinem Rücken auf und ab. „Das war unglaublich", murmelte ich in sein Ohr.

Eric stimmte mir nicht zu. Nun, er war auch nicht anderer Meinung. Er lag einfach weiter auf mir.

Nachdem noch einige Sekunden vergangen waren, räusperte ich mich. „Ähm, Babe, würdest du dich bitte etwas auf die Seite rollen? Du bist ziemlich schwer." Als er immer noch nicht reagierte, legte ich meine Arme um seine Schultern und schüttelte ihn. „Eric?“

Okay, entweder hatte er eine sexuell induzierte Narkolepsie oder etwas stimmte nicht. Stimmte ganz und gar nicht. Mit aller Kraft, die ich aufbringen konnte, stieß ich ihn von mir weg, was ihn wiederum aus mir herausgleiten ließ. Er kippte auf der Matratze um wie ein Fisch auf dem Trockenen, inklusive der glasigen Augen und einem breiten, offen stehenden Mund.

Galle und Panik stiegen gleichzeitig in meiner Kehle auf. „Nein. Oh Gott, nein“, murmelte ich. Schnell erhob ich mich und schlug ihm ins Gesicht. Hart. „Eric, du machst hoffentlich Witze!“

Als er nicht reagierte, packte ich sein Handgelenk, um seinen Puls zu fühlen. Ich konnte keinen finden. Die Tränen, die meine Augen trübten, machten mich vorübergehend blind. Ich brauchte Hilfe.

Ich kroch von Eric weg. Mein Blick raste verzweifelt durch den Raum, als ich versuchte, mein Handy zu finden. Nachdem ich es gefunden hatte, wählte ich den Notruf.

Anders als bei Jesse ist das, was nach diesem Anruf geschah, zum größten Teil verschwommen. Ich erinnere mich an die Worte „Anomalie der Koronararterien“. Das wurde bei der Autopsie festgestellt. Schließlich sollte das Herz eines gesunden, dreißig Jahre alten Mannes nicht versagen. Aber Erics hatte es getan. Da sich der Zustand durch Anstrengung verschlimmerte, hätte er ebenso gut beim morgendlichen Joggen sterben können. Aber nein, er musste auf mir sterben. Im wahrsten Sinne des Wortes.

Er kam, und dann ging er, was mich mit einer Menge Angst und Schuldgefühlen zurückließ. Und es ist diese erbärmlich traurige Beziehungsgeschichte, die mich genau zu diesem Moment geführt hat. Man könnte wohl sagen, es war eher so, dass meine männerhungrige Vagina mich zu diesem Moment geführt hat oder, besser noch, zu dem Mann, der mich in all diesen Wahnsinn hineingezogen hat.

Der verdammte Catcher Mains – der Mann mit dem ozeanblauen Schlafzimmerblick, einem zum Sterben schönen Körper und einem umwerfend sexy Lächeln.

Ich verrenkte mir fast den Nacken und blickte über die Schulter zu ihm. Wenn ich es schaffte, lebend aus dieser Situation herauszukommen, war ich nicht sicher, ob ich ihn töten oder vögeln sollte. Es stand unentschieden.

Kapitel 1

Nachdem der Priester die letzten Worte von Mr. Garett Browns Grabrede gesprochen hatte, ging ich den mit Teppichboden ausgelegten Gang entlang. Als die leise Orgelmusik, die über die Deckenlautsprecher eingespielt wurde, ein emotionales Crescendo erreichte, drehte ich mich zu den Trauernden um, die sich in den gepolsterten Kapellenbänken versammelt hatten. Ich wirkte wie eine Kreuzung aus einer Miss America und einem Fluglotsen und hob langsam die Arme, um die Menge von ihren Plätzen aufstehen zu lassen. Als alle wieder auf den Beinen waren, bedeutete ich, dass die Familie damit beginnen sollte, ihre Bank zu verlassen.

So verrückt es auch klingen mag, es war eine wahre Kunst, einer Beerdigung vorzusitzen. Es war nur eines der vielen Dinge, die ich im Laufe der Jahre durch das Beobachten meines verstorbenen Vaters und Großvaters gelernt hatte. Wie mein Opa einmal gesagt hatte: „Leite eine Beerdigung wie eine Nebenvorstellung und du bist aus dem Geschäft." Menschen wurden unweigerlich von Prunk und Pomp angezogen. Auch wenn ihr geliebter Mensch vielleicht arm gewesen war, wollten sie bei der Beerdigung dieselbe Grandeur wie bei einem König oder Präsidenten.

Mein Großvater hatte 1955 *Sullivan's Funeral Home* eröffnet und seitdem war es ein Familienbetrieb. Da ich aus einer großen, ausgedehnten Familie stammte, sprangen von Zeit zu Zeit alle Tanten, Onkel und Cousins ein. In einem Bestattungsunternehmen aufzuwachsen, bedeutete nicht nur Tod und Trauer. Ich hatte viele glückliche Erinnerungen an Lebendige unter diesem Dach. Mit meinem jüngeren Bruder Allen spielte ich Verstecken, wobei normalerweise am Ende immer einer von uns hinter einem Sarg eingeklemmt wurde. Ich hatte stundenlang auf den gepolsterten Bänken der Kapelle gelegen und die neuesten Bücher des *Babysitter-Clubs* oder der *Sweet Valley High* gelesen. Das Haus war immer voller Menschen gewesen. Ich hatte früh gelernt, eine Menschenmenge zu führen, und mein Vater ließ mich im Alter von dreizehn Jahren bei Totenfeiern und Gottesdiensten aushelfen. „Livvie hat die Gabe", sagte er immer mit vor Stolz funkelnden braunen Augen.

Die Erinnerung an meinen Vater ließ meine Brust schmerzen. Er war vor fünf Jahren nach einem sehr kurzen Kampf mit Bauchspeicheldrüsenkrebs gestorben. Obwohl ich durch meine Großeltern und andere Familienmitglieder bereits persönlichen Verlust erlebt hatte, war es der Tod meines Vaters gewesen, der wahres Verständnis und Einfühlungsvermögen für das, was andere Familien erlebten, in mir hervorgerufen hatte. Es kam nicht oft vor, dass man seinen persönlichen Helden kennenlernte, aber ich war damit gesegnet gewesen, ihn als Vater zu haben.

Als sich die letzte der „reservierten" Bänke geleert hatte, folgte ich der Menge durch die Kapellentür hinaus in den Sonnenschein. Nachdem ich die Verladung des Sarges in den Leichenwagen überwacht hatte, wandte ich mich an die Frau des Verstorbenen. Ich zwang mir ein mitfühlendes Lächeln auf die Lippen. Während Freunde und Familie unverhohlen geweint hatten, war Felicia Brown eine Eiskönigin geblieben. Zudem war ihre Trauer in den letzten Tagen so gut wie verschwunden, und stattdessen war sie eines der anspruchsvollsten Miststücke geworden, mit denen ich seit Langem zu tun gehabt hatte. Sie wollte die VIP-Behandlung, obwohl sie in allem den Geizkragen herausgekehrt hatte. Beispielsweise hatte sie einen sehr günstigen Sarg bestellt, während sie mit Diamanten drapiert war.

„Es ist Zeit, ins Auto zu steigen." Ich wies zur schwarzen Lincoln-Limousine, die wir für die Eskorte der nächsten Angehörigen zur Verfügung stellten. Ungeachtet dessen, was in den letzten Tagen geschehen war, gewährte ich ihr die gleiche Wärme und Freundlichkeit, wie ich sie einem tatsächlich trauernden Familienmitglied entgegenbringen würde. Schließlich war in Zeiten wie diesen ein freundliches Wort eine Million wert, selbst zu einem Arschloch. Natürlich habe ich dabei „Tschüss, Felicia" gedacht.

Felicia nickte zustimmend und drehte sich zu der Menge hinter ihr. Sie fragte den großen Silberfuchs von einem Mann, der neben ihr stand: „Jerry, warum fährst du nicht mit mir?"

Ich nickte Todd, einem unserer Mitarbeiter, zu,

damit er die Hintertür des Wagens öffnete. Das Geräusch eines Knurrens hinter mir ließ mich zusammenzucken. Da ich wusste, dass Motown, der streunende Pitbull aus der Nachbarschaft, den ich adoptiert und oft mit zur Arbeit gebracht hatte, oben im Familienbereich war, fragte ich mich, welches wilde Tier aus dem Wald gekommen war. Als ich mich umdrehte, erkannte ich Felicias ältesten Sohn, Gregg, der mit einem giftigen Blick sagte: „Oh, das ist einfach klasse. Es reicht nicht, dass du Jerry gevögelt hast, während mein Vater an den lebenserhaltenden Geräten hing, jetzt willst du sogar, dass er bei dir im Auto zur Beerdigung mitfährt?"

Als sich ungläubiges Schweigen über die Trauernden senkte, straffte ich die Schultern und bereitete mich auf den möglichen verbalen Angriff vor, der auf mich zukommen könnte. Schließlich war dies sozusagen nicht mein erstes Mal beim Rodeo. Ich war ein ziemlicher Profi im Umgang mit solchen Szenen. Ich war schon oft Zeuge des alten Sprichworts geworden, dass der Tod das Schlimmste im Menschen hervorbringt. Er bringt auf jeden Fall die inneren Krallen zum Vorschein.

Nachdem sie einen Blick über die Menge geworfen hatte, zupfte Felicia nervös am Kragen ihres Designeranzugs. „Also, Gregg, ich weiß nicht, wovon du sprichst."

Gregg rollte mit den Augen. „Ja, klar. Ich schätze, an die anderen Male erinnerst du dich auch nicht", fauchte er.

Die tadellose Zurückhaltung entglitt Felicia langsam und wurde durch schlecht verschleierte Wut ersetzt. „Wage es nicht, bei der Beerdigung deines Vaters eine Szene zu machen", zischte sie Gregg zu. Als ihr klar wurde, was sie getan hatte, erholte sie sich schnell, um den anderen Trauernden ein schwaches Lächeln zu schenken.

„*Ich* mache eine Szene? *Du* bist diejenige, die sich wie die trauernde Ehefrau verhält, obwohl du immer nur untreu warst!"

Da ich spürte, dass dies noch hässlicher werden würde, versuchte ich, zwischen die beiden zu treten, um die Situation zu entschärfen. „Warum machen wir uns nicht auf zum Friedhof?", schlug ich vor. Mein Blick landete auf dem Gesicht von Felicias jüngerem Sohn, der widerwillig neben seinem Bruder stand. „Mark, warum fahren Sie nicht mit Ihrer Mutter?"

Gregg schnaubte verächtlich. „Klar, nimm Mark. Er war immer Dads Liebling. Verdammt, er ist jedermanns Liebling." Ein hasserfüllter Schimmer brannte in seinen grünen Augen. „Nun, ich stelle die Dinge jetzt richtig. Mark ist nicht einmal der Sohn *meines* Vaters!"

Verblüffte Schreie kamen aus der Menge, während Felicias Gesicht teigig weiß wurde. Sie hob den Blick zu den schockierten Gesichtern um sie herum. „Es tut mir für alle so leid. Gregg ist einfach dermaßen untröstlich, dass er nicht weiß, was er sagt."

„Untröstlich? Am Arsch. Ich rege mich nicht allzu

sehr auf, weil ich weiß, dass Jim, unser höchstpersönlicher UPS-Fahrer, Marks Vater ist."

Die Menschen drehten sich mit aufgerissenen Augen zum hinteren Teil der Menge, wo Jim, der UPS-Fahrer, stand. Als er niedergeschlagen den Blick auf das Pflaster senkte, war das die Bestätigung, die jeder brauchte. Die Gruppe sah wieder zu Felicia und Gregg.

Plötzlich stürzte sich Mark auf Gregg. „Du Mistkerl! Wie kannst du es wagen?" Er schlug mit der Faust in Greggs Gesicht und dann in seinen Bauch. Gregg brach auf dem Gehsteig zusammen, Blut floss aus seiner Nase.

Mark stand über ihm. „Reicht es nicht, dass du meine Ex-Frau vögeln musstest, um mich eifersüchtig zu machen? Jetzt musst du mich auch noch vor all diesen Leuten blamieren?"

Ich hatte gerade meinen Mund aufgemacht, um sie noch einmal zu bitten, aufzuhören, als der beste Freund von Mr. Brown nach vorn trat. „Ihr Jungs hört sofort damit auf. Ich kann nicht fassen, dass ihr das bei der Beerdigung eures eigenen Vaters macht."

Mark half Gregg nur widerwillig auf die Beine, sodass sie beide vor ihrem Ankläger standen.

„Als ob du das Recht zum Reden hättest, Ed", murmelte Gregg, während er seinen Kopf in den Nacken legte, um sein Nasenbluten zu stoppen.

Eds Gesicht wurde etwas blasser und er fummelte an seiner Krawatte herum. „Ich weiß nicht, wovon du sprichst."

Mark schüttelte den Kopf. „Du besitzt wirklich die Frechheit, hierher zu kommen, wo doch *jeder* weiß, dass du mit Vater geschlafen hast?"

Angesichts des Vorwurfs, dass nicht nur die Frau des Verstorbenen eine berüchtigte Ehebrecherin und sein jüngster Sohn biologisch nicht der seine war, sondern dass er selbst außerdem bisexuell gewesen sein sollte, wurde eine Frau in der Menge ohnmächtig. Der Rest stand schweigend und verblüfft da.

Die ganze Farbe wich aus Eds Gesicht. „Woher wusstet ihr das?"

Gregg schaute Mark an, bevor er sprach. „Wir wussten, dass etwas im Busch war, weil du und Dad auf all diese Angeltouren gegangen seid. Alleine."

Ed straffte die Schultern, als er sich den Gesichtern mit den weit aufgerissenen Augen und offenen Mündern stellte. „Okay. Es stimmt. Ich habe Garett Brown vierzig Jahre lang geliebt, und er hat mich geliebt. Er hat mit Sicherheit etwas Besseres verdient, als dass seine Frau und seine Söhne bei seiner Beerdigung eine Szene machen."

„Ach, halt die Klappe, Ed." Gregg schnaubte.

Mr. Browns mittlerer Sohn Wes mischte sich in die Auseinandersetzung ein. „Es ist wahr. Ihr beiden Arschlöcher solltet euch schämen. Aber warum bin ich so überrascht? Ich meine, es ging immer um euch beide. Ihr habt Dad praktisch das Leben ausgesaugt. Gregg, der abgehalfterte Football-Gott, der zum Säufer wurde, und Mark, der

Sex- und Spielsüchtige."

Mark rollte mit den Augen. „Oh, lass dich mal ordentlich durchvögeln, du Dramaqueen."

Wenn man bedachte, was als Nächstes geschah, war Wes wohl einmal zu oft in seinem Leben diesem Satz ausgesetzt gewesen, weil er einfach durchdrehte. Er riss eine Pistole aus der Tasche seines Anzugs. Beim Anblick der Waffe brach Chaos aus. Menschen begannen zu schreien und sich davonzumachen. Sofort zückte ich mein Handy und wählte den Notruf.

„Was zum Teufel tust du da, Wes?", wollte Gregg wissen.

„Wenn ihr beide nicht freiwillig aufhört, eine Szene zu machen, werde ich euch dazu zwingen."

„Als ob mit einer Waffe herumzufuchteln keine Szene machen würde, Dumpfbacke", antwortete Mark.

„Wahrscheinlich ist sie nicht einmal geladen", sinnierte Gregg.

Wes starrte mit verengten Augen auf Gregg, bevor er einen Schuss vor dessen Füße abfeuerte. Die Schreie und Rufe stiegen wieder auf, als Gregg wie in einem Video von Michael Jackson einen Moonwalk hinlegte. „Herr im Himmel, spinnst du?"

„Ich konnte euch nicht dazu bringen, mir zuzuhören", antwortete Wes, sein Tonfall unheimlich ruhig.

Als ich versuchte, vorzutreten, schwang Wes seinen Arm zu mir, sodass die Pistole auf mich gerichtet war. Ich stoppte sofort und warf schnell die Hände hoch; mein Handy landete klappernd auf dem Bürgersteig. „Wes, ich verstehe, dass du verletzt und wütend auf deine Brüder bist, aber wir können das sicher ohne Gewalt lösen", sagte ich.

Wes legte den Kopf schief. „Sie haben meine Familie gesehen. Was glauben Sie denn?"

In diesem Moment erschien Earl, einer unserer anderen Mitarbeiter, mit zwei Blumenarrangements am Eingang. Seinem entsetzten Gesichtsausdruck entnahm ich, dass er damit gerechnet hatte, dass der Blumenwagen dort auf ihn warten würde, keine Bedrohung seiner Chefin durch eine Waffe.

Der Anblick der Blumen brachte mich auf eine Idee und ich hinterfragte sie nicht weiter. „Lass den Korb nicht fallen!", kreischte ich.

Da Wes und seine Brüder nun abgelenkt waren, stürzte ich auf Earl zu und riss ihm den größten Blumenkranz aus der Hand. Mit aller Kraft, die ich hatte, schlug ich Wes meine florale Waffe gegen den Hinterkopf.

„Was zum …"

Ich schlug ihm ins Gesicht. Während Wes stotterte und den Mund voller Chrysanthemen hatte, machte ich mit seinem Schritt weiter, wobei ich darauf achtete, den Drahtteil des Gestecks gegen seinen Schwanz zu rammen.

Als er aufschrie, fiel ihm die Waffe aus den Händen. Ich ließ den Kranz fallen, ergriff die Pistole und richtete sie auf Wes, während er sich vor

Schmerzen hin und her wand.

„Was für ein Weichei", murmelte Mark.

„Klappe", keuchte Wes durch zusammengebissene Zähne.

„Gut gemacht, Liv", meinte Todd.

Mit einem Augenzwinkern antwortete ich: „Mache ich doch immer."

Äußerlich zeigte ich eine Fassade falscher Tapferkeit, während ich mich im Stillen fragte, ob ich nicht ein sauberes Höschen bräuchte, weil ich mir vor Angst vielleicht in die Hose gemacht hatte.

Nachdem die Polizei gekommen war, um die Brown-Brüder wegen mehrerer Vergehen zu verhaften, stieg die kleine Menge, die noch übrig war, in ihre Autos zur Prozession zum Friedhof. Inmitten all des Wahnsinns mussten wir den armen Mr. Brown trotzdem beerdigen. Zum Glück ging die Veranstaltung ohne weiteres Waffen schwingendes Drama vonstatten.

Als ich vom Vorsitz der Beerdigung zurück ins Bestattungsinstitut kam, war ich emotional und körperlich ausgelaugt. In meinem Büro saß Allen hinter meinem Schreibtisch, die Füße daraufgelegt. Er hatte den Telefonhörer zwischen Schulter und Ohr geklemmt, während er aus der vor ihm liegenden Mappe vorlas. Wie es sich anhörte, meldete er einen Anspruch auf eine Lebensversicherung an.

Ich warf ihm einen wütenden Blick zu, bevor ich mich auf das Ledersofa ihm gegenüber fallen ließ.

Ich stöhnte in Ekstase, als ich aus den Schuhen schlüpfte. Allen war nicht nur mein Kollege. Er war auch Miteigentümer des Bestattungsunternehmens. Es war uns beiden nach dem Tod unseres Vaters vererbt worden. Damals war Allen erst zwanzig gewesen, und das Letzte, was er wollte, war, etwas mit dem Geschäft mit dem Tod zu tun zu haben. Aber im Laufe der Jahre hatte er sich langsam damit angefreundet. Da er keine Ausbildung auf diesem Gebiet hatte, nutzte er sein Finanzstudium, um sich der wirtschaftlichen Aspekte des Unternehmens anzunehmen. Er half außerdem bei der Planung der Beerdigungen sowie in der Transportabteilung, auch bekannt als Abholung der Leichen.

Obwohl Allen noch nicht verheiratet war, schien sein Status als Single unsere Mutter nicht ganz so sehr zu betrüben wie der meine. Vielleicht lag es daran, dass ich als Frau jung heiraten sollte, während mein Bruder sich als Junggeselle austoben durfte, bevor er sich niederließ. Mehrere Frauen hatten versucht, Allen an den Haken zu bekommen, aber bisher war es ihm gelungen, ihnen auszuweichen. Er würde es nie zugeben, ich wusste jedoch, dass sein Herz sich nach Maggie, der ortsansässigen Floristin, verzehrte. Obwohl es nicht zu seiner Arbeitsbeschreibung gehörte, meldete er sich immer freiwillig, um Blumen abzuholen.

„Ja, danke, Bernie. Wir sprechen uns später." Allen legte auf und erhob sich von meinem Stuhl. „Unser neuester Kunde wartet im Vorbereitungsraum auf dich."

Ich rieb mir weiter die Füße. „Ugh, fabelhaft." In Anbetracht des Nachmittags, den ich gehabt hatte, wollte ich nichts als ein Glas Wein und ein warmes Bad, aber es sah nicht so aus, als würde ich beides bekommen.

Ein amüsierter Blick funkelte in Allens dunklen Augen. „Ich hörte, du hattest ein kleines Handgemenge, während ich weg war."

Ich rollte mit den Augen. „Ich würde es kaum ein ‚Handgemenge' nennen. Nur ein Typ wurde geschlagen. Nun ja, zwei, wenn man bedenkt, dass ich diesen Idioten mit dem Blumengesteck verprügelt habe."

Allen grinste. „Erste Regel des *Funeral Home Fight Club*: Niemand spricht über den *Funeral Home Fight Club*."

„Hahaha", machte ich und stand auf.

Nachdem ich zu meinem Schreibtisch gegangen war, streckte ich die Hand aus und Allen reichte mir die braune Mappe mit den Informationen zum Verstorbenen. Ich sah kurz darauf. „Oh nein, es ist Mr. Peterson." Auf Allens ausdruckslosen Blick sagte ich: „Erinnerst du dich nicht daran, dass wir damals an Halloween bei ihm zu Hause Süßes oder Saures gefordert haben? Seine Frau hat immer Kekse und Süßigkeiten für uns gebacken."

Allen nickte langsam. „Verdammt, ist der alt geworden."

„Er war schon damals alt. Jetzt ist er im Grunde uralt." Ich zog eine Grimasse. „Nun, er *war* uralt."

Das war einer der schwierigsten Aspekte dabei, ein Bestattungsinstitut in der Stadt zu führen, in der man aufgewachsen war. Man kannte so ziemlich neunzig Prozent derjenigen, die auf dem Einbalsamierungstisch landeten. Manchmal war es einfacher, Organe zu punktieren und Blut bei Menschen abzulassen, die man nicht kannte. Es war qualvoll gewesen, aber ich hatte mich gezwungen, meinen Vater selbst vorzubereiten. Ich hatte das Gefühl, dass ich ihm das für all die Liebe und Unterstützung schuldete, die er mir über die Jahre geschenkt hatte, ganz zu schweigen davon, dass er mir alles beigebracht hatte, was ich wusste.

Ich steckte mir die Mappe unter den Arm, bevor ich zur Tür hinausging. Meine Schritte hallten durch die Stille, als ich den vertrauten, von Familienporträts gesäumten Flur hinunterging. Allen und ich waren die dritte Generation von Sullivans, die in diesem Haus lebten. Meine Großeltern hatten das riesige viktorianische Monstrum gekauft, als mein Vater noch ein Baby gewesen war. Wegen der Begabung meines Großvaters bei der Leichenpräparation war das andere Bestattungsunternehmen in der Stadt schnell pleitegegangen.

Es dauerte nicht allzu lange, bis Menschen aus den umliegenden Ortschaften begannen, ihre Verstorbenen zu ihm zu bringen. Das Geschäft boomte ebenso wie die Familie meiner Großeltern. Nachdem meine Großmutter versucht hatte, fünf Kinder während Leichenschauen und Beerdigungen im oberen Stockwerk unterzubringen, bestand sie auf ein eigenes Heim. Da mein Großvater sowohl aus Liebe als auch aus Angst alles tat, was sie verlangte, kauften sie das Haus nebenan zum Darinwohnen und ließen das Familienquartier über dem Geschäftsbereich fast zwanzig Jahre lang leer stehen.

Als ältestem Sohn und Erben des Sullivan-Bestattungsimperiums wurde meinem Vater das Wohnhaus angeboten, als er meine Mutter heiratete, und sie hatten es freudig angenommen. Nun, meine Mutter war anfangs nicht gerade begeistert gewesen, aber als sie meinen Vater heiratete, wusste sie, dass der Tod Teil seines Lebens war. Er hatte es ihr versüßt, indem er das obere Stockwerk ausräumen und umgestalten ließ, um ein separates Wohnzimmer und eine Küche sowie drei Schlafzimmer und zwei Bäder zu schaffen. Er ließ auch die Hintertreppe neu herrichten, sodass sie die Treppe zu unserer Wohnung hinaufgehen konnte, ohne durch das Bestattungsinstitut gehen zu müssen.

Nachdem ich mir in der Gemeinschaftsküche eine Tasse Kaffee eingeschenkt hatte, ging ich wieder den Flur hinunter zur Tür mit der Aufschrift „Nur für Angestellte". Ich tippte den Code auf der Tastatur ein, bevor ich den Vorbereitungsraum betrat, wo mich Mr. Peterson erwartete. Als ich den Schalter zu meiner Rechten einschaltete, erwachten die Leuchtstoffröhren über meinem Kopf zum Leben.

Ich bin sicher, die meisten Menschen stellen sich einen Körperpräparationsraum so wie Dr. Frankensteins Laboratorium vor. Leider war das nicht der Fall. Es gab eine Wand mit Schränken, die mit allem von Kosmetika bis hin zu Augapfelersatz gefüllt waren. In der Mitte des Raumes stand ein Totentisch aus Edelstahl über einem Abfluss. Neben dem Tisch befanden sich die Maschinen für die Einbalsamierung.

Bevor ich zum Tisch hinüberging, schaltete ich die Stereoanlage ein. Immer wenn ich an einem Körper arbeitete, stellte ich sicher, dass ich Musik hatte. Leichenbestatter zu sein, war eine einsame Arbeit. Es war nicht so, dass man mit dem Verstorbenen sinnvolle Gespräche führen konnte. Musik half also nicht nur, sich die Zeit zu vertreiben, sondern sie half auch, die Stille zu füllen. Mein Vater war ein großer Liebhaber von Oldies gewesen, ich tendierte eher zu Motown. Aus Respekt vor den Toten spielte ich nichts, was als beleidigend empfunden werden konnte.

Während der Uptempo-Song „Ain't Too Proud to Beg" von den *Temptations* durch die Lautsprecher schallte, legte ich mit Mr. Peterson los. Angesichts der Tatsache, dass er ein neunzigjähriges Schlaganfallopfer war, war die Vorbereitung ziemlich einfach. Ich führte die Standardwaschung mit antiseptischer Seife durch. Es ging nicht nur darum, dem Verstorbenen die letzte Dusche oder das letzte Bad vor dem Jenseits zu geben, sondern auch darum, alle Bakterien abzutöten. Der Sterbeprozess stellte ziemlich üble Scheiße mit einem Körper an.

Danach musste dem Körper das Blut entzogen

werden. Zu Zeiten meines Vaters und meines Großvaters gingen sie gerne durch die Oberschenkelarterie ins Herz. Für mich war das zu viel Rätselraten, und das Letzte, was ich tun wollte, war, die Brusthöhle mit Blut zu fluten. Genau wie ich es in der Ausbildung gelernt hatte, führte ich die Kanüle in die Halsschlagader ein. Nachdem das Blut abgelassen worden war, war es an der Zeit, die Einbalsamierungsflüssigkeit einzupumpen. Ich verwendete gern eine Mischung aus verschiedenen Formeln, um die beste Endqualität zu gewährleisten. Das Geschäft mit dem Tod war hart umkämpft, und wir waren zwar das einzige Bestattungsunternehmen in der Stadt, doch die Leute würden nicht zögern, ihre Angehörigen ins nächste County zu schicken.

„Du bist nur so gut wie deine letzte Leiche", hatte mein Großvater immer gesagt.

Ich hatte gerade damit begonnen, Mr. Peterson mit der feuchtigkeitsspendenden Hautcreme einzureiben, um die Einbalsamierungsflüssigkeit auszugleichen, als es an der Tür des anderen Vorbereitungsraums klopfte. „Herein", rief ich über die Schulter.

Wegen des Klick-Klacks der Absätze auf dem Vinyl wusste ich, dass es meine Cousine Jill war. Obwohl sie ihren eigenen Salon in der Main Street besaß, machte sie seit unserer Schulzeit hier im Beerdigungsinstitut Haare und Make-up. Sie war zwei Jahre älter als ich und die wilde Schwester, die ich nie gehabt hatte.

„Ich bin gerade mit Mrs. Laughton fertig geworden."

Ich blickte auf, um ihr ein schiefes Lächeln zu schenken. „Haben wir noch Haarspray übrig?"

Jill schnaubte. „Vielleicht ein wenig. Ich bin ziemlich sicher, dass ich gerade zum weiteren Abbau der Ozonschicht beigetragen habe. Ganz zu schweigen davon, dass ich den Scheiß so hoch auftoupiert habe, dass man möglicherweise den Sargdeckel nicht mehr schließen kann."

Ich lachte über Jills Beschreibung, da ich wusste, dass Mrs. Laughton für ihre aufgetürmte Frisur ebenso bekannt war wie für ihre Schokoladenkuchen, für die sie immer mit dem blauen Band ausgezeichnet worden war.

Jill nickte in Richtung Mr. Peterson und fragte: „Bist du bald durch mit ihm?"

„Ich habe gerade die Creme eingerieben."

„Gut. Überlass Todd besser die Umlagerung in den Sarg, damit du dich fertig machen kannst."

Sofort sank meine Stimmung. „Oh verdammt."

„Sag mir nicht, du hast die Brautparty deiner Mutter vergessen?", fragte Jill.

„Ich habe es nicht vergessen. Ich habe nur selektive Amnesie, was das betrifft."

Jill verschränkte ihre Arme vor ihren gekauften Doppel-Ds. „Ich dachte, du wärst einverstanden, dass deine Mutter wieder heiratet."

Drei Jahre nach dem Tod meines Vaters hatte meine Mutter endlich das Schwarz ihrer Witwenkleidung aufgegeben und begonnen, mit Harry

Livingston auszugehen – einem pensionierten Leichenbestatter, den ich oft zu Hilfe holte, wenn wir mit Verstorbenen überschüttet wurden. Nach einem Jahr Dating hatte Harry die Frage gestellt, und meine Mutter hatte mit Freuden angenommen. Versteht mich nicht falsch. Ich habe mich für sie gefreut. Sie verdiente alles Glück der Welt, ebenso wie Harry, der seine Frau in dem Jahr verloren hatte, als mein Vater gestorben war. Aber gab es einen kleinen Teil von mir, der mit dem grünäugigen Monster der Eifersucht tanzte, weil meine Mutter ein zweites Mal heiraten würde, bevor ich das erste Mal dran war? Sicher. Ich meine, ich bin auch nur ein Mensch.

Was mich wirklich aufregte, war die Teilnahme an dem Dessous-Mädelsabend heute. Jedes unverheiratete Mädchen würde lieber über heiße Kohlen gehen, als irgendeine Brautparty zu besuchen. Wenn es dazu noch um die *Dessousparty* der eigenen Mutter ging, war es eine ganz neue Stufe der Folter.

„Ich bin völlig damit einverstanden, dass sie und Harry heiraten. Es war nur ein höllischer Tag mit dem Wahnsinn bei der Beerdigung von Brown. Deshalb ist das Letzte, womit ich mich beschäftigen möchte, die endlose Flut von Fragen über meinen Familienstand von ihren Kumpaninnen und ihr."

„Ja, ich habe von der Schlägerei gehört."

„Es war kaum eine Schlägerei."

Jill zuckte die Achseln. „Das war es, was Bessie

Thompson mir sagte, als sie wegen Haarfarbe zu mir gekommen ist."

Ich rollte wieder einmal mit den Augen darüber, wie schnell das Buschfeuer des Klatsches entfacht wurde, wenn man in einer Kleinstadt lebte. Am Ende des Tages würden die Leute wahrscheinlich sagen, dass jemand mit einer Pistole niedergeschlagen worden sei, nachdem er sich entblößt hatte, oder etwas ähnlich Bizarres. „Vertrau mir. Es war keine Schlägerei und es ist erledigt."

„Ich sagte Bessie, ich sei nicht allzu überrascht, dass sie so durchgedreht sind, wenn man bedenkt, dass sie aus Summit Ridge kommen. Nichts als ein Haufen Methsüchtiger oder reiche Snobs stammen von dort."

„Nicht alle Leute aus Summit Ridge sind schlecht. Außerdem sind auch schon so einige Leute von hier durchgedreht", erwiderte ich.

„Wie auch immer. Ich wusste, dass sie Ärger machen würden, nachdem du mir erzählt hast, dass die Frau all diese Diamanten getragen hat, aber ein Geizhals war, wenn es um den Sarg und die Grabstätte ging. Ich bin nur froh, dass du ‚Bye, Felicia' zu dieser riesengroßen Idiotin sagen konntest."

Ich lachte. „Du weißt so gut wie ich, dass es nicht wirklich vorbei ist, bis die Rechnung bezahlt ist." Ich drehte die Kappe wieder auf die Cremetube und ging hinüber zum Waschbecken, um mir die Hände zu waschen. Ich warf Jill einen Blick über die Schulter zu. „Gehst du bitte zu Allen und erinnerst ihn daran, dass er für die Laughton-

Leichenschau verantwortlich ist, da Mama und ich heute nicht mehr da sind?"

„Klar."

„Danke. Ich muss nach Hause und mich fertig machen."

„Warum komme ich nicht mit und mache dir die Haare und das Make-up?", schlug Jill vor.

„Hältst du das wirklich für notwendig? Es ist ja nicht so, dass ich in einen Club gehe."

„Könntest du aber nach der Party. Schließlich wird es dort oben eine frische Ladung Männer geben." Als ich zu protestieren begann, schüttelte Jill den Kopf. „Männer, die nichts von deiner sexuellen Vorgeschichte wissen. Männer, die du nie wiedersehen musst, nachdem du eine Spritztour auf ihrem Schwanz gemacht hast."

Ich konnte nicht anders, als bei Jills Worten zu schnauben. Sie hatte nicht ganz unrecht. Die Party meiner Mutter fand in der Hütte ihrer besten Freundin statt, eine Stunde entfernt. Das Gebäude lag weit oben in den Bergen, fast an der Grenze zwischen Georgia und Tennessee. Ich kannte keine einzige Menschenseele von dort. „Ich bin mir ziemlich sicher, dass sie da oben keine Clubs haben."

„Vielleicht nicht, aber ich gehe jede Wette ein, dass sie eine Bar haben." Jill wackelte mit ihren kastanienbraunen Brauen. „Du könntest jemanden finden, der dir hilft, deine Sexflaute zu beenden."

Während ich mir die Hände trocknete, dachte ich darüber nach, was Jill vorschlug. Die irrationale

Seite von mir fand, dass es vollkommen Sinn ergab. Natürlich hörte ich sehr selten auf meine irrationale Seite. „Ich weiß nicht."

„Komm schon, Liv. Du hast geschworen, dass du die Flaute vor deinem dreißigsten Geburtstag beenden würdest, und jetzt bist du zwei Monate überfällig und immer noch nada."

„Ich bin mir dessen wohl bewusst."

„Also tu was dagegen, bevor du von deinem Vibrator eine Pilzinfektion bekommst."

Ich rümpfte vor Ekel die Nase. „Ähm, igitt."

Jill lachte. „Entschuldigung. Aber du kennst mich doch. Ich rede nicht um den heißen Brei herum."

„Ja, leider."

„Wir werden Folgendes tun: Ich komme mit dir nach Hause, um dich zu frisieren und zu schminken." Angesichts des wohl betroffenen Blicks in meinen Augen fügte sie hinzu: „Nicht, dass du selbst keine gute Arbeit leisten würdest. Es ist nur so, dass du für heute Abend etwas Besonderes brauchst."

„Okay. Gut."

„Dann suche ich dir etwas Sexyes aus, das du anziehen kannst, wenn du die Party verlässt."

„Kommst du nicht mit auf die Männerjagd?"

Jill schüttelte den Kopf. „Chase kommt um neun Uhr vorbei. Ich habe Anweisung, nichts außer meinen schwarzen Schlampen-High-Heels zu tragen."

Chase war Jills On-Off-Freund. Nun, er war eigentlich ihr Ex-Mann, aber sie konnten sich anscheinend einfach nicht trennen. Es würde mich nicht überraschen, wenn sie eines Tages aus Vegas anrufen würde, um mir zu sagen, dass sie wieder geheiratet hatten.

Meine rationale Seite begann zu argumentieren, wie gefährlich es sei, allein auszugehen, aber dann versuchte ich, mich daran zu erinnern, dass ich eine Waffe besaß und ein Selbstverteidigungstraining absolviert hatte. Ich würde nur einen Drink bestellen, um meine Nerven zu beruhigen und sicherzustellen, dass ich von einem Mann nichts zu trinken annahm.

„In Ordnung. Ich werde es tun."

Jills grüne Augen weiteten sich. „Oh. Mein. Gott. Wirklich?"

Ich lachte. „Ja, wirklich."

Sie quiekte und warf ihre Arme um mich. „Du hast mir gerade den Tag versüßt, Livvie!"

„Ich bin so froh, dass *mein* Geschlechtsverkehr mit einem Fremden *dir* den Tag versüßt."

Jill zog sich zurück und zwinkerte mir zu. „Dass du zum ersten Mal seit fast sieben Jahren wieder in den Sattel steigst, reicht aus, um mir mehr als meinen Tag zu versüßen. Zum Teufel, das ist das Highlight meiner Woche."

Mit einem Kopfschütteln zog ich mich aus ihrer Umarmung zurück. „Komm schon. Wir müssen los."

Mit einer Singsangstimme sagte Jill: „Olivia kriegt einen Schwanz!"

Oh Gott. Es würde eine sehr lange Nacht werden.

Kapitel 2

Ich war mir ziemlich sicher, dass Dante sich einen solchen Horror wie den, in dem ich mich gerade befand, nicht hatte vorstellen können, als er „Das Inferno" mit seinen neun Stufen der Hölle verfasste. Hätte er es gekonnt, hätte er es sicher für notwendig erachtet, mir eine weitere Ebene zu widmen – meinen ganz eigenen zehnten Kreis der Hölle. Nein, ich war nicht in einem See aus Eis eingefroren oder in Flammengräbern eingeschlossen. Stattdessen war ich gezwungen, meiner siebenundfünfzigjährigen Mutter beim Auspacken von Geschenken zuzusehen, die aus hitzeaktiven Körperölen, essbarer Unterwäsche und Spielzeug vibrierender Natur bestanden. Niemand – absolut niemand – sollte sich jemals vorstellen müssen, dass die eigene Mutter solche Dinge benutzte. Und am allerwenigsten sollte man sie in ihren Händen sehen, während sie errötete und wie ein Schulmädchen kicherte.

„Wird Harry darin nicht sexy aussehen?", fragte sie, während sie in der einen Hand einen Bikini-Slip hielt und sich mit der anderen Luft zufächelte.

In diesem Moment kotzte ich buchstäblich etwas von dem dekorativen Peniskuchen, den ich gerade runtergeschluckt hatte, in meinen Mund (statt der typischen Zuckergussblume hatte ich einen Teil der Eier verschluckt). Die zuckerhaltigen Stücke des Hodensacks brannten mir in der Kehle. Da wurde mir klar, dass ich meinen zukünftigen

Stiefvater feuern musste, unabhängig davon, wie sehr er für das Bestattungsinstitut von Nutzen war. Es gab einfach keine Möglichkeit, einen Körper gegenüber von ihm erfolgreich einbalsamieren zu können, während ich mir vorstellte, dass er unter seiner Arbeitsschürze rote Bikini-Slips trug. Wenn ich es mir recht überlegte, könnte ich ihm niemals einen Anal-/Vaginal-Plug aushändigen, ohne mich zu fragen, ob er den Booty-Analplug von Fun Factory, den die älteste Freundin meiner Mutter ihr geschenkt hatte, tatsächlich benutzt hätte.

Da ich in mehrfacher Hinsicht etwas zu trinken brauchte, stand ich von meinem Platz auf und machte mich auf den Weg in die Küche. Sosehr ich meine Sorgen ertränken wollte, ich musste mich zurückhalten, da ich nach der Party auf Männerjagd gehen wollte. Und nicht nur das – wenn man bedachte, dass die Hütte in East Bumblefuck lag, musste ich fit genug sein, um danach wieder nach Hause zu kommen.

Ich kippte gerade etwas Wodka in meinen Cranberrysaft, als ich vom Gehstock meiner Großmutter aus dem Weg geschubst wurde. „Wo zum Teufel ist mein Fireball?" Nachdem sie die Schnapsflaschen auf dem Tisch beäugt hatte, schniefte sie frustriert. „Ich garantiere dir, eines der verfluchten Garrett-Mädchen, die angeblich Abstinenzler sind, hat ihn gestohlen."

Ja, meine Damen und Herren, diese kleine, unflätige Achtzigjährige mit den auftoupierten Silberhaaren und dem Kautabak in der Backe war niemand anders als meine Großmutter, Pease. Ihr richtiger Name war Eloise, aber nur sehr wenige Menschen nannten sie wirklich so. Sie bestand sogar darauf, dass ihre Enkel sie Pease nannten, und nicht – wie normalerweise – „Oma" oder „Omi". Das war nur einer der vielen Aspekte der Eitelkeit, die sie besaß. „Oma" genannt zu werden, das bedeutete, dass man alt war, und das war das Letzte, was sie sein wollte.

Man würde es nie ahnen, wenn man Pease anschaute, aber sie war tatsächlich eine Debütantin im exklusiven *Piedmont Driving Club* in Atlanta gewesen. Natürlich hatte sie, wenn man bedachte, dass sie gern alles übertrieb, nicht wirklich in diesen Kreis der Gesellschaft gepasst.

Als sie meinen Großvater ins Visier nahm, hatte er keine Chance. Er war alles, was sie nicht war – ein ruhiger, zurückhaltender Typ aus einer armen Familie aus den Bergen, der dank eines Footballstipendiums auf dem College war. Natürlich war es kein Nachteil, dass er wie Paul Newman aussah. Sie verließ ihre hochnäsige Familie, wie sie sie nannte, und schaute nie zurück, auch nicht, als mein Großvater sich am Knie verletzte und beschloss, Leichenbestatter zu werden.

„Ich werde noch einen weiteren Drink brauchen, damit ich den Nachmittag überstehe. Wenn mir dieser ganze Sexbockmist ins Gesicht geschoben wird, erinnere ich mich daran, dass ich seit fünf Jahren keinen mehr gehabt habe."

„Großvater starb vor fünfzehn Jahren", korrigierte ich sie.

Pease schürzte die Lippen. „Ich bin mir dessen wohl bewusst."

„Dann bedeutet, dass … ähm, igitt."

Pease rollte mit den Augen. „Ganz ehrlich, Olivia, wenn du nicht aufhörst, prüde zu sein, wirst du die Spinnweben in deinem Pfläumchen nie wieder loswerden."

Ich biss mir auf die Zunge, um ihr nicht zu sagen, dass ich vorhatte, meine angeblichen „Pfläumchenspinnweben" heute Abend blitzsauber wegwischen zu lassen. Stattdessen spritzte ich etwas mehr Wodka in meinen Becher.

Als ich ins Wohnzimmer zurückkam, hielt meine Mutter gerade ihr letztes Geschenk hoch, und verdammt noch mal, es war ein Prachtexemplar. Ein Paar rote Brustwarzen-Pasties mit dazu passendem im Schritt offenen Höschen. Sie winkte mir damit zu, während sie mit den Brauen wackelte. „Sieh mal, Olivia."

Ja, ich sehe es. Alle Bleichmittel der Welt könnten dieses Bild nicht aus meinem Gehirn löschen. Ich zwang ein Lächeln auf mein Gesicht. „Harry wird sein blaues Wunder erleben", sagte ich und setzte mich auf den freien Platz neben ihr.

Sie kicherte. „Bevor wir in die Flitterwochen aufbrechen, werde ich zweimal sicherstellen, dass er seine Herztabletten eingepackt hat. Ich möchte nicht, dass er einen Infarkt bekommt."

Die Anspielung auf einen sexuell bedingten Herzinfarkt ließ mich sofort an Eric denken, und Schmerz breitete sich in meiner Brust aus. Ich biss mir auf die Lippe und senkte den Kopf.

Mama beugte sich vor, um meine Hand in die ihre zu nehmen. „Oh, Livvie-Liebes, es tut mir so leid. Ich habe nicht nachgedacht", sagte sie.

„Ist schon gut."

Glücklicherweise war der Rest ihrer Freunde zu sehr damit beschäftigt, wegen der Geschenke, die sie herumreichten, zu kreischen und zu giggeln, um unser Gespräch zu bemerken. Sie legte ihren Finger unter mein Kinn und neigte meinen Kopf so, dass ich sie ansah. „Weißt du, ich würde alles in der Welt geben, wenn du an meiner Stelle heiraten würdest."

„Ach Mama, das meinst du nicht so."

Sie schüttelte den Kopf. „Doch. Mehr als mein Glück will ich, dass du glücklich bist."

„Aber ich bin glücklich", protestierte ich.

Mama presste missbilligend die Lippen zusammen. „Es ist nicht nett, seine Mutter anzulügen."

„Ich lüge nicht. Ich bin vollkommen glücklich mit meinem Leben."

Okay, natürlich log ich nach Strich und Faden. Ich wollte nicht nur verzweifelt gevögelt werden. Ich wollte sogar noch dringender jemanden haben, den ich mein Eigen nennen konnte. Um mit ihm in Löffelchenstellung am Samstagmorgen zu kuscheln. Für alltägliche Gespräche bei hausgemachtem Hühnereintopf mit Klößchen. Um darüber streiten zu können, was man sich im Fernsehen ansehen sollte – Fußball oder Lifetime. Um unsere Kinder zwischen Sporttraining und Tanzunterricht hin und her zu kutschieren. Für all die kleinen Dinge, die ein durchschnittliches Leben außergewöhnlich machten.

Obwohl ich manchmal die Arme hochheben, den Kopf zurückwerfen und in den Himmel schreien wollte: „WARUM?!", hatte ich mich zurückgehalten. Ich hätte ganz leicht tiefer im Treibsand meiner eigenen Mitleidsparty versinken können, doch entschied ich mich dafür, aus dem Abgrund zu klettern. Schließlich sollte dies eine glückliche Zeit für meine Mutter sein. Sie hatte nach dem Verlust meines Vaters genug durchgemacht, um nicht mit ansehen zu müssen, wie ich mit gebrochenem Geist dahinhumpelte.

„Im Ernst, Mama, es geht mir gut. Ich habe die Hoffnung nicht aufgegeben, dass mein Prinz eines Tages kommen wird. Im Moment wird er wahrscheinlich nur in einem ausländischen Gefängnis gefangen gehalten."

Zwar schien sie mit meinem Argument nicht ganz zufrieden zu sein, aber sie schaffte es, mir ein Lächeln zu schenken. „Ich bete jeden Tag dafür, Liebes. Es gibt nichts mehr, was ich mir im Leben wünsche, als dass du und Allen eine Familie gründet."

„Jetzt ist es an dir, nicht zu lügen. Insgeheim willst du doch, dass wir heiraten, damit wir dir Enkelkinder schenken."

Bei der Erwähnung, dass mein Bruder und ich

uns fortpflanzen könnten, funkelten die dunkelblauen Augen meiner Mutter vor Freude. „Okay, vielleicht kann ich es auch nicht erwarten, ein Enkelkind zu bekommen ... oder drei", antwortete sie kichernd.

„Falls du dich dadurch besser fühlst, ich habe mit dem Gedanken gespielt, meine Eizellen einfrieren zu lassen. Du weißt schon, um sie später verwenden zu können, falls der Mann dafür nicht auftaucht."

Die Freude meiner Mutter verflüchtigte sich augenblicklich. „So hatte ich mir das nicht vorgestellt."

Pease stieß meiner Mutter mit ihrem Stock gegen das Bein. „Keine große Sache, Maureen. Du kannst damit anfangen, allen zu erzählen, dass du ein Enkelkind erwartest, sobald es aufgetaut ist."

Mama rollte mit den Augen. „Entschuldige, dass ich mich nicht über die Aussicht auf einen Eis-Enkel freue."

Pease gluckste. „So häufig, wie Allen seinen Pimmel in alle möglichen dahergelaufenen Weiber steckt, wirst du Großmutter sein, ehe du dich versiehst." Als Mama und ich ihr einen entsetzten Blick zuwarfen, zuckte Pease die Achseln. „Es ist die Wahrheit."

„Ich will gar nicht erst fragen, woher du von Allens Liebesleben weißt", meinte Mama.

Mit einem Augenzwinkern antwortete Pease: „Ich verrate nie meine Quellen."

„Gott sei Dank", murmelte ich, was mir einen

Schlag von Peases Rohrstock auf das Knie einbrachte. „Au!"

„Ich würde gutes Geld bezahlen, wenn meine Quellen etwas Verruchtes über dich enthüllen würden", sagte sie scharf.

„Lass Olivia in Ruhe, Eloise", warnte Mama.

Pease lehnte sich auf ihren Stock. „Ich führe nur Fakten über Olivias nicht vorhandenes Liebesleben an."

Ich drückte meine Finger gegen meine Nasenwurzel, weil ich Kopfschmerzen bekam. Ich wiederholte immer wieder in meinem Kopf: *Du sollst deine Großmutter nicht schlagen.* „Ich brauche ein paar Aspirin", sagte ich und stand auf.

„Ach, sei doch nicht so ein Mimöschen, Livvie. Du weißt, dass ich dich nur geneckt habe", rief Pease, als ich zurück ins Schlafzimmer ging, wo die Mäntel und Handtaschen lagen.

Ich widerstand dem Drang, ihr den Mittelfinger zu zeigen, wählte stattdessen den Königsweg und ignorierte sie. Als ich ins Schlafzimmer sah, zog Jill gerade ihren Mantel an. „Gehst du schon?"

„Ja, ich mache mich besser auf den Weg, wenn ich rechtzeitig zurück sein will, um mich mit Chase zu treffen."

„Ich glaube, ich folge dir."

Meine Worte ließen ihre Hüften in einigen epischen Beckenschwüngen kreisen. „Ooh, yeah Baby, Livvie wird es sich besorgen lassen."

„Pst!", zischte ich und warf einen panischen Blick über meine Schulter, um sicherzugehen, dass Mama oder Pease mir nicht gefolgt waren.

„Hast du eine Idee, wohin du gehen willst?“

„Ich habe darüber nachgedacht, eine Google-Suche durchzuführen. Um zu schauen, ob hier etwas in der Nähe ist.“

„Nun, viel Glück dabei.“

„Was soll das bedeuten?“

„Es ist nur so, dass ich auf der Fahrt hierher nichts bemerkt habe.“

„Ich habe die Erfahrung gemacht, dass es immer irgendwo eine Wasserstelle gibt, egal wie hinterwäldlerisch ein Ort ist.“

„Hoffen wir einfach, dass an dieser ‚Wasserstelle‘, wie du es nennst, ein mäßig gut aussehender Typ mit einem funktionierenden Schwanz ist.“

Ich grinste. „Drück mir die Daumen.“

Kapitel 3

Nachdem ich Mamas Party verlassen hatte, hielt ich an einer Texaco-Tankstelle etwa eine Meile von der Hütte entfernt an. Ich wollte nicht tanken, sondern meine sexy Klamotten anziehen, um in eine Bar zu gehen. Jill hatte meine Garderobe als „zu matronenhaft" empfunden, also hatte sie versprochen, mir ein Kleid aus ihrem Schrank zur Feier mitzubringen. Und verdammt, Jill hatte sich wirklich für mich ins Zeug gelegt. Es war ein feuerrotes Kleid mit Spaghettiträgern, das nur bis zur Mitte der Oberschenkel reichte. Am besten gefielen mir die High Heels mit den gekreuzten Strass-Riemchen.

Mir wurde klar, dass ich mit meiner Wahl einen schweren Fehler gemacht hatte, als ich die Außentoilette verschlossen fand und an der Kasse den Schlüssel erhielt, der an einem echten Toilettensitz befestigt war. „Bitte sagen Sie mir, dass ich den nicht auf der Toilette benutzen soll", bat ich.

Die Kassiererin rollte mit den Augen. „Es soll die Leute davon abhalten, mit dem Schlüssel abzuhauen."

Angesichts der Tatsache, dass die Frau so aussah, als wollte sie mir eine Ohrfeige geben, verzichtete ich darauf, zu sagen: „Welcher Mensch bei klarem Verstand würde sich damit davonmachen wollen?"

Stattdessen dankte ich ihr und ging wieder nach draußen. Als ich die Toilette betrat, wusste ich, warum der Schlüssel verschwunden war. Die Leute waren von dem, was sie sahen, mental so geschädigt, dass sie keine Zeit damit verschwenden wollten, in die Tankstelle zurückzukehren. Sie wollten einfach nur zurück nach Hause, um eine glühend heiße Dusche zu nehmen.

Während ich mich in das hautenge Kleid schlängelte, versuchte ich mein Bestes, mit keinem Teil meines Körpers an die schmutzverkrusteten Wände zu kommen. Als meine Hose beim Ausziehen versehentlich den Boden berührte, beschloss ich, sie einfach wegzuwerfen. Entweder das, oder ich würde sie verbrennen, wenn ich heimkam – aber ich war mir ziemlich sicher, dass ich mein Auto nicht mit irgendwelchen Keimen verunreinigen wollte. Was meine Schuhe betraf, so würde ich sie mit etwas von dem Körperdesinfektionsmittel abspritzen, wenn ich nach Hause kam. Bis dahin würde ich sie in den Kofferraum werfen.

Nachdem ich mir die Hände gewaschen und abgetrocknet hatte, öffnete ich die Tür mit einem Papiertuch. Als ich in meinem sexy Kleid wieder in die Tankstelle eintrat, zog ich ziemlich viele Blicke auf mich. Ich schaffte es fast bis zu meinem Auto, bevor ein lauter Pfiff von einem Trucker ertönte, was nur das Sahnehäubchen auf dem Kuchen dieses wirklich schrecklichen Erlebnisses war. Wenn man bedachte, was ich durchgemacht hatte, hatte ich mehr als nur atemberaubenden Sex verdient.

Als ich wieder in der Sicherheit meines verschlossenen Autos war, nahm ich mein Handy in die Hand und startete meine Internetsuche. Aber der eine Balken meiner Empfangsanzeige bedeutete, dass ich überhaupt nichts finden konnte. Ich hatte zwei Möglichkeiten. Ich konnte wieder hineingehen und die Kassiererin fragen, ob sie wusste, wo ich einen Drink und einen Schwanz bekommen konnte, oder ich fuhr zurück auf die Straße und versuchte, einen Ort mit besserem Handyempfang zu finden.

Nachdem meine Entscheidung getroffen war, startete ich das Auto und schnallte mich an. Ich fuhr vom Parkplatz und war begeistert, dieses Höllenloch hinter mir zu lassen. Natürlich begann ich fünfzehn Minuten später und tiefer im Stadtkern von East Bumblefuck, meine Entscheidung zu bereuen. Mein Handyempfang wurde nicht besser, und ich überlegte, ob ich einfach umdrehen und zurück zu Texaco fahren sollte, da ich auf keine anderen Tankstellen gestoßen war. Um ehrlich zu sein, war ich in diesem Zusammenhang auf überhaupt nichts anderes gestoßen. Die zweispurige Straße war von dicken Bäumen und hier und da von einem Haus gesäumt.

Aber als ich eine scharfe Kurve genommen hatte, sah ich meine Rettung schließlich in der Ferne. Oh, süßer Himmel, es war eine Bar. Ich trat auf das Gaspedal und konnte nicht schnell genug ankommen. Ich befürchtete, sie wäre nur eine weitere Fata Morgana in der Date-Wüste, die sich verflüchtigen könnte, je näher ich kam. Doch sie blieb ein strahlender Funke der Hoffnung, während ich auf zwei Rädern auf den Parkplatz raste.

Da erhaschte ich einen guten Blick auf meine angebliche Rettung, die man bestenfalls als etwas aus *Nightmare on Hintertupfinger Street* einordnen könnte. Ich stieß frustriert den Atem aus, was sich eher wie ein Grunzen anhörte. Mehrfarbige Weihnachtslichter erstreckten sich über die gesamte Länge des baufälligen Daches über einem langen, rechteckigen Gebäude. Über der Eingangstür hing ein riesiges Schild, auf dem einige Glühbirnen durchgebrannt waren, sodass anstelle von *The Rusty Halo* – Der rostige Heiligenschein – zu lesen war: *The Rusty Ho* – Die rostige Schlampe.

Seht ihr, genau das passiert, wenn man auf der Suche nach einem Schwanz halbherzig loslegt. Ich schüttelte meinen Kopf, um ihn von meiner selbstironischen Tirade frei zu bekommen, und blickte in den Spiegel. Okay, die rostige Heiligenschein-/Schlampen-Bar war also nicht gerade das, was ich mir als Ende meiner lange währenden Sexflaute vorgestellt hatte. Sie war der Inbegriff einer absoluten Hinterwäldlerspelunke, aber heute Abend sollte es *Club 54* werden oder was auch immer zum Teufel der jetzt angesagteste Hotspot war. Ich war eine lebende Tote, wenn es um Sex ging – aber heute Abend würde es losgehen.

Ich öffnete die Autotür, schnappte mir meine Handtasche und stolperte dann über den Kiesweg. Gerade als ich an einem verrosteten Pick-up vorbeiging, bellte mir ein Jagdhund ins Ohr, sodass ich aus der Haut sprang und mir fast ins Höschen pinkelte. „Himmel!", kreischte ich und blickte zu dem langohrigen Tier hinüber. Er saß hinter dem Steuer und sah aus, als wartete er darauf, seinen betrunkenen Besitzer am Ende der Nacht nach Hause zu fahren.

Als ich mich beruhigt hatte, gelangte ich bis zur Tür. Ich strich mein Haar und mein Kleid glatt und holte tief Luft. Okay, Olivia Rose Sullivan, reiß dich zusammen und geh da rein und schnapp dir einen.

Mit dieser inneren Aufmunterung stieß ich die Tür auf und machte einen entschlossenen Schritt nach drinnen. In dem Moment, als meine hohen Schuhe wegen dem Sägemehl und den Erdnuss-schalen, die den Boden bedeckten, ins Rutschen gerieten, wusste ich, dass ich einen überaus schrecklichen Fehler gemacht hatte. Die fröhlichen Pfiffe und Rufe der Gäste lenkten meine Aufmerk-samkeit von dem, was eine eklatante Verletzung des Gesundheitsgesetzes sein musste, auf die klei-ne Bühne gegenüber von mir. Eine *Skynyrd*-Coverband spielte die ersten Takte von *Free Bird* und Feuerzeuge wurden aus den Taschen ver-blasster Wranglers und Overalls gezogen und blitzten durch den dunstigen Rauch. Das Licht des Feuers half, den Raum zu erhellen, und gab mir einen guten Überblick bezüglich meiner Männer-auswahl für den Abend.

Meine lechzende Libido schrumpfte augenblick-lich bei diesem Anblick, der wie ein Klassentreffen der Schauspielerriege von *Beim Sterben ist jeder der Erste* wirkte. Sofort begann die Melodie *Dueling Banjos* in meinem Kopf zu spielen. Nein, nein, nein, das konnte es nicht sein. Ich konnte mich nicht dazu durchringen, mit einem Hinterwäldler nach Hause zu gehen, ungeachtet meiner Spinnweben, zu denen sich noch herumwehende Steppenläufer gesellt hatten. Es war an der Zeit, mich umzudrehen, zu kneifen und sofort von hier zu verschwinden.

Und dann teilte sich die Menge, und die Banjomusik, die in meinem Kopf spielte, hörte auf zu quietschen. Allein an einem Tisch befand sich die lebendige Verkörperung meiner Fantasien. Obwohl er saß, konnte ich erkennen, dass er groß war, weil seine Knie gegen die Tischplatte stießen. Sein gewelltes dunkles Haar fiel ihm in die Stirn, was ihn sehr zu irritieren schien, da er jedes Mal verärgert wirkte, wenn er es mit den Fingern zurückschob.

Statt Jeans oder einem Overall trug er einen Anzug. Das Jackett war über einen der zusätzlichen Stühle drapiert, während er die Ärmel seines weißen Hemdes bis zu den Ellbogen hochgekrempelt hatte. Seine Krawatte saß ein wenig schief, als hätte es ihn in den Fingern gejuckt, sie abzustreifen. Bunte Mappen übersäten den Tisch und dazwischen stand ein schäumendes Bier, an dem er nippte.

Obwohl die Menge mich anrempelte und schubste, stand ich wie erstarrt dort und zog ihn mit den

Augen aus. An meinem Kinn sammelte sich ein feuchter Fleck und ich wischte ihn mit dem Handrücken weg. Oh ja, ich sabberte. Nachdem ich befürchtet hatte, mit Joe Zahnlos ins Bett zu müssen, ging gerade ein Traum in Erfüllung.

Als ob Mr. Groß, Dunkel und Sündhaft-Sexy spürte, dass ihn jemand anstarrte, riss er den Kopf hoch und erwiderte meinen Blick. Dann machte sich das höschenschmelzendste Lächeln, das man sich vorstellen kann, auf seinem unglaublich gut aussehenden Gesicht breit. Und in diesem hellen und strahlenden Moment ächzte und krächzte sich meine arme von Männern vernachlässigte Vagina, die so lange Zeit nur dank lebenserhaltender Maßnahmen überdauert hatte, wieder ins Leben. Ein Stromstoß zuckte durch ihre seit Ewigkeiten schlummernden inneren Wände, als ob der Defibrillator eines Notarztes benutzt worden wäre und ein Arzt „Zurück!" geschrien hätte. Wie durch ein Wunder hatte ich tatsächlich den Dr. Feelgood gefunden, der meine endlose Sexflaute beenden sollte.

Ich betrachtete sein Lächeln als Einladung und drängte mich nach vorn, um die Lücke zwischen uns zu schließen. Das Sägemehl auf dem Boden, gepaart mit meinen nervös zitternden Knien, machte es etwas schwieriger, als ich erwartet hatte. Schließlich, nach einer Ewigkeit, stand ich vor ihm.

Mein Herz schlug wild, als er aufstand. „Hallo", sagte er und seine tiefe, volle Stimme schickte einen Blitz direkt in meine Vagina.

„H…hallo", stotterte ich.

Er deutete auf den leeren Stuhl gegenüber. „Wollen Sie sich nicht zu mir setzen?"

„Sehr gern." Nachdem ich mich niedergelassen hatte, streckte ich ihm meine Hand entgegen. „Mein Name ist Olivia Sullivan." Ich war mir nicht sicher, warum ich das Bedürfnis hatte, ihm meinen vollen Namen zu nennen. Wie würde es weitergehen? Würde ich meine Sozialversicherungsnummer herunterrasseln?

Als seine Hand meine berührte, spürte ich allen Ernstes einen Funken Elektrizität. Meine rationale Seite argumentierte, dass meine Stöckelschuhe daran schuld waren, die über den Sägemehlboden kratzten.

„Catcher Mains."

Verlegenheit ließ meine Wangen heiß werden, als ich merkte, dass ich immer noch seine Hand hielt. Schnell ließ ich sie los und warf mir die Haare über die Schulter zurück. „Catcher? Fänger? Das ist ein interessanter Name."

„Finde ich auch."

„Lassen Sie mich raten. Es ist Ihr Spitzname vom Baseballspielen."

„Sie haben recht, es *ist* ein Spitzname, aber er stammt nicht vom Baseball."

„Bitte sagen Sie mir, dass es nichts Kitschiges ist, wie zum Beispiel, dass Sie ein echter Fang sind oder dass Sie die Frauen, denen Sie nachjagen, immer fangen?"

Catcher warf den Kopf zurück und lachte herzhaft. „Man könnte sagen, das gehört dazu.“

„Im Ernst. Woher kommt der Name?“

„Meine Eltern waren Englischlehrer, also benannten sie mich nach der Hauptfigur in einem ihrer Lieblingsbücher – Holden Caulfield.“

„Von *Der Fänger im Roggen – The Catcher in the Rye*.“

Catchers blaue Augen leuchteten auf. „Kennen Sie es?“

Ich lachte. „Offensichtlich sehe ich aus wie eine Tussi, die keine Ahnung von Literatur hat.“

„Nein. Überhaupt nicht. Es ist nur so, dass ich nicht viele Leute treffe, die die Referenz verstehen.“

Nachdem ich den Blick um uns herum hatte schweifen lassen, sah ich mit hochgezogenen Augenbrauen zu ihm. „Vielleicht hängen Sie mit den falschen Leuten ab“, meinte ich.

Er grinste. „Ich schwöre Ihnen, das ist nicht meine übliche Freitagabend-Bar.“

„Meine auch nicht. Ich war zufällig auf der Durchreise und brauchte dringend einen Drink.“

„Und zufällig trugen sie dabei ein unglaublich heißes Kleid?“

„Sie denken, mein Kleid ist heiß?“

„Verdammt, ja.“ Mit einem Augenzwinkern fügte er hinzu: „Ich weiß, ich würde Ihnen gerne dabei helfen, dieses heiße Ding auszuziehen.“

Ein nervöses Kichern entkam meinen Lippen. „Ich glaube, Sie gehen ein wenig zu schnell vor.“

„Vielleicht tue ich das. Vielleicht sollte ich eher

ein Gentleman sein und versuchen, Sie besser kennenzulernen. Dann kann ich den verruchten Kerl rauskehren, wenn ich Ihnen sage, wie gerne ich Sie mit auf die Toilette nehmen, Ihnen das heiße Kleid über die Hüften hochschieben und Sie besinnungslos ficken würde."

Mein Mund wurde so trocken wie die Mojave-Wüste wegen des Bilds, das er gerade für mich gemalt hatte. Natürlich folgte direkt im Anschluss eine Rückblende auf das Höllenloch im Texaco und ich schauderte. „Keine Toiletten", flüsterte ich.

Überrascht hoben sich Catchers Brauen. „Nur nein zu den Toiletten? Sie meinen, Sie stören sich nicht am Rest?"

„Geben Sie mir einen Drink aus und wir werden sehen." Seine Anziehungskraft hatte mein Selbstvertrauen gestärkt.

Dieses umwerfende sexy Grinsen huschte über sein Gesicht. „Es wäre mir ein Vergnügen. Worauf stehen Sie?"

Ich war mir ziemlich sicher, dass es in *The Rosty Ho* keine umfangreiche Mischgetränkekarte gab. „Cranberry und Wodka wäre toll."

Catcher nickte, als er sich von seinem Stuhl erhob. Während er zur Bar ging, fiel mein Blick auf die Form seines fein geformten Hinterns in seiner Hose. Oh ja, es war die Art von Arsch, in den man seine Zähne graben wollte.

Ganz ruhig. Zurückhaltung. Wenn du mit den schmutzigen Gedanken weitermachst, bespringst du ihn in dem Moment, in dem er wieder an den

Tisch kommt, und du bist zu prüde, um Sex in aller Öffentlichkeit zu genießen.

Catcher kehrte zurück und stellte mein Getränk vor mich hin. „Danke", sagte ich.

„Gern geschehen." Catcher hatte seinen Krug Bier nachfüllen lassen. Nachdem er einen Schluck davon getrunken hatte, stützte er sich mit den Ellbogen auf den Tisch. „Also, Olivia Sullivan, womit verdienen Sie Ihren Lebensunterhalt?"

„Ich bin Lei..." Ich klappte den Mund abrupt wieder zu. Auf keinen Fall wollte ich ihm die Wahrheit sagen und meinen potenziellen Sexmarathon sabotieren, bevor er überhaupt begonnen hatte. Ich erholte mich schnell, indem ich mir die Haare über die Schulter warf. „Ich bin Flugbegleiterin."

Catcher verengte seine Augen. „Blödsinn."

„Verzeihung?"

„Sie sind nie und nimmer Flugbegleiterin."

„Warum glauben Sie mir nicht?"

„Weil ich ein umfangreiches Training absolviert habe, um die vielen Schichten der Täuschung aufzudecken. Deshalb erkenne ich, dass Sie auf keinen Fall Erdnüsse und Tomatensaft verteilen."

Darauf folgte ein gegenseitiger Anstarr-Wettbewerb. Als ich schließlich blinzelte, schenkte mir Catcher ein selbstgerechtes Grinsen.

„Okay. Ich bin Leichenbestatterin und County Coroner." Ich zuckte zusammen und wappnete mich, dass er schreiend vom Tisch wegrannte. Aber stattdessen überraschte er mich mit einem

Grinsen.

„Wirklich?"

„Ja. Wirklich."

„Das ist verdammt cool."

Ich blickte ihn überrascht an. „Das ist nicht dein Ernst." Ich war so verblüfft, dass ich ihn duzte.

„Doch, ist es."

„Normalerweise ist mein Beruf für Männer eine Mega-Abturner."

„Du meinst, es ist ein Abturner für Pussys." Er nahm mich mit seinem hypnotischen Blick gefangen und wechselte ebenfalls die Anrede. „Ich bin ein echter Mann, Liv. Es braucht viel mehr, um mich abzuschrecken."

„I…ich bin froh, das zu hören", stammelte ich. „Und was machst du so?"

„Was glaubst du, was ich tue?"

Nachdem ich einen Blick auf die Mappen vor ihm geworfen hatte, neigte ich gedankenverloren den Kopf. „Ich denke an irgendeine Form der Strafverfolgung oder vielleicht Militär, da du deine Ausbildung erwähnt hast."

Catcher zeigte mir wieder dieses Höschen in Brand setzende Grinsen. „Du hast recht. Ich bin ein Agent der GBI, auch bekannt als das *Georgia Bureau of Investigation*."

„Wow, das muss ein interessanter Job sein."

„Er hält mich auf Trab."

Ich deutete auf die Akten. „Was bringt dich her?"

„Nun, das ist vertraulich", antwortete er, bevor er die Mappen nahm und sie in seine Aktentasche steckte.

„Oh, das tut mir leid. Ist es eines dieser ‚Wenn ich es dir sagen würde, müsste ich dich töten‘-Dinge?“

„Vielleicht. Und ich will dich ganz sicher nicht töten. Vor allem nicht, bevor ich dich ficken und dazu bringen konnte, meinen Namen zu schreien.“

Mein Mund klappte angesichts seiner Dreistigkeit wieder einmal auf. „Ähm, okay“, antwortete ich schließlich.

„Spiel nicht die Prüde bei mir, Olivia. Wir wissen beide, dass du auf der Suche nach einem Schwanz hierhergekommen bist.“

„I…ich weiß nicht, wovon du sprichst“, erwiderte ich und rutschte auf meinem Platz hin und her.

Catcher schnaubte, bevor er noch einen Schluck von seinem Bier nahm. „Babe, ich habe dich sofort durchschaut, als du durch die Tür kamst. Aber hey, ich hab's verstanden. Nur weil du eine Frau bist, heißt das nicht, dass du keine Bedürfnisse hast. Ich werde dich sicher nicht dafür verurteilen, dass du dein Gesicht wahrst, indem du in irgendeine Spelunke kommst, wo dich niemand kennt, um dir deinen Schwanz zu holen.“

Ich nahm zwei Schlucke von meinem Getränk, bevor ich etwas sagte. „Okay, du hast recht. Ich kam hierher, damit ich …“ Irgendwie schien ich es einfach nicht hinzubekommen, es laut auszusprechen.

„Gefickt, flachgelegt, gebumst, genagelt, geritten …“

Ich hob die Hand. „Ja, das deckt es so ziemlich

ab.“

Catcher rückte seinen Stuhl näher an den Tisch. „Wie lange ist es her?“

Ich blickte auf meine Hände in meinem Schoß hinunter. „Eine Weile.“

„Wie lange ist ‚eine Weile‘?“

Auf meiner Unterlippe kauend, überlegte ich, ob ich ehrlich zu Catcher sein sollte. Ich hatte mich bereits mit der alltäglichen Peinlichkeit meines fehlenden Liebeslebens auseinandergesetzt. Ich wollte nicht, dass er mich als eine Art frigide Spinnerin sah. „Können wir es nicht einfach auf sich beruhen lassen und das Thema beenden?“

„Könnten wir. Aber ich wüsste auch gern, worauf ich mich einlasse.“

Ich riss den Kopf hoch, um ihn anzustarren. „Ich kann dir versichern, dass es nicht so schlimm ist, dass du meine Vagina mit einem Sandstrahler öffnen musst, okay?“

Catcher schien mit einem Lächeln zu kämpfen. „Das ist nicht genau das, worauf ich angespielt habe.“

„Klar doch.“

Er griff über den Tisch und nahm meine Hand. „Du hast recht, dass ich irgendwie den Zustand deiner Vagina angesprochen habe, aber es ist nicht das, was du denkst. Wenn es schon lange her ist, dann weiß ich, dass ich mir mit dem Vorspiel etwas Zeit lassen muss. Ich kann nicht einfach so in dich stoßen, wie ich will, es sei denn, du bist bereit für mich.“

Ich runzelte die Stirn. Es war sehr lange her, dass ich in einer Bar gewesen war oder mich in einem Teil der Szene herumgetrieben hatte, in der man sich zum Sex verabredet. Das letzte Mal, dass ein Typ so offen mit mir gesprochen hatte, war im College gewesen, und ich hatte einfach angenommen, seine Unverblümtheit wäre Teil seiner Unreife gewesen. Wenn es auf das Wesentliche ankam, redeten dann alle Männer so?

„Danke ... glaube ich."

Er senkte seinen Kopf näher zu mir. „Hör auf, so viel zu denken. Lass mich und deinen Körper die Entscheidungen treffen."

„Ich kann es probieren."

Catchers Nähe, gepaart mit seinem sexy Lächeln, entfachte ein Feuer zwischen meinen Beinen. Ich drückte meine Oberschenkel zusammen, um zu versuchen, es zu löschen.

„Als Erstes werden wir dich auflockern."

„In Anbetracht des Gesprächs, das wir gerade geführt haben, denke ich, dass ich locker genug bin."

Ich atmete ein, als ich spürte, wie sich Catchers warme Hand auf die Haut meines bloßen Oberschenkels presste.

Er schüttelte den Kopf. „Über etwas zu reden und es tatsächlich zu tun, sind zwei verschiedene Dinge. Und ich spreche nur von einem oder zwei Drinks. Das Letzte, was ich will, ist, dass du besoffen bist."

„Würde das die Sache nicht einfacher machen?"

„Zur Hölle, nein. Ich möchte, dass du jede Sekunde davon genießt. Schließlich hast du es mehr als verdient."

„Stimmt. Habe ich."

„Gut." Catcher nahm meinen Arm und zog mich von meinem Stuhl hoch. Wir schlängelten uns durch die Menge hinüber zur Bar. Catcher winkte den Barkeeper herüber. Er klatschte einen Zwanziger auf die Bar. „Zwei Tequila-Shots, bitte."

„Geht klar."

„Ich schätze, ich hätte zuerst nachfragen sollen, ob du Tequila magst", sagte Catcher, als der Barkeeper unsere Drinks einschenkte.

„Ich hätte mich schon gemeldet."

Catcher grinste. „Ja, das dachte ich mir. Du scheinst mir nicht der Typ Frau zu sein, der alles schweigend über sich ergehen lässt."

Ich riss das Kinn hoch. „Ich sage meine Meinung, falls du darauf anspielst."

„Und lässt dir von niemandem etwas gefallen."

Ich musste über seine Worte lachen. „Das auch."

Als der Barkeeper unsere Shots vor uns abstellte, hob Catcher seinen hoch. „Darauf, dass du deine Meinung sagst und nicht jeden Schwachsinn glaubst."

Ich nahm mein Glas. „Darauf trinke ich."

Catcher ließ unsere Gläser klirren und bedeutete dann, dass ich trinken sollte. „Ladies first", betonte er.

„Okay." Ich leckte das Salz von meiner Hand, bevor ich das Schnapsglas ansetzte. Die Flüssigkeit hinterließ eine brennende Spur meine Speiseröhre hinab bis in meinen Magen. Ich saugte die Limette in meinen Mund und meine Augen tränten. „Fertig", sagte ich, die Stimme heiser vom Tequila.

Zu meiner Überraschung folgte Catcher meinem Beispiel nicht sofort. Stattdessen schockierte er mich unglaublich, indem er den Salzstreuer nahm und meinen Brustkorb mit dem Inhalt bestäubte. „Was machst du …"

Er legte einen Finger an meine Lippen, um mich zum Schweigen zu bringen. „Mach einfach mit, Babe."

Obwohl ich immer noch unsicher war, beschloss ich, Catchers Rat zu folgen. Nachdem er seinen Finger weggenommen hatte, hob er sein Glas. Ich sog zischend einen Atemzug ein, als er es zwischen meine Brüste steckte. Dank des straffen Materials meines Kleides wurde das Glas perfekt in der Schwebe gehalten.

Ich atmete hektisch aus, als Catcher seinen Kopf senkte. Ich keuchte, als seine warme Zunge über die Haut über meinen Brüsten glitt. Als er das ganze Salz aufgesogen hatte, schloss sich sein Mund um den oberen Rand des Schnapsglases. Ich zitterte, als ich spürte, wie seine Lippen leicht über meine Haut streiften. Oh verdammt, fühlte es sich gut an, seinen Mund auf mir zu haben.

Mit dem Glas sicher zwischen den Lippen kippte er den Kopf nach hinten und stürzte den Inhalt herunter. Er zwinkerte mir zu, als er das Glas auf die Theke stellte. „Das tat gut."

„Ich bin froh, dass es dir gefallen hat", sagte ich

atemlos. Himmel, wenn ich zu lange in seiner Nähe bliebe, bräuchte ich eine Sauerstoffflasche, um meine Atmung sicherzustellen.

„Alles gut oder willst du noch einen?", fragte Catcher.

„Vielleicht. Soll ich ihn aus deiner Hose nehmen?"

Er lachte leise. „Nein, Babe. Hier gibt's kein Quidproquo."

Da ich nicht übertrumpft werden oder unsexy wirken wollte, fügte ich hinzu: „Ich könnte wohl noch einen vertragen."

Catcher grinste, als er den Barkeeper zu sich winkte. „Noch zwei Shots, bitte."

Als die achgefüllt waren, reichte er mir meins und hielt seins hoch. „Lass uns das zusammen machen."

„Okay."

„Runter damit."

Ich hatte gerade das Glas an meine Lippen gebracht, als Catcher hinzufügte: „Ich hoffe, dir das später auch bezüglich deiner Klamotten befehlen zu können."

Mein Mund bildete für einen Moment den Minion-Ausruf „Waaa...", bevor ich den Kopf nach hinten und den Tequila hinunterkippte. Irgendwie hatte ich bei Catchers Anspielung das Gefühl, dass ich ihn brauchen würde.

„Gut. Jetzt lass uns tanzen."

„Okay", antwortete ich unsicher. Ich war noch nie übermäßig begabt gewesen, wenn es darum ging, auf der Tanzfläche abzurocken, daher war ich ein wenig beunruhigt, mich vor Catcher zum Narren zu machen. Glücklicherweise verwandelte sich das Cover der Band von *Credence Clearwater Revivals Rolling on the River* in die langsame Melodie von Charlie Prides *So Good When You're Bad*.

Catcher schlang seinen Arm um meine Taille und zog mich eng an sich. Verdammt, es fühlte sich gut an, wieder so nah bei einem Mann zu sein. Als der holzige Geruch seines Duftwassers meine Nasenlöcher füllte, erbebte ich. Ein köstlich riechender Mann hatte etwas an sich, das für mich wie flüssiger Sex war. Ich hob schnell die Arme, um sie um seinen Hals zu legen. Meine Finger konnten nicht anders, als mit den Haaren an Catchers Nacken zu spielen.

Nachdem wir uns einige Sekunden im Takt gewiegt hatten, wanderte eine von Catchers Händen von meiner Taille tiefer, um meinen Hintern zu drücken. Während er meinen Po streichelte, begann sich seine Hüfte gegen meine zu bewegen. Wie auf einen Sirenenruf hin begann sich meine Hüfte an Catchers zu bewegen, wobei mein Schritt gegen seine wachsende Erektion rieb. Er drehte seine Taille, um eines seiner Knie zwischen meine Beine zu bringen. Er neigte seine Lippen zu meinen, während unsere Hände am Körper des anderen auf und ab strichen. Einen Moment lang dachte ich, wir wären in eine Szene aus *Dirty Dancing* versetzt worden. Ich erwartete, Patrick Swayze und Jennifer Grey mit den Hüften kreisend vorbeikommen zu sehen.

Als das Lied endete, befreite sich Catcher aus unserer Umarmung.

„Wohin willst du?" Ich keuchte.

„Toilette."

„Jetzt?"

Ein verruchtes Grinsen huschte über sein Gesicht. „Glaub mir, Babe, wenn ich mir jetzt keinen runterhole, überstehe ich keine Sekunde, wenn wir im Hotel angekommen sind."

Ich bin sicher, mein Mund muss vor Überraschung ein perfektes O gebildet haben, denn das war nicht das, was ich von ihm erwartet hatte. Dann wurde mir klar, dass ich eine Wahl zu treffen hatte. Ich konnte Catcher auf die Toilette gehen lassen, wo er sich einen runterholte, oder ich konnte mit ihm auf die Toilette gehen und ihm dabei helfen. Es war so eine Art *Jerry-Maguire*-Sache nach dem Motto: „Hilf mir, dir zu helfen".

Als ich endlich meine Stimme gefunden hatte, sagte ich atemlos: „Ich werde mit dir gehen."

Catchers Brauen schossen überrascht in die Höhe. „Was ist mit der ‚Keine Toiletten'-Regel, die du vorhin aufgestellt hast?"

Ich zuckte die Achseln. „Ich habe meine Meinung geändert." Mit einem verschämten Grinsen fügte ich hinzu: „Du hast meine Meinung geändert."

„Ich bin froh, das zu hören."

Catcher nahm mich an der Hand und führte mich durch die Menge in Richtung Toiletten. Bevor wir dort ankamen, blieb er an einer Tür stehen, auf der

„Nur für Angestellte" stand. Nachdem er nach links und rechts geschaut hatte, testete Catcher den Türknauf. Als er ihn unverschlossen vorfand, zog er mich in den schwach beleuchteten Lagerraum.

Catcher machte die Tür zu und schloss ab. „Ist das okay?"

„Klar."

Als Nächstes stürzte sich Catcher auf mich. Ich war so überrumpelt, dass ich zurücktaumelte. „Umpf", ächzte ich, da ich gegen eines der Gestelle krachte.

„Alles gut?"

Ich lächelte, während ich den Staub von meinem Hintern wischte. „Es geht mir gut. Ich schwöre es."

„Tut mir leid." Catcher warf mir einen verlegenen Blick zu. „Ich war zu erregt von der Aussicht, dich endlich ficken zu können."

Meine Zuversicht, die zunächst durch den Tequila gestärkt worden war, begann zu schwinden, und nun schlich sich ein Gefühl der Unzulänglichkeit ein. „Du machst dir sicher Hoffnungen, dass der Sex mit mir gut sein wird."

„Davon gehe ich fest aus, wenn ich dich so ansehe."

„Ich wünschte, ich würde dein Vertrauen teilen", murmelte ich.

Catcher strich mir die Haare aus dem Gesicht. „Olivia Sullivan, bist du nass für mich?"

Ich blinzelte ein paarmal ungläubig auf seine Frage. „J...ja."

„Triefend nass?" Da mein Höschen durchnässt

war, nickte ich. „Ich habe es also bereits geschafft, dich so anzumachen, dass du nass bist?"

„Oh ja."

„Für mich gibt es nichts, was Sex so gut macht wie eine Frau, die scharf auf mich ist – die mich mit Körper, Geist und Seele will."

Als Catcher mich einmal mehr mit seinem hypnotischen Blick festhielt, sagte ich: „Ich brenne für dich."

Er grinste. „Gut. Jetzt genug gequatscht. Zeit zum Ficken."

„Ähm, okay."

Catcher senkte seinen Kopf, um mich zu küssen. Innerhalb von Sekunden verschlang sein Mund meinen. Die ganze Hitze von der Tanzfläche wurde wieder zum Leben erweckt. Während Catcher an meinem Hals leckte und knabberte, knetete eine seiner Hände meine Brust. Als er nach dem Saum meines Kleides griff, hatte ich plötzlich eine überwältigende Rückblende auf das Zusammensein mit Eric. Die Sehnsucht, die durch meinen Körper geflossen war, wurde durch Panik ersetzt.

Catcher bemerkte die Veränderung meiner Stimmung. Er hob den Kopf, um mich anzusehen. „Was ist los, Liv?"

Ich zauberte mir ein Lächeln ins Gesicht. „Nichts."

Er zog die Stirn kraus. „Blödsinn. Du bist innerhalb einer Minute von glühend heiß zu eiskalt geworden."

„Du sagtest, kein Gequatsche mehr." Da ich verzweifelt das Thema wechseln musste, streckte ich die Hand aus, um seine Erektion über seiner Hose zu umfassen. Catcher stöhnte und schloss die Augen. „Küss mich noch einmal", verlangte ich.

Catcher drückte seinen Mund fast strafend auf meinen. Als er mir diesmal den Saum meines Kleides bis zur Taille hochschob, protestierte ich nicht. Er schob die Hand zwischen meine Beine und brachte mich zum Stöhnen. Dann bearbeitete er mich intensiv über meinem Tanga.

Er riss den Stoff zur Seite und stieß zwei Finger in meine nasse Spalte. Mein Kopf schlug gegen die Rückseite des Regals, wodurch ein paar Jack-Daniels-Flaschen klapperten. „Oh Gott", murmelte ich.

Während Catchers Finger ihre Magie wirkten, vergrub er sein Gesicht in meinem Dekolleté. Er saugte und leckte den Ansatz meines Busens, bevor er mit der anderen Hand das Material nach unten drückte und meine Brust freilegte. Mein Nippel, der bereits hart wie ein Kieselstein war, wurde noch härter. Als sich sein Mund darüber schloss, schrie ich auf und ballte die Faust in seinem Haar.

Aber selbst als mein Körper vor sexueller Energie wogte, konnte ich die Sorge, die an mir nagte, nicht verdrängen. „Catcher?", keuchte ich atemlos.

„Ja, Babe?", antwortete er. Sein warmer Atem fächerte über meine Brust.

„Hast du dich in den letzten Monaten untersuchen lassen?"

Nachdem er kräftig mit seinem Mund an meiner Brustwarze gesogen hatte, zog er sich zurück, um zu mir aufzublicken. „Fängst du jetzt an, dir Sorgen zu machen, ob ich gesund bin? Das kannst du dir direkt aus deinem hübschen kleinen Kopf schlagen, denn ich kann dir versichern, dass ich nur mit Kondom vögle."

„Nein, nein. Ich dachte an deinen allgemeinen Gesundheitszustand."

Catcher warf mir einen komischen Blick zu. „Wovon redest du?"

„Ich meine, war dein Herz in Ordnung? Keine Auffälligkeiten?"

Er richtete sich auf, um mich anzusehen. „Warum interessiert dich das?"

„Ich war nur neugierig."

„Du warst etwa sechzig Sekunden davon entfernt, von mir zu einem Orgasmus gestreichelt zu werden, und bist plötzlich neugierig auf meine Pumpe?"

„Schau. Es klingt vielleicht blöd, aber ich muss es wissen, bevor wir das tun."

„Warum das denn?"

„Weil ich den letzten Kerl getötet habe, mit dem ich zusammen war!"

In dem Moment, als mir die Worte von den Lippen fielen, schlug ich die Hände über den Mund und schüttelte wild den Kopf. „Ich kann nicht glauben, dass ich das gerade gesagt habe", murmelte ich hinter meinen Fingern.

„Was meinst du damit, du hast den letzten Kerl

getötet, mit dem du zusammen warst?"

Ich erzählte Erics Geschichte schnell in wenigen Sätzen. Als ich fertig war, wagte ich es endlich, Catcher anzusehen. Ich erwartete jeden Moment, dass er wie der Teufel vor mir weglaufen würde. Oder dass er lachen würde. Aber stattdessen schenkte er mir ein aufrichtiges Lächeln. „Deshalb hast du also den Laden geschlossen?" Als ich nickte, umfasste er mein Gesicht mit den Händen. „Olivia Sullivan, ich glaube, du bist anders als alle Frauen, die ich kenne. Es tut mir wirklich leid, dass dir das passiert ist, und es ist völlig verständlich, dass du Angst davor hast, wieder Sex zu haben. Aber ich möchte dir versichern, dass ich gesund wie ein Pferd bin. Meine letzte ärztliche Untersuchung liegt zwei Monate zurück und ich habe ein 1A-Gesundheitszeugnis erhalten."

„Ich bin froh, das zu hören."

„Jetzt, da du weißt, dass ich körperlich in der Lage bin, sexuell aktiv zu sein, darf ich dich kommen lassen?"

Ich blinzelte ihn überrascht an. „Du meinst, nach all dem willst du immer noch Sex mit mir haben?"

Catcher grinste, während er seine Hüften gegen meine rollte. Ich stöhnte, als ich fühlte, wie seine harte Länge gegen meine Spalte gepresst wurde. „Beantwortet das deine Frage?"

„Oh ja", keuchte ich. Sein heißer Schwanz hatte diese Frage mehr als beantwortet. Mein angeschlagenes und geprelltes Selbstwertgefühl erhob sich und legte einen Siegestanz hin.

Wieder einmal wurde mein Kleid über meine Hüften hochgeschoben, während Catchers meisterhafte Finger in mich eintauchten. Es dauerte nicht lange, bis er uns erneut dorthin führte, wo wir vorher gewesen waren. Plötzlich hatte ich das Gefühl, einen Marathon gelaufen zu sein und mein Körper wäre schwach vor Erschöpfung, als die Ziellinie in der Ferne auftauchte. Es war alles einfach zu überwältigend. Dann waren die Hände und der Mund eines Mannes zu viel für meinen vernachlässigten Körper und meine vernachlässigte Pussy. Zum ersten Mal seit sechs Jahren kam ich wegen jemand anderem. Während sich meine inneren Muskeln um Catchers Finger zusammenzogen, schrie ich eine Reihe von Flüchen. In Gedanken rannte ich mit erhobenen Armen siegreich über die Ziellinie.

Als ich zu mir selbst zurückfand, wurde mir klar, dass ich Catcher in mir brauchte. Jetzt sofort. Ich gab ihm kaum eine Chance, seine Finger aus mir herauszunehmen, bevor ich anfing, am Knopf seiner Hose herumzufummeln. Sobald ich ihn aufbekommen hatte, öffnete ich seinen Reißverschluss und wollte nach seinem Schwanz greifen, doch er hielt mich auf.

„Wenn du das tust, spritze ich in die Hose wie ein Teenager", stöhnte er.

Er holte sein Portemonnaie aus der Gesäßtasche und fischte ein Kondom heraus. Ich hätte froh sein sollen, dass er eines zur Hand hatte, aber gleichzeitig konnte ich nicht umhin, zu denken, dass er eine richtige männliche Hure sein musste, wenn er immer Kondome bei sich hatte.

Während er das Gummi über seine beeindruckende Länge streifte, konnte ich nicht anders, als mir die Lippen zu lecken. Ich kam mir vor, wie Goldlöckchen, als ich diesen Schwanz sah … er war weder zu dünn zu breit, zu kurz, noch zu lang. Er war genau richtig.

Er streckte die Hand aus und packte mich an den Hüften. „Spring auf, Babe."

Ich musste mir das nicht zweimal sagen lassen. Ich hüpfte und schlang meine Beine um seine Taille. Catcher hielt eine Hand unter meinem Arsch und führte seine Erektion zu meiner Mitte. Er sah mir direkt in die Augen, als er in mich stieß. Ich biss mir auf die Lippe, während er mich füllte und dehnte.

„Gut?", fragte er.

„Mmm", war alles, was ich in diesem Moment sagen konnte. Ich wusste nicht, ob ich verständliche Worte hätte bilden können, wenn ich es versucht hätte.

Catcher grinste, als seine beiden Hände mein Gesäß umfassten. Er begann, mich im Takt seiner Stöße auf und ab zu stemmen. Gott, das war soooo gut. Ich war mir ziemlich sicher, dass meine Vagina den *Hallelujah Chorus* gesungen hätte, hätte sie in Worte fassen können, wie es sich anfühlte. Oder vielleicht in Aretha Franklins *You Make Me Feel Like a Natural Woman*.

Es kümmerte mich nicht, dass die Jack-Daniels-

Flaschen gegen meinen Hinterkopf knallten. Das Einzige, was mich interessierte, war das Stoßen unterhalb meiner Taille. Ich näherte mich immer mehr dem großen Finale eines Orgasmus. Als ob Catcher das spüren könnte, stützte er etwas von meinem Gewicht auf eines der Regale und brachte eine Hand zwischen uns, um meine Klitoris zu streicheln. Wie er stieß und mich gleichzeitig streichelte, wusste ich nicht. Ich hielt nicht inne, um es herauszufinden, weil es einfach zu verdammt magisch war.

Ich stöhnte nicht auf, als sich meine Pussy in einem meisterhaften multiplen Orgasmus glorreich um seinen pumpenden Schwanz zusammenzog. Oh nein. Ich schrie. Ohrenbetäubend laut. Gleichzeitig grub ich die Nägel durch Catchers Hemd in seinen Rücken. Er stöhnte und pumpte noch wilder immer wieder in mich hinein. Es dauerte nicht lang, bis er sich versteifte, und dann brach ein ausgedehntes, kehliges Stöhnen aus ihm. „Fuck, ja", murmelte er mir ins Ohr.

Ich hätte auf ewig in diesem Moment bleiben können, aber dann zog sich Catcher aus mir zurück. Er ließ mich runter und setzte meine Beine ab. Sie waren so gummiartig, dass ich zu rutschen begann, und er musste mich aufrecht halten, indem er meine Oberschenkel mit seinen gegen das Regal drückte.

„Danke", sagte ich aufrichtig.

Catcher lachte leise. „Das ist eine Premiere. Ich glaube, mir hat noch nie eine Frau dafür gedankt, dass ich sie gefickt habe."

Ich grinste. „Ich habe dir gedankt, dass du mich nicht fallen gelassen hast. Aber da wir darüber sprechen: Ich finde, man sollte Menschen für guten Sex danken. Schließlich ist das nur höflich."

„Babe, ich habe dich gerade gegen ein Whiskyregal im Lagerraum einer üblen Spelunke gevögelt. Ich glaube, wir haben schon vor langer Zeit die Höflichkeit hinter uns gelassen."

„Vielleicht."

Als Gentleman kniete Catcher nieder und zog mein Höschen über meine Oberschenkel hoch.

Ich schob eine Haarsträhne hinter mein Ohr. „Okay", sagte ich.

„Also", antwortete Catcher. „Was machen wir jetzt?"

„Wir verschwinden von hier und gehen in mein Hotelzimmer für Runde zwei, auf die hoffentlich die Runden drei und vier folgen werden."

„Wenn ich noch drei oder vier Runden mit dir hinlege, kann ich morgen nicht mehr laufen."

Catcher wackelte mit den Brauen. „Ich werde dich tragen."

Ich lachte. „Ich weiß nicht, ob meine Vagina es in sich hat, aber sie ist bereit, es zu versuchen."

„Mein Schwanz ist sehr froh zu hören, dass deine Vagina eine so gute Arbeitsmoral hat."

Ich konnte nicht anders und musste Catcher anstarren wie eine Fata Morgana. Als ob er im nächsten Augenblick einfach verschwinden könnte. Es war schwer zu glauben, dass ein Mann wie er tatsächlich existierte. Er besaß so viele wunderbare Eigenschaften. Gutes Aussehen. Stärke. Intelligenz. Sex-Appeal. Sinn für Humor. Magische Finger, die meine Klitoris bespielten als ob sie ein Instrument wäre. Und einen meisterhaften Schwanz, der alle richtigen Stellen traf.

Am Knauf der Lagerraumtür wurde gerüttelt. „Wer zum Teufel hat die Tür verschlossen", murmelte eine Stimme hinter dem Holz.

„Zwei geile Ficker", flüsterte Catcher mit einem Grinsen.

Ich schlug ihm spielerisch gegen den Arm. „Komm schon. Wir verschwinden hier besser, bevor wir in Schwierigkeiten geraten."

„Ich bin mir ziemlich sicher, dass ich meine Marke zücken könnte, um die Sache zu klären."

„Benutzt du deinen Ausweis oft in so unangemessenen Situationen?"

Er grinste. „Es könnte sein, dass ich möglicherweise dafür bekannt bin."

„Das ist nicht allzu überraschend", erwiderte ich, als ich zur Tür ging.

Nachdem ich sie aufgeschlossen hatte, sagte Catcher: „Du erlaubst?" Er trat vor mich, um die Tür zu öffnen. Er streckte seinen Kopf heraus und schaute sich um. „Die Luft ist rein."

Glücklicherweise konnten wir aus dem Lagerraum schlüpfen, ohne erwischt zu werden. Ich deutete mit dem Daumen in Richtung der Toiletten. „Ich mache mich noch etwas frisch, dann treffen wir uns draußen, okay?"

Catcher beugte sich vor, um sich an meinen Hals zu schmiegen. „Irgendwie gefällt mir der Gedanke, dass du nach Sex riechst, wenn wir hier rausgehen."

Angesichts seiner Worte erschauderte ich. Die Wahrheit war, ich hatte das Gleiche gedacht. Es hatte etwas unglaublich Erotisches an sich, den Geruch von Sex zu verströmen. Aber ich entschied mich für Sauberkeit und ging in die Damentoilette.

Nachdem ich mich blitzschnell wieder hergerichtet hatte, verließ ich den Raum. Als ich über die Tanzfläche lief, griff eine Bärenpranke von Hand nach einer meiner Pobacken.

„Hey, Süße, ich habe dich vorhin tanzen sehen. Lass uns beide eine Runde auf dem Parkett hinlegen."

Ich versuchte, die Hand von mir zu entfernen, doch er hatte einen Griff wie ein Schraubstock. Ich zwang mich zu einem Lächeln. „Lieb, dass Sie fragen, aber danke, nein."

Sein Gesicht verdüsterte sich. „Du verwechselst mich wohl. Ich hab' dich nicht gefragt. Ich hab's dir mitgeteilt."

Als ich protestierend den Mund öffnete, bedeckte er meine Lippen mit seinen und erstickte mich förmlich mit dem Geschmack von jemandem, der den Inhalt eines Aschenbechers zu sich genommen hatte. Ich würgte, als er mir seine Zunge in den Mund schob.

Mit aller Kraft, die in mir steckte, stieß ich ihn weg. „Ich sagte Nein."

„Und das ist mir scheißegal, Mädchen. Du wirst mich genauso nett behandeln wie diesen hochgestochenen Kerl."

Mein Blick huschte durch den Raum und suchte verzweifelt nach Catcher. Als ich ihn nicht sah, versuchte ich, meinen Atem zu kontrollieren, während Panik in mir aufstieg. Ich musste etwas tun. Ich konnte mich nicht einfach von diesem Schwachkopf herumkommandieren und mich zwingen lassen, ihn „nett zu behandeln." Ich hatte ein Selbstverteidigungstraining absolviert, verdammt noch mal. Ich war keine Mimose.

Ich hatte gerade einen Plan ausgeheckt, um seine Eier zu Spiegeleiern zu verarbeiten, als Catcher aus dem Nichts auftauchte.

„Lass sie gehen", verlangte er.

„Fick dich", antwortete der Hinterwäldler, während er mich weiter festhielt.

Catchers Gesichtsausdruck war mörderisch. „Vertrau mir, Kumpel. Das ist kein Kampf, den du austragen willst."

Der Kerl schnaubte. „Ich bringe gute hundert Pfund mehr auf die Waage, Schlappschwanz."

Catchers Zorn wuchs sichtlich, weil er als Schlappschwanz bezeichnet worden war. Dann schwang er seine Faust in das Gesicht des Hinterwäldlers. Die Kraft dahinter überrumpelte diesen kurzzeitig und ich konnte mich aus seinem Griff befreien.

„Olivia, verschwinde verdammt noch mal von hier!", schrie Catcher.

Bevor ich ihm mitteilen konnte, dass ich ihn nicht zurücklassen würde, um von diesem Neandertaler verprügelt zu werden, schlug der Typ mit einem Fausthieb Richtung Catchers Kopf zurück. Sein Ring mit der Konföderiertenflagge riss Catchers Augenbraue auf und Blut spritzte auf mein Kleid. Catcher hatte keine Chance, sich zu erholen, bevor der Kerl ihn im Würgegriff hatte.

„SCHLÄGEREI!", rief jemand. Und im nächsten Moment war eine waschechte Saloon-Schlägerei in vollem Gang. Überall gingen Fremde aufeinander los, traten und prügelten sich, während Gläser und Flaschen durch die Luft geschleudert wurden.

Als Catcher ächzte und nach Atem rang, wusste ich, dass ich etwas tun musste, und zwar nicht, den Notruf wählen. Ich hob einen der klapprigen Stühle auf und schlug ihn dem Hinterwäldler auf den Rücken.

„Verdammte Scheiße!", rief er, während Holzsplitter auf den Boden regneten.

Während der Kerl nach hinten taumelte, schnappte ich mir einen der Queues vom Billardtisch. Sobald der Typ herumwirbelte, stieß ich ihm den Stock in den Schritt wie ein eingeborener Inselbewohner, der einen Fisch aufspießt. Er quiekte, bevor er auf die Knie fiel. Dann schlug ich ihm auf den Hinterkopf. Als ich merkte, dass ich ihn k. o. geschlagen hatte, ging ich schnell neben ihm auf die Knie.

„Was zum Teufel machst du da?", fragte Catcher heiser und rieb sich die Kehle.

„Seinen Puls überprüfen." Zum Glück hatte er noch einen, sodass der Mord an einem Hinterwäldler in *The Rosty Ho* mein ansonsten blütenweißes Strafregister nicht beschmutzen würde. Auch wenn es Notwehr gewesen wäre, hätte mich mein schlechtes Gewissen innerlich vollkommen zerfressen.

Catcher packte mich am Arm und zog mich auf die Füße. „Komm schon. Wir müssen von hier verschwinden."

„Hört sich gut an."

Er zog mich an seine Seite und begann, uns durch das Kampfgetümmel zu führen. „Duck dich!", rief er. Ein Bierkrug verfehlte uns nur knapp, bevor er in die Bar krachte. Wir mussten uns in Schlangenlinien bewegen wie eine Kobra, um zu verhindern, dass wir geschlagen oder gestoßen wurden. Auf dem Weg nach draußen schnappte sich Catcher seine Jacke und seine Aktentasche.

Nachdem wir auf dem Parkplatz angekommen waren, stieß ich den Atem aus, den ich angehalten hatte. Catcher wollte mich zu seinem Auto führen, doch ich zerrte an seinem Arm. „Nein", protestierte ich.

„Wie bitte?", fragte er.

Ich schüttelte den Kopf. „Wohin auch immer es als Nächstes geht, ich fahre mit meinem eigenen Auto dorthin. Auf diese Weise kann ich kommen und abhauen, wie es mir gefällt."

Catcher rollte mit den Augen und murmelte: „Verdammte Feministinnen." Beim Geräusch zerbrechenden Glases wirbelten wir beide herum. Ein Mann lag verletzt und blutend auf dem Bürgersteig, wohin er durch eines der Fenster geschleudert worden war. „Wo ist dein Auto?", fragte Catcher und ließ den Mann nicht aus den Augen.

„Zwei Reihen weiter."

Nachdem er die Fahrertür seines Wagens entriegelt hatte, griff er in die Seitenkonsole und holte eine Waffe heraus. Als ich ihn mit großen Augen anstarrte, schenkte er mir ein strahlendes Lächeln. „Für den Fall, dass wir auf dem Weg zu deinem Auto ein wenig zusätzlichen Schutz brauchen."

Wir mussten über den Mann auf dem Boden steigen. Glücklicherweise war er bewusstlos, sodass er keine Gefahr darstellte. Das Letzte, was wir brauchten, war eine Schlägerei auf dem Parkplatz.

„Folge mir. Ich wohne in einem *Holiday Inn*, etwa zwei Kilometer die Straße runter."

„Okay." Nachdem Catcher mich ins Auto gesetzt hatte, verriegelte ich die Türen. Während er zurück zu seinem Wagen ging, startete ich schnell den Motor. Bevor ich zurücksetzen konnte, flog ein Stuhl aus dem zerbrochenen Fenster und verfehlte knapp meine Motorhaube. Mit zitternden Händen steuerte ich den Wagen rückwärts und fuhr mit quietschenden Reifen aus der Parklücke. Der Anblick von Catchers Rücklichtern ein paar Meter vor mir verschaffte mir ein wenig Erleichterung. Er drückte das Gaspedal durch und wir ließen *The Rosty Ho* glücklicherweise im aufgewirbelten Staub hinter uns zurück.

Als ich in der dunklen Nacht die zweispurige Straße entlangraste, konnte ich nicht umhin, mich zu fragen, ob dies die karmische Vergeltung dafür war, dass ich Sex mit einem Fremden gehabt hatte. Ich versuchte, die Stimme zu ignorieren, die fragte, was noch alles Verrücktes passieren könnte, wenn ich in Catchers Hotel gelandet wäre. Obwohl ich besorgt war, reichte das nicht aus, um mich von ihm fernzuhalten. Vielleicht war es der längst überfällige postorgasmische Nebel, der all mein rationales Denken auslöschte. Er war wie die ultimative Droge, die ich gekostet hatte, und jetzt war ich süchtig danach.

Kapitel 4

Ich konnte nicht umhin, vor Erleichterung zu seufzen, als ich sah, dass das *Holiday Inn*, in dem Catcher wohnte, kein kompletter Reinfall war wie *The Rosty Ho*. Die Kneipe hatte mich für mein Leben gezeichnet. Gleichzeitig konnte das *Holiday Inn* aber auch nicht als das *Ritz* bezeichnet werden. Es schien entweder in den späten 1970er- oder frühen 1980er-Jahren gebaut worden zu sein. Am Ende war das Einzige, was zählte, dass es kein totales Drecksloch war.

Ich lenkte meinen Accord auf den Parkplatz neben der schwarzen Limousine, die Catcher fuhr. Obwohl sie nicht nach etwas aussah, das er fahren würde, schrie der Wagen förmlich Bundesagent. Er beeindruckte mich mehr als der Typ Mann, der einen feuerroten Sportwagen besaß. Und es war ja nicht so, dass er seine Männlichkeit kompensieren müsste. Die besaß er in höchstem Maße.

Catcher stieg schnell aus seinem Auto und war an meiner Tür, bevor ich sie auch nur öffnen konnte. „Wie geht es dir?", fragte er. In seinem hübschen Gesicht stand die Sorge geschrieben.

Mein Herz legte bei seiner Nachfrage einen Stepptanz hin. „Es geht mir gut. Das war nichts."

Catcher neigte seinen Kopf zu mir. „Für dich ist es nichts, sexuell belästigt zu werden und an einer Kneipenschlägerei teilzunehmen?"

„Nach dem Tag, den ich hatte, verblasst es auf jeden Fall im Vergleich dazu."

Catcher lachte leise und schüttelte den Kopf.

Ich deutete auf seine Augenbraue. „Ich weiß deine Sorge zu schätzen, aber du bist derjenige, der blutet."

Catcher zuckte zusammen, als er nach oben griff, um seine aufgeplatzte Augenbraue zu betasten. „Blöder Wichser."

„Sprichst du von dir oder dem Hinterwäldler?", fragte ich neckisch.

Er schnaubte. „Vermutlich von mir, denn ich habe diesen Neandertaler nicht besser geblockt. In Anbetracht der Tatsache, dass er ein schwerfälliger Idiot war, war er überraschend schnell."

„Dem muss ich zustimmen, da er aus dem Nichts auf mich losgegangen ist."

Catcher tappte mir spielerisch gegen das Kinn. „Du bist ein harter Brocken, Olivia Sullivan."

„Danke, Catcher Mains."

Wir standen da und starrten uns gegenseitig in die Augen – so lange, dass es sich wie eine Ewigkeit anfühlte. „Komm schon. Lass uns reingehen, damit ich wieder in dich eindringen kann", sagte Catcher mit einer heiseren Schlafzimmer-Stimme.

Meine überaus sexy Reaktion auf seine frechen Worte war, über meine Absätze zu stolpern und mein Gesicht fast auf dem Bürgersteig zu verewigen.

„Ganz ruhig. Du solltest in der Vertikalen bleiben." Mit einem Augenzwinkern fügte er hinzu: „Nun, zumindest für eine Weile."

„Okay. Ich werde es versuchen."

Catcher warf einen Arm um meine Schulter und zog mich zu sich. Wir gingen Seite an Seite in die Lobby. Er führte mich vor sich her, um den Aufzug in den zehnten Stock zu nehmen, der zufällig die höchste Etage war. „Oh, du hast das Penthouse?", fragte ich neckisch.

„Oh ja. Warte nur, bis du die Mordsaussicht siehst, die ich auf die verlassenen Textilfabriken habe."

Ich lachte. „Protzig."

„Ich verlange das Beste, wenn ich in einem *Holiday Inn* übernachte." Catcher schob die Schlüsselkarte in den Schlitz und entriegelte die Tür. „Ladies first", sagte er und bedeutete mir, ich sollte hineingehen.

„Danke", antwortete ich, als ich den Raum betrat. Nachdem ich meine Handtasche abgestellt hatte, drehte ich mich wieder zu ihm um. „Macht es dir etwas aus, wenn ich kurz dusche? Ich muss dringend den Dreck von *The Rosty Ho* wegspülen."

Catcher grinste. „Solange ich mich dir anschließen kann."

„Sicher."

„Zuerst müssen wir deine Augenbraue säubern."

„Kann ich sie nicht einfach unter warmes Wasser halten und gut ist?"

„Sie muss gereinigt werden", konterte ich.

„Gut", murmelte er.

„Setz dich aufs Bett", wies ich ihn an und holte das Erste-Hilfe-Set aus meiner Handtasche.

„Du schleppst allen Ernstes ein Erste-Hilfe-Set

mit dir herum?“

„Reine Berufsgewohnheit. Meistens ist jemand verletzt, wenn man einen Todesfall untersucht oder wenn man eine Leiche abholt.“

Catcher schnaubte, während er sich auf die Matratze fallen ließ. „Du bist eine Wahnsinnsfrau“, sinnierte er.

Ich brachte das Set zu ihm. „Ich fasse das als Kompliment auf.“

„Solltest du auch. Ich glaube, ich habe noch nie eine so faszinierende Frau getroffen, die wie eine Weltmeisterin in einem Lagerraum ficken kann und dann einen Typ mit einem Stuhl und einem Billardstock zur Strecke bringt.“

Sein Resümee über die Ereignisse der Nacht ließ mich kichern, als ich ihm das antiseptische Tuch an die Augenbraue legte. „Ich würde nicht sagen, dass ich immer so faszinierend war. Der heutige Abend war für mich in vielerlei Hinsicht sicherlich etwas Außergewöhnliches.“

Catcher zuckte zusammen, bevor er sagte: „Ich glaube, es gibt für alles ein erstes Mal.“

„Das kannst du laut sagen.“ Ich lehnte mich nach vorn und blies auf Catchers Augenbraue, um das Antiseptikum zu trocknen.

Er erwischte mich unvorbereitet, als er seine Hände an meine Oberschenkel legte. Ich atmete tief ein, während er mein Kleid über meine Hüften hinaufschob. Er senkte seinen Kopf und nahm ein Ende meines Tangas zwischen die Zähne. Sobald er daran ruckte, gab das dünne Material nach.

Meine Beine begannen zu zittern, und er küsste sich über meinen Bauch auf die andere Seite. Als er den Vorgang dort wiederholte, fiel der Tanga vollständig von meinem Körper ab.

Kühle Luft wirbelte um meine entblößte Spalte und ich starrte auf Catcher hinab. Er schenkte mir ein arrogantes Grinsen, während er meinen Tanga aus seinem Mund fallen ließ.

„Sie schulden mir ein Höschen, Mr. Mains", sagte ich.

„Würdest du stattdessen mit einem Orgasmus vorliebnehmen?"

Nachdenklich legte ich einen Finger an mein Kinn. „Ich schätze, das muss reichen."

Catcher überraschte mich, indem er mit seiner Zunge gegen meine Pussy schnippte. Als ich seine Schultern fest umklammerte und meine Hüften nach vorn drückte, neigte er seinen Kopf. „Du willst über diese Antwort sicher noch einmal nachdenken."

Ich biss mir auf die Lippe und nickte, woraufhin Catcher leise lachte. „Komm schon. Lass uns unter die Dusche gehen."

Als er sich von der Matratze erhob, glitten seine Hände um mich herum, um meinen Reißverschluss zu finden. Mit einem schnellen Ruck an meinem Rücken öffnete er ihn. Seine Finger strichen zu den Spaghettiträgern des Kleids. Er zog sie an meinen Armen herunter und legte meine Brüste frei. Meine Brustwarzen verhärteten sich augenblicklich unter seinem hitzigen Blick.

Er musste ungeduldig geworden sein, denn als Nächstes riss er mir das Kleid über die Hüften und Oberschenkel hinunter. Als es auf dem Boden lag, trat er zurück und sah mich an. „Verdammte Scheiße, bist du hinreißend", murmelte er.

Wärme ergoss sich über meine Wangen und erfüllte mein Inneres bei seinen Worten und seinem Blick. Ich hatte noch nie zuvor einen Mann gehabt – am wenigsten einen, den ich kaum kannte –, der mir das Gefühl gegeben hatte, so begehrt zu werden. „Ich glaube, jetzt bist du dran."

Catcher grinste. „Bereit, mich in all meiner Herrlichkeit enthüllt zu sehen?"

Ich lachte. „Ja."

„Ich verspreche, dass ich deiner Fantasie gerecht werde."

Mit einem Augenrollen hob ich die Hände, um seine Krawatte zu lockern. „Wenn du nicht aufpasst, wird dein aufgeblasener Schädel nicht mehr in diesen Raum passen."

„Ich weiß, wo ein anderer großer Kopf von mir einfach perfekt hineinpasst."

Mein Blick zuckte zu seinem. „Du bist ein Egomane." Aber natürlich liebte ich seine verruchte Ausdrucksweise.

„Gib es zu. Mein dicker Schwanz hat sich in deiner engen Pussy wirklich gut angefühlt." Seine Stimme war wieder in diesen warmen, heiseren Tonfall gefallen. Der, der sowohl mich als auch meine Vagina hypnotisiert hatte. Wie wenn er eine pendelnde Uhr vor uns halten und uns in seinen

Bann ziehen würde, während er uns sagte: *Ihr seid jetzt sehr erregt.*

„Vermutlich", antwortete ich, als ich sein Hemd aufknöpfte.

„Ha, vermutlich?" Catcher neigte seinen Kopf so weit, dass sein Atem heiß an meinem Ohr vorbeistrich. „Du und ich wissen beide, wie gut es dir gefallen hat. Deine Pussy hatte meinen Schwanz in einem Todesgriff."

Nachdem ich seinen Gürtel gelöst und abgestreift hatte, legte ich die Enden aneinander und ließ ihn knallen. „Man sollte dir den Hintern versohlen für die Art, wie du mit mir redest."

Die Lust brannte hell in Catchers blauen Augen. „Hmm, stehst du ein bisschen auf SM?"

Ich wollte nicht zugeben, dass ich Peitschen und Ketten nur insofern nahegekommen war, als ich im Grundstudium zu einem beruflichen Einsatz im *Club 1740* in Atlanta mitgekommen war. Dort hatte ein siebzigjähriger Kerl einen Herzinfarkt gehabt, nachdem er gefesselt und ausgepeitscht worden war. Da der Typ ein Stammkunde gewesen war, war er ausgegangen und hatte das getan, was er geliebt hatte, aber gleichzeitig war es für seine Kinder etwas erschreckend, dass ihr Vater nicht auf normalen Sex stand und in einem Sexclub abgekratzt war.

Also zuckte ich die Achseln. „Vielleicht."

Catcher fing mein Kinn zwischen seinen Fingern ein. „Na, na, na. Du lügst nach Strich und Faden."

Verdammt seien er und sein GBI-Körpersprache-

Training. „Okay. Ich war in meinem Sexleben zu hundert Prozent nullachtfünfzehn. Zufrieden?"

Mit einem Grinsen sagte Catcher: „Fühl dich nicht schlecht, Babe. Es ist ja nicht so, dass ich Master Mains bin und dich mit einem Flogger auspeitschen werde. Ich brauche keine zusätzlichen Gerätschaften, wenn ich ficke. Aber falls du mir die Augen verbinden oder mich fesseln willst, bin ich voll dabei."

„Gut zu wissen."

„Was ist mit dir?"

„Was soll mit mir sein?" Ich schob ihm die Hose über seinen köstlichen Hintern nach unten.

„Möchtest du, dass dich jemand fesselt und dir die Augen verbindet?"

„Vielleicht … die Augenbinde mehr als das Fesseln." Ich zog die Nase kraus. „Ich müsste eine Person wirklich kennen und ihr vertrauen, bevor ich mich von ihr fesseln lasse."

„Ich denke, das ist Teil der ganzen BDSM-Sache. Du weißt schon, Vertrauen und Zustimmung. Ich weiß, dass ich mich sicher nicht von irgendjemandem fesseln lassen würde."

„Ich bin froh, dass es dir reicht, bei den Basics zu bleiben."

„Solange ich ihn dir reinstecken darf, sind die Basics voll mein Ding", neckte Catcher mich mit einem Grinsen.

„Du bist unmöglich", murmelte ich.

„Unmöglich gut ausgestattet."

Ich lachte, während ich sein unmöglich gut definiertes Sixpack schlug. „Genug der Anspielungen." Meine Daumen tauchten in den Bund seines Slips ein. Ich zog ihn über seine Hüften und Beine nach unten. Als sie auf dem Boden lagen, warf ich einen Blick auf seinen Schritt. Obwohl ich seinen meisterhaften Schwanz bereits gesehen und gefühlt hatte, konnte ich nicht umhin, ihn noch einmal zu bewundern.

Unter meinem anerkennenden Blick begann er sich bald zu versteifen.

„Da schwillt dir schon wieder der Kopf", zog ich ihn auf.

Catcher lachte. „Er kann nicht anders. Wenn eine Dame ihn so ansieht wie du, muss er seine Wertschätzung zeigen."

Mit dem Zeigefinger tippte ich die wippende Erektion an. „Du wirst geduldig sein und mir erlauben müssen, mich sauber zu machen, bevor ich dir noch mehr Aufmerksamkeit schenke." Als mir dann klar wurde, was ich gerade getan hatte, fuhr ich mir über die Augen. „Oh mein Gott, du hast mich dazu gebracht, mit deinem Schwanz zu reden."

„Mach dir nichts draus. Ich rede viel mit ihm."

Ich betrachtete ihn zwischen meinen Fingern hindurch. „Wirklich?"

„Sicher. Redest du nie damit?"

„Nun, da ich keinen Penis habe, lautet die Antwort nein."

Catcher rollte mit den Augen. „Nicht mit deinem Schwanz, mit deiner Pussy."

„Ähm, nein.“

„Vielleicht solltest du damit anfangen.“ Er grinste. „Immerhin verdient sie einige Komplimente, da sie eine wirklich nette Pussy ist.“

Ich lachte und schüttelte gleichzeitig den Kopf. „Danke.“

„Ich meine es ernst. Ich habe in meinem Leben schon viele Pussys gekannt und deine ist zweifellos eine der schönsten.“

Bei der Erwähnung seines männlichen Herumhurens zwickte ich seine Brustwarze, und zwar nicht auf amüsante, sexuelle Weise. Obwohl es für uns nur um heute Abend ging, wollte ich trotzdem nicht hören, wie er über andere Frauen … oder andere Pussys sprach.

Catcher zuckte zusammen. „Entschuldigung. Sie ist die schönste.“

„Weißt du nicht, dass es nicht gerade höflich ist, vor mir mit deinem Sexleben zu prahlen?“

„Ich habe nicht geprahlt. Ich habe nur Fakten genannt.“

„Hättest du gerne ein Paddel, damit du in deinem Deppen-Kanu weiter den Shit Canyon durchfahren kannst?“

Catcher warf lachend den Kopf zurück. „Liv-Käferchen, ich liebe dein freches Mundwerk.“

„Heißt das, dass du deines jetzt mehr im Blick haben wirst?“

„Ja, Ma'am. Das werde ich.“ Ich begann zu nicken, bevor er hinzufügte: „Ich werde den Blick nicht abwenden, wenn mein Mund über deinen ganzen Körper gleitet."

Ich stöhnte. „Ich gebe auf."

Catcher lachte leise und streckte seine Hand aus. Als ich meine in seine legte, sagte ich: „Danke."

„Gern geschehen." Dann führte er mich ins Badezimmer. Er beugte sich vor, um die Dusche anzumachen, und ich ignorierte den Drang, seinen Hintern anzustarren und sah mich stattdessen im Spiegel an. Sogar nach dem Lagerraum-Gevögel hatten meine Haare und mein Make-up bemerkenswert gut gehalten. Ich würde Jill noch einmal für ihre unglaublichen Fähigkeiten danken müssen.

Als die Wassertemperatur genau richtig zu sein schien, schob Catcher den Duschvorhang zurück und krümmte den Finger. Ganz der Gentleman half er mir hinein, bevor er mir folgte. Ich stöhnte, sobald das glühend heiße Wasser auf meinen Rücken traf.

„Hey, heb dir dieses Stöhnen für mich auf und schenk es nicht leblosen Gegenständen", befahl Catcher, während er eines der eingewickelten Seifenstücke des Hotels aufriss.

„Ich werde es versuchen."

Nachdem er seine Hände eingeschäumt hatte, ging Catcher direkt auf meine Brüste los. Er knetete sie, umfasste sie, drückte sie. Es machte mich unglaublich an. Ich keuchte, als er meine Brustwarzen zwickte und drehte.

„Wir müssen darauf achten, dass die hier blitzsauber sind", sagte er mit einem Grinsen.

„Ich wusste nicht, dass ich so ein schmutziges Mädchen bin."

„Hmm, ich habe vor, dich sauber zu machen, nur um dich wieder zu beschmutzen."

Ich zitterte trotz des heißen Wassers. Sowohl bei Jesse als auch bei Eric hatte es eine Weile gedauert, bis sie sich mit Dirty Talk angefreundet hatten. Catcher hingegen legte sofort und mit Schwung los. Und so wahr mir Gott helfe, ich liebte es.

Catcher zog mich wieder unter den Wasserstrahl, um meine Brüste abzuwaschen. Als seine Hand zwischen meine Beine tauchte, biss ich mir auf die Lippe, um nicht zu stöhnen.

„Tu das nicht", sagte er.

„Was?"

„Dich zurückhalten. Ich will dich hören – jedes Stöhnen und Keuchen, besonders die Schreie." Als ob er eine schnelle Reaktion hervorrufen wollte, streichelten seine Finger meine Klitoris stärker.

Dieses Mal hielt ich mich nicht zurück. Ich warf den Kopf nach hinten und stöhnte.

„Das ist nichts", versicherte er. „Warte, bis ich meinen Mund auf dir habe."

Ich wimmerte. „Bitte. Jetzt."

Catcher gehorchte, indem er auf die Knie sank. Seine starken Hände packten meine Oberschenkel und drückten sie auseinander. Dann stupste er meine Pussy mit der Nase an, bevor er meine Innenschenkel leckte. Als seine Zunge über meine Klitoris zuckte, belohnte ich ihn mit einem herzhaften Ächzen. Ich lehnte mich mit dem Rücken gegen die Duschwand, während ich mich mit einem Bein auf der Kante abstützte, um Catcher den Zugang zu erleichtern.

Der Mann musste die Akademie des Pussyleckens mit höchster Auszeichnung abgeschlossen haben. Vielleicht sogar als Jahrgangsbester. Ich war mir nicht sicher, wie er es schaffte, seine Zunge um meine Klitoris zu wirbeln und gleichzeitig daran zu saugen. Es war Multitasking vom Feinsten.

Als er mich mit seinen Fingern spreizte, erwartete ich, dass er sie in mich pumpen würde. Aber er benutzte stattdessen seine Zunge, während sein Mund und sogar seine Zähne auf meine Klitoris drückten.

„Ich werde kommen!", rief ich.

„Ja, Baby. Komm hart auf meiner Zunge." Seine Worte vibrierten auf meiner Pussy.

Ich wollte ihm sagen, dass meine ohnehin schon zitternden Beine nachgeben würden, wenn ich käme. Aber stattdessen ritt ich das Vergnügen aus, als ob ich auf dem Rücken eines bockenden und nicht eingerittenen Pferds säße. Ich hielt mich an ihm fest, damit mir nichts entging. Ich machte mir Catchers Gesicht untertan, während meine Hüften auf der Suche nach zusätzlicher Reibung heftig pumpten. Wenn ich dachte, der Orgasmus im Lagerraum der *Rusty Ho* wäre heiß gewesen, dann war der hier, als würde glühend heißes Magma über mich strömen.

„Catcher!" Ich schrie, während sich die Muskeln

meiner Vagina zusammenpressten und meine Mitte pulsierte.

Sobald ich von dem epischen Hoch wieder herunterkam, sah ich Catcher mit einem zufriedenen Grinsen vor mir stehen. Nachdem er mit der Zunge geschnalzt hatte, sagte er: „Ziemlich gut, was?"

Ich fuhr mir mit der Hand über die Stirn, um mein klitschnasses Haar aus dem Gesicht zu streifen. „Oh ja."

Er grinste. „Komm schon. Lass uns hier rausgehen, bevor ich dich wieder im Stehen nehme."

Ich biss mir auf die Zunge, um nicht zu protestieren, dass es mir nichts ausgemacht hätte. Es war mir egal, wo wir Sex hatten, solange wir ihn hatten. Wir könnten auf dem Badezimmerboden vögeln und es hätte mich nicht gestört. Verdammt, ich hätte ihn zu diesem Zeitpunkt auch auf der Toilette geritten.

Catcher stellte die Dusche ab und half mir dann nach draußen. Ich schnappte mir ein Handtuch und trocknete mich ab. Als ich fertig war, holte ich ein frisches. Ich drehte mich zu Catcher um und streckte es ihm entgegen. „Soll ich dich abtrocknen?"

„Sehr gerne."

Ich begann an seinem Oberkörper, wobei ich breite Schwünge über seine Muskeln machte. Die Tatsache, dass er dunkle Brusthaare hatte, die sich über seine Muskeln und dann den Bauch hinunter bis zu seinem Schritt erstreckten, verursachte ein Kribbeln zwischen meinen Beinen. Gleichzeitig war ich dankbar, dass er keinen behaarten Rücken oder Hintern hatte.

Als ich mit dem Handtuch seine Erektion streifte, sog Catcher den Atem ein. Anstatt ihm dort Aufmerksamkeit zu schenken, trat ich hinter ihn, um seinen Rücken abzutrocknen. Ich war überrascht, in der Mitte seines Rückens die Tätowierung eines Herzens, eines Kreuzes und einer Pistole zu finden, die ineinander verschlungen waren. „Interessantes Tattoo", sinnierte ich laut, während ich die sexy Grübchen über seinem Hintern trocken rieb.

„Das habe ich nach meinem Abschluss an der GBI-Akademie stechen lassen. Es ist etwas, das zeigt, wer ich bin – ein Mann des Glaubens, des Herzens und der Ehre. Ich schätze, die Waffe ist eine seltsame Wahl, um sie mit den anderen Symbolen zu mischen, aber sie repräsentiert meine Karriere in der Strafverfolgung."

„Es gefällt mir."

Catcher warf mir einen Blick über die Schulter zu. „Hast du je überlegt, dir auch eines machen zu lassen?"

„Ja, habe ich."

Catcher packte das Ende des Handtuchs und zog mich daran wieder nach vorn, damit ich ihm erneut gegenüberstand. „Wo?"

„Auf alle Fälle kein Arschgeweih."

Er lachte. „Du wirkst nicht wie der Arschgeweih-Typ." Seine Finger streiften die Haut über meiner Brust. „Du bist zudem nicht der Typ für einen Titten-Tattoo."

Ich rümpfte die Nase. „Nein." Ich wollte gerade hinzufügen, dass ich auch keines auf meinem Hintern machen lassen würde, als seine Finger über meinen Bauch fuhren.

„Hier?"

Meine wiederbelebte Vagina wollte schreien: „Nein, hier!", damit er mich dort berührte. Glücklicherweise gelang es mir, mich zu fassen. „Ich dachte an mein Schulterblatt oder meinen Fuß."

„Gute Wahl. Klassisch, aber frech."

Ich lachte. „Wenn du das sagst."

„Kann ich sagen, lutsch meinen Schwanz?"

Auf seine Bitte hin riss ich die Augen auf. Angesichts meines Zögerns fügte Catcher hinzu: „Vielleicht willst du, dass ich darum bettle?"

„Vielleicht."

Er nahm meine Hand in seine und führte sie zu seiner pochenden Erektion. „Olivia, Baby, würdest du mir bitte den Schwanz lutschen? Würdest du bitte mit Lippen und Zunge darüberstreichen, wie es deine Hand und Finger gerade tun?"

Ich hatte noch nie zuvor ein besonders starkes Verlangen verspürt, einem Mann einen zu blasen, aber bei seiner tiefen Stimme und mit seinem steinharten Glied in der Hand sabberte ich tatsächlich. Es war nicht so sehr, dass ich ihn lutschen *wollte*. Ich *musste* ihm einen blasen.

Ich leckte mir die Lippen. „Ja. Gott, ja. Hier?"

„Wo willst du es tun?"

Verdammt. Diese Frage hatte mir noch nie jemand gestellt. Obwohl ich nur mit zwei Männern

Sex gehabt hatte, hatte ich in meiner Studienzeit mehr als bloß ein paar Blowjobs gegeben. Bei denen war es meistens der Typ gewesen, der den Reißverschluss aufgemacht hatte, bevor er meinen Kopf in Schwanzrichtung gedrückt hatte. Wenn sie dazu noch ein Grunzen gemischt hätten, wäre es eine totale Höhlenmensch-Nummer gewesen.

„Ich möchte, dass du auf dem Bett sitzt."

„Ja, Ma'am", antwortete Catcher. Er ging an mir vorbei, um das Bad zu verlassen. Er trat direkt zum großen Doppelbett und ließ sich darauf fallen. Dann spreizte er seine Beine, um mir Raum zu geben, mich zwischen sie zu setzen.

„Nette Präsentation", neckte ich, als ich über den Teppich näher kam.

„Vielen Dank. Ich muss sagen, die Aussicht, die du mir bietest, ist auch wirklich großartig. Ich meine, das Kleid hat der Fantasie nicht viel Spiel gelassen, aber verdammt, du hast einen verflucht sexy Körper."

Anstatt sein Kompliment mit Stolz anzunehmen, wurde mein Gesicht heiß. „Glaubst du wirklich, dass ich einen schönen Körper habe?" Ich kniete vor ihm auf dem Teppich nieder.

Catcher setzte sich auf und streckte die Hand aus, um meine Wange zu streicheln. „Baby, du weißt, dass ich das tue." Er schüttelte den Kopf. „Du musst mit einem Sack über dem Kopf herumgelaufen sein, um dem Sex so lange zu entgehen."

„Wenn du das sagst", murmelte ich. Nach all den Jahren, in denen ich das datelose Wunder der Stadt gewesen war, fiel es mir fast zu schwer, einem so gut aussehenden Mann wie Catcher zu glauben, dass er mich tatsächlich für sexy halten könnte. Aber er warf nicht nur mit hübschen Worten um sich, um in mein Höschen zu kommen. Sein Ton und sein Gesichtsausdruck wirkten tatsächlich aufrichtig. Und es lag nahe, dass er nach dem Fick im Lagerraum von *The Rosty Ho* Fersengeld gegeben hätte, wenn er mich wirklich hässlich fände.

„Ich meine es ernst, Olivia."

Heilige Scheiße. Es war, als ob Catcher meine Selbstzweifel spürte – obwohl es mir schwerfiel, das zu glauben, da er mich kaum kannte. Nun, er kannte mich im biblischen Sinne, aber nicht meine verletzliche, unsichere, mädchenhafte Art.

Bestärkt durch seine Komplimente, nahm ich seine Erektion in die Hand. Nach vorn gebeugt fuhr ich mit meiner Zunge entlang der Hauptvene an der Unterseite seines Penis. Nachdem ich an der Spitze angekommen war, ließ ich meine Zunge neckisch darumwirbeln, bevor ich sie in meinen Mund saugte. Catcher stöhnte und ballte die Faust in meinem nassen Haar, als ich anfing, an seinem Schwanz auf und ab zu gleiten. Es war das größte Glied, das ich je im Mund gehabt hatte, deshalb dauerte es ein paar Sekunden, bis ich mich daran gewöhnt hatte. Ich bewegte mich auf und ab. Nach einigen Minuten begann Catcher, seine Hüften zu heben, um sich schneller in meinen Mund hinein und heraus zu arbeiten. Eine seiner Hände krallte sich in die Laken, während die andere in meinen

Haaren blieb.

Sein Stöhnen der Freude spornte mich an. Gerade als ich spürte, wie er sich verkrampfte, ließ er mich los.

„Ich will es nicht vergeuden", ächzte er atemlos. Er half mir von den Knien und setzte mich neben sich auf das Bett, bevor er nach seiner Hose griff. Als Catcher diesmal nach seiner Brieftasche griff, beförderte er einen Streifen von drei Stück zutage.

„Überschätzt du dich da nicht etwas?"

Catcher lächelte mich an. „Du solltest es wissen, da du mich sowohl in deinem Mund als auch in deiner Pussy hattest."

Ich rollte mit den Augen. „Ich meinte, du überschätzt dich, wenn du denkst, dass wir so viele Kondome brauchen werden."

„Ich möchte dich im Ungewissen lassen." Er beugte sich vor, um mit seinen Zähnen meine Unterlippe zu streifen. Dann zog er ein Kondom über. „Ich fordere ein, dass du deinen Hintern in die Luft streckst."

„Was?"

„Als wir vorhin getrunken haben, habe ich dir gesagt, dass ich deinen Hintern in der Luft haben würde, bevor die Nacht vorbei wäre."

„Oh!"

„Also los! Ich will diesen perfekten Arsch in die Luft gereckt sehen."

„Wie du wünschst." Ich grinste, während ich mich auf die Mitte des Bettes schob. Dann erhob ich mich auf Hände und Knie. Als ich fühlte, wie die Matratze sich senkte, blickte ich über meine Schulter, um zu beobachten, wie Catcher auf den Knien zu mir rüberrutschte. Ich war mehr in Flirtlaune denn sonst und schwang meine Hüften hin und her. „Wollten Sie mich so, Agent Mains?"

„Zur Hölle, ja." Catcher ließ seine Handfläche hart auf einer meiner Pobacken landen. Ich zuckte angesichts des lustvollen Schmerzes zusammen. Als ich ihn anstarrte, zwinkerte er mir zu. „Ich dachte, ich lege noch etwas SM drauf."

„Das hat mir gefallen."

Catchers Antwort bestand darin, mir auf die andere Arschbacke zu schlagen. Gerade als das Brennen ein wenig nachließ, stieß er grob in mich, sodass er stöhnte und ich wimmerte. Nach diesem ersten Mal legte er seine beiden Hände an meine Hüften. Er begann in einem harten Rhythmus, in dem er in mich hineinstieß, während er mein Becken zurückzog, um ihm zu begegnen. Falls noch Spinnweben und Steppenläufer vorhanden waren, wurden sie vollständig und gründlich weggefegt.

Er ließ meine Hüften los, um seine Hände an meine Schultern zu legen. Er zog mich hoch, sodass ich auf meinen Knien saß. Er pumpte weiter in mich hinein und aus mir heraus, aber jetzt hatte er Zugang zu meinen Brüsten und meiner Pussy. Eine Hand drückte und knetete meinen Busen, die andere neckte meine Klitoris.

Ich neigte den Kopf zurück, damit er mich küssen konnte. *Verdammt, ich liebte seine Küsse.* Seine Zunge wirbelte und tanzte mit meiner, während sein

Schwanz seine Magie wirkte. Ich spürte, wie sich ein weiterer Orgasmus aufbaute. *Heilige Scheiße. War es das, was ich all die Jahre verpasst hatte?* Nach Catcher würde ich niemals wieder sechs Wochen auf Sex verzichten können, ganz zu schweigen von sechs Jahren. Es dauerte nicht lange, bis ich meinen dritten Orgasmus herausschrie – ja, der dritte Orgasmus der Nacht raste durch mich hindurch wie eine Lokomotive.

Catcher manövrierte meinen gesättigten Körper, um mich auf den Rücken zu legen. Er schenkte mir ein sexy Lächeln, als er meine Beine anhob, um sie auf seinen Schultern abzustützen.

„Fuuuuuuucccccck", stöhnte er, während er wieder in mich stieß. Mit einem entschlossenen Ausdruck auf seinem schönen Gesicht begann er, mich unerbittlich zu ficken. Wir fluchten und stöhnten und keuchten beide vor Ekstase, bevor sich Catchers Körper verkrampfte und er mit einem donnernden Schrei kam.

Er brach auf der Matratze neben mir zusammen. Seine Brust hob sich, als er um Atem rang. Er wischte sich über die Stirn.

„Verdammt", murmelte er.

„Ja."

Er stützte sich auf einen Arm, um mich anzustarren. „Das war wirklich erstaunlich."

„Ja", wiederholte ich.

Catcher lachte. „Ist es immer so bei dir? Du kannst ehrlich sein."

„Glaub mir, für mich war es nie so." Wenn er nur

wüsste. Nun, er wusste über Eric Bescheid, aber das war bloß ein Teil meiner traurigen sexuellen Vergangenheit.

Statt des „Ich bin der Mann"-Blicks, den ich in seinen Augen zu sehen erwartete, wirkte Catcher ernst. „Dasselbe gilt für mich. Es ist echt ein Vorteil, wenn eine Frau länger nicht gekommen ist."

Ich schnaubte. „Vielen Dank."

Er streichelte gedankenverloren sein Kinn. „Aber es muss mehr als das sein, denn selbst wenn der Lagerraumsex heiß war, *das hier* war umwerfend."

„Das dachte ich auch."

Catchers intensiver Blick hielt meinen, als er mich nachdenklich ansah. „Olivia Sullivan, wo warst du mein ganzes Leben lang?"

„Verloren. Auf der Suche", antwortete ich ehrlich.

Catcher beugte sich vor, um mir einen langen Kuss zu geben. Als er sich zurückzog, stöhnte er. „Verdammt sei dein Mund." Er grinste. „Ein Kuss, und schon ist mein Schwanz für eine weitere Runde bereit."

„Wirklich?" Ich knabberte an meiner Unterlippe und machte mir Sorgen darüber, dreimal in einer Nacht Sex zu haben. Ich war mir nicht sicher, ob meine Vagina das aushalten würde. Alles, was ich mir vorstellen konnte, war, dass sie durch Überbeanspruchung zu rauchen beginnen oder dass sie einen Stromstoß erhalten und einen Kurzschluss haben würde.

„Ich möchte, dass du mich diesmal reitest, damit diese perfekten Titten hüpfen und ich sie sehen kann."

Auf Catchers freche Worte hin stemmte sich meine Vagina vom Boden hoch, staubte sich ab und machte sich bereit, wieder in den Sattel zu steigen. Yippie yeah!

Kapitel 5

Zum ersten Mal in meinem Leben, und hoffentlich auch zum letzten Mal, riss mich der Klang eines krähenden Hahns aus dem Tiefschlaf. Das Geräusch ging mir auf die Nerven und ließ mich im Bett geradewegs senkrecht in die Höhe schießen. Hektisch wirbelte mein schläfriger Blick durch den Raum und durchsuchte verzweifelt die ungewohnte Umgebung. Die schrecklichen Polyestervorhänge, die Pressholzmöbel und der allgemein muffige Geruch in der Luft konnten nur eins bedeuteten: Ich war in einem billigen Hotel-/Motelzimmer.

Und als mir dann alles wieder einfiel, entwich ein Stöhnen der Scham meinen Lippen. Ich klatschte mir die Hand auf die Augen und versuchte, mich vor der Schmach zu schützen, sobald die Ereignisse der letzten Nacht in meinem Kopf abliefen wie ein Erwachsenenfilm, komplett mit der schrecklichen Bow-Chicka-Wow-Wow-Musik. Ich konnte nicht umhin, mich zu fragen, was zum Teufel in mich gefahren war. Ja, ich hatte eine Sexflaute durchgemacht, aber vorige Woche hätte ich niemals zugelassen, dass mich ein Fremder mit nach Hause nahm – na ja, in ein Hotelzimmer. Was hatte die gestrige Nacht anders verlaufen lassen? Dann erinnerte ich mich an die Unterwäscheparty meiner Mutter, verbunden mit meinem Gespräch mit Jill, und mir wurde klar, wo genau die Dinge schiefgelaufen waren.

Als ich über meine Schulter blickte, lag mein Fehler ausgestreckt auf seinem Bauch, die muskulösen Arme um das Kissen gelegt. Sein breiter Rücken hob und senkte sich mit schweren Atemzügen. Wärme machte sich zwischen meinen Beinen breit, da die Bettdecke einen provozierenden Blick auf seinen köstlichen Hintern erlaubte. Ich musste mich zusammenreißen, um mich nicht für eine weitere Runde auf ihn zu stürzen.

Ein großes O für den Weg. Ein Abschiedsfick. Ein „Wir sehen uns nie wieder"-Fick.

Nein, nein, nein. Das könnte ich nicht tun. Ich war im Dunkeln schon ein ausreichend dreistes Luder gewesen, aber jetzt, bei Tageslicht, musste ich mich und meine rasende Libido in den Griff bekommen. Ich dankte im Stillen Gott, dass Catcher noch schlief und ich mich sauber aus dem Staub machen konnte.

Aufgrund meiner begrenzten sexuellen Erfahrung hatte ich im wirklichen Leben bisher nie mit dem Weg der Schande zu tun gehabt, aber ich hatte viel davon im Fernsehen und Kino gesehen. Ich wusste, dass ich mit meinem Vogelnest von einer Frisur, weil ich mit nassen Haaren eingeschlafen war, und in meinem sexy Kleid wie die Königin des Wegs der Schande aussehen würde.

Langsam begann ich, über die Matratze zu robben. An der Kante angekommen, ließ ich das Bett los und mich auf den Boden fallen, als wäre ich im Modus „schleichender Ninja". Ich hob mein Kleid auf und warf es mir über den Kopf. Ich stieß ein gedämpftes Ächzen aus, während ich mit dem engen Material kämpfte. So, wie ich mich auf dem Boden wälzte, sah ich wahrscheinlich aus wie eine Raupe, die in ihrem Kokon feststeckte. Oder wie eine ausgestopfte Wurst.

Der Gedanke an eine Wurst ließ mich an das feine Stück Wurst der Güteklasse A denken, das nur wenige Meter entfernt war. Ugh, ich war wirklich erbärmlich. Ich tastete auf dem billigen Teppich nach meinem Höschen. Und dann erinnerte ich mich daran, was am Abend zuvor damit geschehen war. Ruhe in Frieden, roter String aus Chantilly-Spitze von *Victoria's Secret*.

Als ich nach meinen Stöckelschuhen griff, machte sich Schmerz zwischen meinen Beinen bemerkbar. Noch einmal überfiel mich eine Bow-Chicka-Wow-Wow-Rückblende, die meine Sinne überwältigte. Ich konnte sehen, und wenn ich mich stark genug konzentrierte, konnte ich fast *fühlen*, wie Catchers Zunge über mein Fußgewölbe glitt und an meinen Zehen saugte, so wie er an meiner Klitoris gesaugt hatte. Ich schüttelte den Kopf, als sich die Hitze in meiner Vagina sich über den Rest meines Körpers ausbreitete. Wenn ich mir erlauben würde, diesen Spaziergang in meinen Erinnerungen fortzusetzen, würde ich verbrennen.

Ich musste mich sehr zusammenreißen, um mich nicht auf Catcher zu stürzen. Nachdem es mir gelungen war, erhob ich mich vom Boden. Catcher schlief noch tief und fest. Als ich ihn ein letztes Mal anstarrte, drang ein anderer Schmerz in meine

Brust. Unabhängig vom Sex hatte ich meine Zeit mit ihm genossen. Es war interessant gewesen, mit ihm zu reden – er war klug, lustig, freundlich und ein König im Spiel der süchtig machenden schmutzigen Worte gewesen. Im Grunde war er alles, was ich bisher immer zum Daten gesucht hatte. Leider würde das jetzt nie passieren, weil man aus One-Night-Stands einfach keine dauerhaften Beziehungen machte.

Während ich auf Zehenspitzen über den fadenscheinigen Teppich schlich, hielt ich den Atem an und hoffte, dass ich Catcher nicht wecken würde, da ich so kurz vor dem Entkommen war. Sobald ich schließlich das Hotelzimmer verlassen hatte, atmete ich erleichtert aus. Ich zog den Kopf ein, damit ich keinen potenziell verurteilenden Blicken begegnen musste. Ich behielt sogar meine Entschlossenheit, als die Dame an der Rezeption „Guten Morgen" rief.

„Guten Morgen", murmelte ich, ging an ihr vorbei und durch die automatischen Türen hinaus.

Ich fühlte mich erst völlig sicher, nachdem ich in meinem Auto saß. Da ich Catcher nicht die Chance geben wollte, mich zu erwischen, fuhr ich rasch vom Parkplatz. Ich behielt meinen Bleifuß auf den zweispurigen Straßen bei. Als ich auf der Interstate ankam, blickte ich in den Rückspiegel.

„Auf Wiedersehen, Catcher Mains. Danke für die Erinnerungen. Und das Lachen. Und den umwerfenden und lebensverändernden Sex. Und die fünf Orgasmen. Aber vor allem danke, dass du meiner

Vagina gezeigt hast, wozu sie geschaffen wurde."

Nachdem ich von Bumblefuck nach Hause gekommen war, gelang es mir, in rekordverdächtiger Zeit zu duschen und mich fertig zu machen. Als ich schließlich auf den Parkplatz des Bestattungsinstituts rollte, war es nach zehn Uhr. Ich legte einen Powerwalk zur Hintertür hin, bevor ich in die Küche raste. Ich wollte mit niemandem zu tun haben, ehe ich nicht mindestens eine Tasse Kaffee getrunken hatte, am besten zwei. Ohne vernünftigen Koffeinkonsum konnte ich für meine Handlungen nicht zur Rechenschaft gezogen werden.

Ich hatte mir gerade eine dampfende Tasse eingeschenkt, als eine Stimme hinter mir ertönte und mich zusammenzucken ließ, sodass brühend heißer Kaffee auf meine Hand schwappte. „Scheeeiiiiße!", kreischte ich.

„Wo warst du?", fragte meine Mutter.

Ich ignorierte sie, hob meine Hand zum Mund und leckte an dem brennenden Fleisch.

„Olivia Rose Sullivan, antworte mir."

Ich drehte mich um. Dort stand sie, die Hand auf der Hüfte und mit ihrem wütendsten Gesichtsausdruck. Das Schlimmste war die Tatsache, dass Pease hinter ihr aufragte und genauso sauer aussah.

Ich seufzte. „Ich weiche deiner Frage nicht aus, Mama. Ich bin im Moment nur ein wenig damit beschäftigt, mich um die Verbrennung dritten Grades auf meiner Hand zu kümmern, weil du mich zu Tode erschreckt hast."

„Ich habe dich bestimmt zehnmal angerufen."

Ich war mir ziemlich sicher, dass meine Mutter, falls sie sich jemals beruflich verändern wollte, die Befragung von Verdächtigen im Auftrag der Regierung übernehmen könnte. Sie war wirklich unerbittlich. Vergesst Formen der Folter – sie würde sie einfach zu Tode nörgeln. „Ich bin nicht ans Telefon gegangen, weil ich mich auf die Arbeit vorbereiten wollte, und ich wollte nicht noch später dran sein, als ich schon war."

„Du hättest wenigstens abheben können, um mir mitzuteilen, dass es dir gut geht, oder du hättest mir eine Nachricht schicken können. Du kannst dir nicht vorstellen, welche schrecklichen Szenarien mir durch den Kopf gegangen sind, was dir alles hätte passieren können."

„Noch einmal, es tut mir leid. Es wird nicht wieder vorkommen. Okay?"

Auch wenn meine Mutter mit meiner Entschuldigung zufrieden schien, war sie nicht ganz bereit, mich vom Haken zu lassen. „Was ist passiert, dass du so spät dran warst?"

Ich zuckte apathisch mit den Achseln. „Ich habe einfach verschlafen."

Mama runzelte die Stirn. „Aber du verschläfst nie – du bist immer früh dran. Das ist genau der Grund, warum ich vorhin so besorgt war."

Pease trottete zu mir herüber. Nachdem sie einen Blick auf mich geworfen hatte, beugte sie sich vor und holte tief Luft. Triumph blitzte in ihren Augen auf. „Verdammt, du warst mit einem Mann zusammen!"

Ihr Ausruf ließ mich zusammenzucken, als ob ich getasert worden wäre. Ich stand da mit einem Ausdruck, den wahrscheinlich auch Bambi im Scheinwerferlicht gehabt hätte. „Ähm, wie bitte?"

Mit einem Schmunzeln antwortete Pease: „Spiel nicht die Schüchterne. Du hast mich schon beim ersten Mal verstanden."

Nachdem ich einen Blick zwischen ihr und Mama hin und her geworfen hatte, schüttelte ich den Kopf. „Ich habe nicht die geringste Ahnung, wovon du sprichst."

Pease schnaubte frustriert. „Vertrau mir, ich kenne den Geruch von Sex."

„Igitt. Wie ist das überhaupt möglich, wenn ich doch geduscht habe?", platzte es aus mir heraus, bevor ich mich stoppen konnte.

„Aha. Ich wusste es", freute sich Pease und schnippte mit ihren knorrigen Fingern.

Als ich es wagte, meine Mutter anzuschauen, starrte sie mich mit einem verwirrten Gesichtsausdruck an. „Aber du warst bis neunzehn Uhr in der Hütte."

„Ich habe an einer Bar angehalten, um etwas zu trinken."

„Mit Schwanz-Beilage", warf Pease ein.

Ich kniff die Augen zu und wollte, dass sich der Boden auftat und mich verschluckte. Auf den erstickten Schrei meiner Mutter hin öffnete ich sie wieder. „Du meinst, du bist mit einem fremden

Mann nach Hause gegangen?"

In diesem Moment hatte ich die Wahl. Ich könnte lügen und sagen, dass ich mich mit einem alten Freund vom College oder einem Bekannten aus der Highschool getroffen hatte. Oder ich könnte die Wahrheit sagen und meine Mutter noch mehr in Schrecken versetzen. Sie schätzte zwar schrittfreie Höschen und Körperöle, aber sie durften nur im Rahmen der Unantastbarkeit einer festen Beziehung verwendet werden. Niemand würde sie jemals ohne eine solche mit Brustwarzen-Pasties sehen. Ihre Moralvorstellungen bezüglich Sex erstreckten sich auch auf mich.

Heute beschloss ich, dass Ehrlichkeit die beste Wahl wäre. Nervös stieß ich hektisch den Atem aus und legte die Hand auf ihre Schulter. „Ja, Mama, ich bin mit einem ‚fremden Mann‘ nach Hause gegangen. Nur war es nicht sein Zuhause – wir waren im *Holiday Inn* an der Route 53. Und mit fortschreitender Nacht war er mir nicht mehr so fremd ...“

„Ich würde kaum behaupten, dass jemand, den du im biblischen Sinne kennst, als Fremder betrachtet werden kann", bemerkte Pease.

Nachdem ich ihr einen Blick zugeworfen hatte, fuhr ich fort. „Sein Name ist Catcher Mains und er ist ein Agent des GBI."

Meine Mutter blinzelte ein paarmal, während sie meine Worte verarbeitete. „Wirst du ihn wiedersehen?"

„Das glaube ich nicht, wenn man bedenkt, dass

ich mich heute Morgen rausgeschlichen habe."

Mama seufzte. „Aber warum?"

„Willst du wirklich, dass ich diese Frage beantworte?"

„Ja, das tue ich. Ich hätte nie gedacht, dass eine Tochter von mir so etwas tun würde."

Pease verschränkte die Arme vor der Brust. „Oh, entspann dich, Maureen. Es war ein One-Night-Stand, kein bewaffneter Raubüberfall oder Mord."

Mama rollte mit den Augen. „Ich meine es ernst. Was ist, wenn du eine FTD bekommst?"

„Das heißt STD, Mama. Es steht für *Sexual Transmitted Disease*, sexuell übertragbare Geschlechtskrankheit", korrigierte ich sie.

Sie winkte mit der Hand. „Was auch immer." Ihre Augen weiteten sich. „Was ist, wenn er dich geschwängert hat?"

„Ich mag in sexuellen Dingen naiv sein, aber ich bin nicht dumm. Wir haben uns geschützt, ganz zu schweigen davon, dass ich die Pille nehme."

Mama sah ein wenig erleichtert aus, doch dann fummelte ihre Hand ängstlich an ihren Perlen. „Ist das etwas, was du regelmäßig tun wirst?"

Ich lachte. „Nein, Mama. Es war eine einmalige Sache – eine Möglichkeit, die Vergangenheit hinter mir zu lassen."

„Du musstest nur ein Jucken kratzen, nicht wahr?", merkte Pease an.

„Wenn du es so ausdrücken musst, dann Ja."

Es klopfte an die Küchentür. Ich schnaubte verächtlich beim Anblick von Brandon Jenkins,

Taylorsvilles neuestem Stellvertreter des Sheriffs, der in der Tür stand.

Ich stemmte die Hand in die Hüfte und sah mit verengten Augen zu meiner Mutter. „Du hast allen Ernstes die Polizei gerufen, weil ich nicht ans Telefon gegangen bin?"

Sie schüttelte protestierend den Kopf, als Brandon nach vorn trat. Er nahm seinen Hut ab, bevor er sprach. „Entschuldigen Sie die Störung, Ms. Sullivan. Aber es scheint ein Problem in Mr. Dickinsons Haus zu geben."

Ich runzelte verwirrt die Stirn. „Ein Problem?"

Brandons Finger spielten an der Krempe seines Hutes. „Er ist ermordet worden."

„Ermordet?", sagte ich ungläubig mit Mama und Pease im Chor.

„Ja, Ma'ams. Es scheint so."

Ich schluckte hart und versuchte, die aufsteigende Angst zu unterdrücken, die meine Brust zusammenzog. In Taylorsville hatte es seit den 1970er-Jahren keinen Mord mehr gegeben, und das war damals gewesen, als Dwayne Bassey den doppelten Posten als Polizeichef und Coroner innegehabt hatte. Jetzt lag alles auf meinen Schultern.

Mama hob eine Hand an die Brust. „Dieser süße Mann. Wer könnte ihn töten wollen?"

„Ein verärgerter Medicare-Kunde, der sauer war, dass er sich seine Medikamente nicht mehr leisten konnte?", schlug Pease vor.

Randall „Randy" Dickinson besaß die einzige

Drogerie in der Stadt. Er war der freundliche Apotheker, den meine Mutter konsultiert hatte, wenn Allen und ich krank waren. Er sang auch Bass im Chor der *First Baptist Church*. Obwohl man ihn von Zeit zu Zeit beim Abendessen mit einigen Witwen in der Stadt gesehen hatte, war er immer ein eingefleischter Junggeselle gewesen, was überraschend war, da er kein schlecht aussehender Kerl war. Wenn man ihn und neun andere Männer aus der Stadt in eine Reihe stellen würde, wäre er der Letzte gewesen, bei dem ich mir je hätte vorstellen können, dass er ermordet werden würde.

Nachdem ich den Rest meines Kaffees zur Stärkung hinuntergekippt hatte, straffte ich die Schultern und wechselte in meinen Coroner-Modus. „Haben Sie das GBI gerufen?"

Brandon runzelte die Stirn und verlagerte sein Gewicht. „Ähm, nicht dass ich wüsste."

„Ernsthaft? Sie sollten so gut wie ich wissen, dass immer dann, wenn es einen verdächtigen Todesfall gibt, die G-Leute hinzugezogen werden."

„Ralph hat es vielleicht gemeldet, als ich auf dem Weg hierher war."

„Wie auch immer. Sie können es auf dem Rückweg zum Tatort noch einmal überprüfen." Ich wandte mich an Mama und Pease. „Könnt ihr für Mrs. Laughton die Stellung halten? Ihre Familie sollte heute Mittag zur Aufbahrung zurückkommen."

„Als stolzes Mitglied von PAM diene ich gerne", antwortete Pease mit einem Grinsen.

Ich schnaubte. PAM stand für „Professional Association of Mourners", des professionellen Zusammenschlusses von Trauernden. Es war ein inoffizieller Club, dessen Bezeichnung sich Allen für die Gruppe der silberhaarigen Damen rund um Pease ausgedacht hatte, die es für eine gute Beschäftigung hielten, sich im Bestattungsinstitut aufzuhalten. Es war egal, ob sie die Verstorbenen kannten oder nicht. Sie kamen trotzdem und erwiesen ihnen die letzte Ehre – und nahmen auch etwas von dem Essen mit, das Kirchen oder Freunde der Familie zur Verfügung gestellt hatten. Obwohl Allens Neckerei als Scherz begonnen hatte, hatte die Gruppe um Pease sie mit so offenen Armen aufgenommen, dass sie T-Shirts mit PAM auf der Vorderseite und ihren Namen auf der Rückseite anfertigen ließen.

Ich lachte. „Ich bin froh, das zu hören. Brandon, lassen Sie mich meine Tasche holen, dann gehen wir."

Kapitel 6

Randy Dickinson lebte auf über einem Hektar bewaldeten Land am Rande der Stadt. Er besaß ein wunderschönes Häuschen im Cape-Cod-Stil mit einer umlaufenden vorderen Veranda. Eine Seite seines Grundstücks reichte bis an das Ufer des Etowah-Flusses.

Auf dem Weg dorthin teilte mir Brandon mit, dass Randy bekannt dafür gewesen sei, von Zeit zu Zeit Beschwerden wegen Leuten vorzubringen, die sein Land zum Fischen betraten. Ich merkte mir diesen Kommentar, um später darauf Bezug zu nehmen, wenn es um potenzielle Verdächtige ging.

Als wir vor dem Haus anhielten, sah ich Ralph Murphy, unseren örtlichen Sheriff, und zwei seiner Hilfssheriffs auf der Veranda stehen und auf uns warten. Da ich das GBI vom Auto aus angerufen hatte, erwartete ich auch noch keine Agenten.

Auf dem Weg zum Gebäude kam mir Ralph entgegen. Er war der Inbegriff des Stereotyps eines Kleinstadt-Sheriffs – so wie Jackie Gleasons Figur in *Ein ausgekochtes Schlitzohr*. Anstatt mir die Hand zu reichen, zog er mich in eine Bärenumarmung. Es war die Art von Begrüßung, die man bekam, wenn man in einer Stadt wie Taylorsville lebte, die im Grunde eine moderne Version der fiktionalen TV-Stadt Mayberry war.

„Guten Morgen, Olivia."

„Guten Morgen, Ralph. Was ist passiert?"

Nachdem er einen Strom scheißefarbenen Tabaksafts ausgespuckt hatte, verlagerte Ralph seine Kaubewegungen auf seine linke Wange. „Nun, gegen neun Uhr heute Morgen kam Blondine Cook an, Randys Putzfrau. Obwohl sie sein Auto in der Garage sehen konnte, war die Eingangstür verschlossen. Also benutzte sie ihren Schlüssel, um hineinzukommen. Sie ging nach hinten ins Schlafzimmer, um mit dem Putzen zu beginnen, und fand ihn mausetot im Bett. Ein Schuss in die Brust.“

„Hast du eine Ahnung, nach welcher Art Waffe wir suchen?“

„Wir haben auf dich gewartet, um Messungen durchzuführen. Aber so, wie die Wunde aussieht, muss es ein relativ sauberer Schuss aus nächster Nähe gewesen sein. Ganz offensichtlich war es keine Schrotflinte. Ich würde auf eine Pistole tippen. Wir haben ihn noch nicht bewegt, um zu sehen, ob die Kugel im Körper stecken geblieben oder ausgetreten ist.“

Ich nickte. „Irgendeine Idee, wie der Verdächtige hereingekommen ist?“

„Ich habe Frank und George die Ein- und Ausgänge überprüfen lassen, und alle Türen und Fenster sind schön fest abgeschlossen.“

„Das Geheimnis des verschlossenen Zimmers regt sein hässliches Haupt.“

„Was?“ Ralph hob seine buschigen Brauen.

„Oh, du weißt doch, dass es in alten Kriminalromanen oft einen von innen verschlossenen Raum gab. Also wie konnte der Mörder oder Dieb hineinkommen? Am verrücktesten war es bei Poes Morden in der *Rue Morgue,* wo ein Orang-Utan der Mörder war, der durch ein Fenster eingedrungen ist." Als Ralph mich weiter anstarrte, wedelte ich mit der Hand. „Schon gut."

„Es scheint, dass auch die Alarmanlage entschärft wurde."

„Wir suchen also nach einer Art Profi."

„Sieht so aus."

Ich drehte mich um und schaute zur Kiesauffahrt. „Irgendwelche Fußabdrücke oder Reifenprofile?"

Meine Frage ließ Ralph plötzlich verlegen wirken. „Oh ja, das." Er kratzte sich am Nacken. „Um ehrlich zu sein, daran hatten wir noch gar nicht gedacht."

Ich hätte ihn zwar ein wenig zappeln lassen können, aber ich beschloss, ihn vom Haken zu lassen. „Kein Problem. Das ist wahrscheinlich etwas, was sich das GBI ansehen möchte."

Ralph wirkte kurzzeitig erleichtert, dass er die Untersuchung nicht vermasselt hatte, aber dann trübte sich seine Miene. „Die G-Truppe kommt?"

Ich nickte. „Ich habe sie auf dem Weg hierher angerufen. Glücklicherweise hatten sie einige Agenten in der Gegend und sie wollten sie herschicken."

Ralph spuckte einen weiteren Strom Tabak aus. „Nun, ich bin nicht wirklich ein Fan der G-Truppe, aber ich denke, es ist gut, dass wir jemanden in diesem Fall haben, der sich besser auskennt. Verdammt, es ist zwanzig Jahre her, dass ich an einer Mordermittlung beteiligt war."

„Wenigstens warst du aus erster Hand an einer Untersuchung beteiligt. Ich habe nur welche als Beobachterin miterlebt, während ich im College war."

„Nun, lassen wir uns von der G-Truppe nicht zu sehr blamieren. Ich werde meine Jungs damit beauftragen, den Tatort zu fotografieren und nach Fingerabdrücken zu suchen."

„Klingt gut. Jetzt lass mich einen Blick hineinwerfen."

Ralph nickte und hielt die Tür für mich auf. Bevor ich eintrat, tauschte ich meine Stöckel- gegen Tennisschuhe und streifte die Einweg-Schuhüberzieher über. Meine Sinne waren in höchster Alarmbereitschaft, als ich die Einzelheiten von Randys Zuhause in mich aufnahm. Selbst das kleinste Detail konnte etwas Großes für den Fall bedeuten. Der Wohnbereich war wunderschön mit vom Boden bis zur Decke reichenden Fenstern zum Wald hin. Wenn man genau hinsah, konnte man in der Ferne den Fluss sehen.

Das Innere von Randys Heim war warm und einladend, ganz wie seine Persönlichkeit. Er besaß mehrere beeindruckende Kunstwerke sowie orientalische Teppiche und Porzellan. Einiges davon überraschte mich, da es ein wenig über dem Budget eines Kleinstadt-Apothekers zu liegen schien. Bei der Vorstellung, dass Randy eine dunklere Seite gehabt haben könnte, musste ich lachen, weil der Gedanke so absurd war. Da er seine Familie nie erwähnt hatte, hatte er höchstwahrscheinlich die Stücke oder das Geld, um sie zu kaufen, geerbt.

„Haben wir einen Zeitablauf von Randys Tag?"

Ralph nickte. „Ungefähr. Er hat die Apotheke gestern wie üblich um achtzehn Uhr abgeschlossen. Dann machte er beim *Hitching Post* Halt, um zu essen, was er immer an den Abenden tut, an denen er selbst die Apotheke schließt, anstatt einen der Angestellten damit zu beauftragen. Thelma sagte, er sei wahrscheinlich zwischen neunzehn und neunzehn Uhr fünfundvierzig gegangen."

„Wir gehen also von zwanzig Uhr gestern Abend bis heute Morgen als Todeszeitpunkt aus?"

„So ziemlich."

„Fabelhaft", murmelte ich. Als ich aus dem Esszimmer kam, blendete mich kurzzeitig der Blitz des Fotografen. „Lass es langsam angehen, Newt", sagte ich, während ich gegen die schwarzen Kleckse ankämpfte, die vor meinen Augen tanzten.

„Tut mir leid, Olivia."

„Könntest du bitte ins Schlafzimmer kommen, um die Leiche zu fotografieren, während ich meine Untersuchung durchführe?"

„Sicher doch."

Newt und ich waren fast im Schlafzimmer, als ich Todd von der Haustür aus meinen Namen rufen hörte. „Hier hinten", brüllte ich.

Er kam joggend den Flur entlang. „Hey. Deine Mutter und Pease sagten, dass sie mit Harry und

Earl die Aufbahrungen von Peterson und Laughton im Griff hätten und dass ich hierherkommen sollte, um bei dir zu sein."

Ich rollte mit den Augen. Meine Mutter und Pease glaubten offenbar, dass mein dreißigjähriges Ich unfähig war, meine Aufgaben als Coroner zu erfüllen. „Danke, Todd, aber ich denke, ich habe es unter Kontrolle. Und da das GBI Randys Leiche ins Kriminallabor bringen wird, brauche ich den Leichenwagen für den Transport nicht mehr."

Todd hielt seine Hände kapitulierend hoch. „Verstanden. Du hast doch nichts dagegen, wenn ich bleibe und zusehe, oder?" Neugier tanzte in seinen braunen Augen. „Ich habe noch nie an einer Mordermittlung teilgenommen."

Ich lächelte. „Natürlich kannst du bleiben. Ich kann deine Hilfe gebrauchen, wenn es später darum geht, Randy umzudrehen."

„Was ist mit Ralph?"

Mit einem Augenrollen flüsterte ich: „Er hat praktischerweise immer Rückenschmerzen und kann nicht mal dabei helfen, auch nur einen Finger anzuheben."

Todd gluckste. „Nett."

Als ich das Schlafzimmer betrat, drang ein kupfriger, metallischer Geruch in meine Nase. Es war einer, an den ich mich gewöhnt hatte, wenn Blutverlust mit dem Tod verbunden war. Ich ließ den Blick noch einmal durch den Raum gleiten. Der teure Fernseher und Computer waren an Ort und Stelle geblieben. Keine der Schubladen der Kommode war geöffnet oder durchwühlt worden. Es war mit Sicherheit kein Raubüberfall gewesen. Da im Schlafzimmer alles fein säuberlich in Ordnung war, konnte ich davon ausgehen, dass es keinen Kampf gegeben hatte.

Als ich ans Bett trat, fiel mir auf, wie anders Randy aussah. Ja, er wirkte anders, weil er tot war, aber es ging mehr darum, wie ich ihn zu sehen gewohnt war. Der ordentlich gebügelte weiße Laborkittel, den er immer über Hemd und Krawatte getragen hatte, war verschwunden. An seiner Stelle gab es eine ganze Menge teigig-weißes Fleisch. Ich hätte Randy nie für jemanden gehalten, der nackt schlief. Er schien eher der Pyjama-Typ zu sein, sogar im Sommer.

Ich griff in meine Tasche und holte mein Diktiergerät heraus. Nachdem ich mich geräuspert hatte, drückte ich den Knopf und begann zu sprechen. „Heute ist der 8. Februar 2015. Es ist zehn Uhr fünfundvierzig. Bei dem Opfer handelt es sich um einen männlichen Weißen, der zwischen sechzig und fünfundsechzig Jahre alt ist. Die vorläufige Todesursache scheint eine Schusswunde aus nächster Nähe in den linken Brustkorb zu sein. Die Wunde hat einen Durchmesser von etwa zweieinhalb bis drei Zentimetern."

Dann konzentrierte ich mich darauf, über Randy vom Kopf abwärts zu berichten. Nachdem ich eines seiner Augenlider angehoben hatte, sagte ich: „Keine Anzeichen einer petechialen Blutung, also ist er nicht erstickt oder erwürgt worden, ehe er angeschossen wurde." Als ich den Rest seines Gesichts untersuchte, bemerkte ich weder Schnitte noch Kratzer oder Blutergüsse.

Ich nahm eine seiner Hände und betrachtete sie neugierig. „Keine Abwehrspuren oder Wunden." Ich massierte Randys Unterarm, bevor ich ihn anhob. „Aufgrund der Steifheit der Muskeln und der Beweglichkeit seines Arms scheint sich das Opfer in vollkommen ausgeprägter Leichenstarre zu befinden." Der Rigor mortis, die Totenstarre, war für Coroner eine einfache Möglichkeit, den Todeszeitpunkt abzuschätzen. Er setzte in der Regel zwei Stunden nach dem Tod ein und erreichte seinen Höhepunkt nach zwölf Stunden. Nach fünfzehn Stunden begannen die Muskelfasern zu zerfallen und lockerten sich wieder.

Ich schaltete den Rekorder ab und sah Ralph an. „Er hat sich offensichtlich nicht gewehrt. Wie es aussieht, kam jemand herein und erschoss ihn, direkt nachdem er ins Bett gegangen war."

Ralph seufzte. „Wenn das der Fall ist, dann liegt wohl eine kleine Gnade darin, dass er nicht gefoltert oder verprügelt wurde. Vielleicht wusste er nicht einmal, was geschah. Er schlief einfach ein und wachte nicht mehr auf."

„Es sei denn, er wachte auf, weil jemand mit einer Pistole über ihm stand, was angesichts der kurzen Distanz, aus der der Schuss abgegeben wurde, nicht überraschend wäre", konterte Todd.

Ralph und ich starrten ihn beide überrascht an, doch Todd grinste uns schüchtern an. „Entschuldigung. Ich schaue viel *Law & Order*."

„Ja, also ... in New York City machen sie die Dinge etwas anders", meinte Ralph.

Ich hob den Blick kurz gen Decke. Ich merkte, dass es bei der Feindseligkeit, die Ralph Todd gegenüber ausstrahlte, um mehr ging als nur um eine Fernsehsendung. Todd war nördlich der Mason-Dixon-Linie aufgewachsen, sodass man ihm laut Ralph nicht trauen konnte, weil er ein Yankee war.

„Lasst uns das nicht zu einer ‚Yankee gegen Südstaatler'-Sache machen, okay?", bat ich.

„Wie auch immer", murmelte Ralph.

„In Ordnung. Lasst mich seine Leichenflecken überprüfen, um zu sehen, ob ich einen möglichen Todeszeitpunkt festlegen kann." Die sogenannte Lividität trat ein, wenn die Blutversorgung des Körpers stoppte, nachdem das Herz aufgehört hatte zu pumpen. Wie lange jemand schon tot war, ließ sich an der Art und Weise ablesen, wie sich das Blut aufgrund der Schwerkraft absetzte. Es zeigte sich in einer tiefvioletten Verfärbung. Da Randy auf dem Rücken lag, musste ich die Blutverfärbungen dort untersuchen.

Ich griff nach dem Laken, um es von Randys Körper wegzuziehen, als eine Männerstimme aus dem Flur dröhnte.

„Hallo? GBI."

Ralph stöhnte. „Toll, dass die G-Leute hier sind."

Ich drohte ihm mit dem Finger. „Sei nett. Wir sind es Randy schuldig, seinen Mörder zu finden, indem wir eine reibungslose Untersuchung ohne

Feindseligkeiten durchführen."

„Das werde ich, solange sie es sind. Aber wenn sie mit diesem Scheiß von wegen ‚Wir sind die Besten, Stärksten und Größten‘ anfangen, werde ich die Samthandschuhe ausziehen."

Ich machte mir nicht die Mühe, mit ihm zu streiten. Stattdessen wollte ich Randys Schlafzimmer verlassen und ging zur Tür. Ich schaffte die Hälfte des Weges, bevor ich auf der Stelle erstarrte. Ich wirkte garantiert wie eine Figur aus *Ich, einfach unverbesserlich*, die mit dem Gefrierstrahl erwischt wurde.

Als ich in der zweiten Klasse gewesen war, war ich vom Klettergerüst gefallen. Ich hatte im Gras gelegen und verzweifelt versucht, Atem zu holen, aber es war mir nicht gelungen. Mir war vollkommen die Luft weggeblieben. Ich hatte mich noch nie zuvor wie ein platter Reifen gefühlt, weil sich meine Lungen nicht füllten.

Genauso fühlte ich mich jetzt, als Catcher Mains durch die Schlafzimmertür hereinkam.

Kapitel 7

Noch während ich wie eine Statue dastand, griff Catcher in seine Manteltasche, um seine Marke zu zücken. „Guten Tag. Ich bin Holden Mains vom GBI und das ist Elias Solano." Er deutete zu dem großen Latino, der neben ihm stand.

Als er sich dann im Schlafzimmer umsah, bemerkte er mich endlich. Und dann flackerte dieses Lächeln über sein Gesicht – dieses unglaublich sexy Lächeln, das mich dazu gebracht hatte, meine Hemmungen in den Wind zu schlagen und mein Höschen auf den Boden zu schleudern – und schaffte es, meinen eingefrorenen Zustand aufzutauen. „Sieh an, sieh an. Olivia Sullivan. Schön, Sie wiederzusehen."

Ralph warf einen Blick zwischen Catcher und mir hin und her und fragte: „Ihr beide kennt euch?"

Catcher leckte sich die Lippen. „Oh ja, ich kenne Ms. Sullivan sehr gut."

Ich trat nervös von einem Bein aufs andere. „Oh, ich würde nicht ‚sehr gut' sagen. Wir scheinen uns nur ab und zu über den Weg zu laufen."

Ein verruchtes Funkeln brannte in Catchers blauen Augen. „Ja. Ich würde sagen, es war mindestens dreimal, oder?"

Ein ersticktes Geräusch entkam meinen Lippen, weil er darauf anspielte, wie oft wir letzte Nacht Sex gehabt hatten. Mein Mund war bereits vor Nervosität ausgetrocknet, sodass ich ewig brauchte, um meine Stimme zu finden. „Dürfte ich Sie kurz sprechen, Agent Mains?" Als ich die Blicke von Ralph und Todd auf mir spürte, fügte ich schnell hinzu: „Damit ich den Fall mit Ihnen durchgehen kann?"

Er verschränkte die Arme vor der Brust. „Sicher. Nur zu."

Ich verengte die Augen. „Allein."

Catcher warf einen Blick auf Elias und die anderen. „Agent Solano, warum sprechen Sie nicht mit den Beamten, während Ms. Sullivan mich brieft?"

Sein Kollege nickte. Als wir den Flur betraten, traf ich auf einen der Hilfssheriffs, der nach Fingerabdrücken suchte. „Dieser Raum ist fertig?", fragte ich.

„Ja", antwortete er und ging weiter Richtung Bad.

Ich nahm Catcher am Ellbogen und zog ihn ins Schlafzimmer. Nachdem ich die Arme vor der Brust verschränkt hatte, neigte ich meinen Kopf zu ihm. „Was zum Teufel machst du hier?"

„Ähm, ich glaube, man nennt das eine Untersuchung."

„Sei kein Klugscheißer."

„Ich habe nur deine Frage beantwortet."

„Ja, nun, da ist die Tatsache, dass du nicht allzu überrascht aussahst, mich zu sehen."

„Du hast mich heute Morgen verlassen", beschwerte sich Catcher.

Ich runzelte verwirrt die Stirn. „Ja, ich bin mir dessen bewusst. Aber was hat das damit zu tun, dass du hier bist?"

„Alles."

Nachdem ich frustriert die Hände in die Höhe geworfen hatte, starrte ich Catcher an. „Warum musst du so nervtötend sein?"

„Weil ich es nicht mag, nach einer Nacht mit fantastischem Sex allein aufzuwachen."

„Oh, wirklich? Aber ..." Ich hatte bereits begonnen, mit ihm zu streiten, doch seine Antwort ließ mich abrupt innehalten. „Ob der Sex gut war, ist im Moment nicht die Frage", brummte ich schwach.

Catcher hob die Augenbrauen. „Korrigiere mich, wenn ich falschliege, aber habe ich dir nicht ...", er hielt inne, um mit den Fingern einer Hand zu wackeln, „... im Laufe des Abends fünf Orgasmen beschert?"

Ah, das war korrekt. Eigentlich fünf der besten Orgasmen meines Lebens. Ich rollte mit den Augen. „Du kennst die Antwort darauf schon, also warum fragst du mich?"

Er grinste. „Weil ich einfach gerne höre, dass du es anerkennst."

„Schön. Du hast mir fünf Orgasmen verschafft. Bist du jetzt glücklich?"

„Nein. Da mein Rekord bei sieben innerhalb von zwölf Stunden liegt, würde ich mir wünschen, dass wir erneut zusammenkommen, um zu sehen, ob ich ihn übertreffen kann."

Ich rümpfte die Nase. „Du bist wirklich ekelhaft."

„Und du weichst immer noch der Frage aus."

„Du antwortest mir zuerst."

Catcher legte die Hände auf die Hüften. „Gut. Ich arbeitete gerade an meinem Fall, als der Anruf wegen eines Mordes in Taylorsville einging. Sobald ich den Namen Olivia Sullivan hörte, meldete ich mich mit Hintergedanken freiwillig, um Agent Solano und seinem Team zu helfen." Als er einen Schritt auf mich zukam, wich ich zurück, bis ich gegen die Tür stieß. „Die Wahrheit ist, dass ich dich wiedersehen wollte."

„Weil du nach einem One-Night-Stand immer zuerst weggelaufen bist", konterte ich.

Er schüttelte den Kopf. „Weil ich gestern Abend viel Spaß mit dir hatte."

Ich konnte ihm nicht sagen, dass ich gestern Abend den besten Sex meines Lebens gehabt hatte. Ebenso wenig konnte ich ihm erzählen, wie viel Spaß auch ich mit ihm außerhalb des Abstellraums und des *Holiday-Inn*-Schlafzimmers gehabt hatte; es würde ihn nur ermutigen. In seinem Gesichtsausdruck lag jedoch kein Humor. Ich kannte dieses Gesicht. Wollte er wirklich mehr? Mit *mir*?

Mein verräterisches Herz schlug bei seinen Worten schneller, daher stieß ich einen resignierten Seufzer aus. „Die letzte Nacht war wunderbar. Das war sie ehrlich. Aber lass uns akzeptieren, was es war – ein One-Night-Stand." Er öffnete den Mund, doch ich hob eine Hand. „Ich werde dir immer dankbar sein, dass du meine Sexflaute beendet hast, doch mehr ist da ehrlich nicht."

„Bullshit."

„Wie bitte?"

Catcher schloss die Lücke zwischen uns, sodass ich erneut mit dem Rücken an der Tür stand. Plötzlich war er einfach zu nah, zu muskulös und zu sexy. Wenn ich hier nicht bald rauskäme, würde ich ihn am Ende um mehr Sex anflehen.

„Du und ich wissen beide, dass wir auch außerhalb des Bettes viel Spaß hatten", sagte er entschlossen.

„Normalerweise bewerte ich Dates nicht danach, ob wir eine Kneipenschlägerei gewinnen oder nicht."

Catchers blauen Augen flackerten auf. „Du kannst mir nicht die Schuld an einem grapschenden Hinterwäldler und einer Kneipenschlägerei geben. Und tief im Inneren weißt du, dass das nicht das ist, was die letzte Nacht unvergesslich gemacht hat. Das war ich, der dich gegen das Regal im Lagerraum und dann im ganzen Hotelzimmer gefickt hat."

Wegen eines Klopfens an der Tür bedeckte ich Catchers Mund mit meiner Hand. „Ja?", fragte ich schwach.

„Oh, ich habe nach Agent Mains gesucht", sagte Agent Solano.

Catcher nahm meine Hand von seinem Mund. „Ich bin hier drin"

„Ich schnappe mir Agent Capshaw und sehe mich mal auf dem Grundstück um."

„Klingt gut", antwortete Catcher. Beim Geräusch von Agent Solanos zurückweichenden Schritten drückte Catcher sich an mich. „Das ist nicht nur ein Funke zwischen uns. Das ist ein wirklich heftiges Inferno." Er rollte seine Hüften gegen meine. „Lösch es nicht."

Ich musste mich am Riemen reißen, um sein Gesicht nicht mit meinen Lippen und meiner Zunge zu attackieren. Und ich brauchte jedes Quäntchen Selbstbeherrschung. Der Mann roch köstlich. Die Hitze, die sein Körper abstrahlte, versengte meine entblößte Haut. Ich wollte an ihm dahinschmelzen. Ohne Kleidung. Die Wahrheit war, dass ich nicht wusste, warum ich gegen ihn ankämpfte. Irgendetwas in mir schrie einfach „Vorsicht", wie eines dieser nervigen blinkenden gelben Lichter.

Als ich den Kopf schüttelte, knurrte Catcher in mein Ohr, was mein Höschen feucht werden ließ. „Verdammt, Olivia. Warum bist du so hartnäckig?"

„Hör zu, ich kann nicht mehr darüber reden." Nachdem ich mich von ihm losgerissen hatte, wirbelte ich herum und tastete nach dem Türknauf. Ich floh aus dem Gästezimmer und ging wieder in Randys Raum.

Leider war mir Catcher dicht auf den Fersen. „Das ist noch nicht vorbei. Bei Weitem noch nicht", zischte er hinter mir.

„Entschuldige mich, ich habe einen Job zu erledigen", fauchte ich zurück. Die neugierigen Blicke von Ralph und den anderen ignorierend, stapfte ich zum Bett hinüber.

„Newt!", rief ich.

Ich hörte Geräusche im Flur, bevor er in der Tür

erschien. „Ja, Olivia?"

„Ich wäre so weit, dass du die Leiche fotografieren kannst."

„Aber sicher. Ich habe noch zwei Fotos im Bad zu machen, dann komme ich gleich."

„Gut." Ich griff nach der Bettdecke, die an Randys Taille zusammengeknüllt war, und zerrte sie auf den Boden. Der Chor des Entsetzens, der um mich herum ertönte, ließ mich zusammenzucken. Meine Hand flog zu meiner Brust, um mein unregelmäßig schlagendes Herz zu beruhigen. Während ich noch über meinen Kittel rieb, blickte ich zu den anderen zurück. Sie waren alle etwas blass geworden und hatten einen Blick der Fassungslosigkeit auf ihren Gesichtern.

„Jesus, Maria und Joseph", murmelte Todd und bekreuzigte sich.

„Ich will verdammt sein", murmelte Ralph, während Catcher nur ein paarmal blinzelte. Er wirkte so erschüttert, dass er die Fähigkeit verloren hatte, Worte zu formen. Ha, ich wette, das war eine Premiere.

In Anbetracht der Tatsache, dass das Trio aus einem Begräbnishelfer, einem Sheriff und einem GBI-Agenten bestand, konnte ich mir nicht vorstellen, was sie so erschreckt haben könnte. Sie mussten doch in ihrer Laufbahn einen beträchtlichen Anteil an traumatisierenden Dingen erlebt haben. Und als ich dann auf Randy hinunterblickte, verstand ich ihren Horror.

Genau wie Jesses der Latexallergie geschuldetem

Auberginenschwanz würde mich das, was ich sah, noch jahrelang verfolgen. Es war eines der Dinge, wegen denen man, nachdem man sein Kissen aufgeschüttelt, sich unter die warme Decke gekuschelt und das Licht ausgemacht hatte, plötzlich vor Schrecken aufschreien wollte, weil es auf der Rückseite der Augenlider prangte. Es war ein Anblick, den alle Bleichmittel der Welt nicht entfernen konnten. Es wäre so eine Sache, von der Fremde, wenn man alt und grau war, neugierig wissen wollten, ob man sie wirklich gesehen hatte. Wie eine persönliche Version von Big Foot oder dem Seeungeheuer von Loch Ness.

Aus einem regelrechten Urwald dunkler Schamhaare ragten nicht ein, sondern zwei Penisse hervor. Ich blinzelte mehrere Male heftig, als ob ich mich irgendwie aus der Starre eines bösen Traums wecken könnte. Wie war das überhaupt möglich? Unser Opfer, Randy Dickinson, ein sanftmütiger Apotheker, freiwilliger Helfer in der Gemeinde und Bass im Kirchenchor, hatte zwei Penisse. Oder hieß der Plural Peni? Er hatte zwei Schwänze, zwei Lurche, einen Doppel-General, ein Duo von Schwänzen, ein Paar Flöten, zwei Hosenschlangen, zwei Schwengel. Ich schüttelte den Kopf, um zu versuchen, mich zu fassen. Ich war nicht jemand, der sich bei der Arbeit leicht erschüttern ließ, aber Randy und seine beiden Schwänze hatten mich vollkommen aus den Socken gehauen.

Die Neugierde überwältigte mich, und ich lehnte mich nach vorn, um sie besser sehen zu können.

Obwohl sie die gleiche Basis hatten, wuchsen sie voneinander getrennt. Keiner von beiden war beschnitten, was in Anbetracht von Randys Alter nicht allzu überraschend war. Ich konnte nicht umhin, mich zu fragen, ob sie beide für das Urinieren funktionsfähig waren … und für Sex. Wie um alles in der Welt hatte man Sex mit zwei Schwänzen?

„Einer in jeder Öffnung oder vielleicht beide Schwänze in einem Loch?", kam es von Catcher.

Es war mir unglaublich peinlich, dass ich es nicht nur irgendwie geschafft hatte, meinen inneren Monolog laut auszusprechen, sondern auch, was Catcher geantwortet hatte. Ich wollte mir nicht vorstellen, dass irgendjemand ein Loch mit zwei Schwänzen bearbeitete, vor allem nicht Randy. Es war schwer genug, mir auszumalen, dass er Missionarssex hatte, ganz zu schweigen von so etwas Abgedrehtem.

Verdammt! Kein Wunder, dass er nie geheiratet hatte.

Da wurde mir klar, dass sich die anderen um das Bett drängten, um einen genaueren Blick auf Randys Gemächt – Gemächte? – zu werfen. Sowohl Todd als auch Ralph zeigten den gleichen Ausdruck der Verwunderung in den großen Augen. Ich konnte es ihnen wohl nicht verübeln. Zog man in Betracht, wie Männer über ihre Männlichkeit dachten, war das so, als ob man den Jackpot im Penislotto geknackt hätte.

Todd blinzelte ein paarmal, bevor er fragte: „Äh,

Olivia, hast du so etwas schon einmal gesehen?"

„Nein."

„Hat das ...", Ralph hielt inne, um auf Randys Schritt zu deuten, „... einen Namen?"

„Diphallie", antwortete ich, während Catcher „Freak" sagte.

Ich warf ihm einen vernichtenden Blick zu. „Besitzen Sie nicht mal einen Funken Anstand?"

Er grinste. „Entschuldigung. Der wurde in dem Moment ausgelöscht, als ich sah, dass der Kerl zwei Schwänze hat."

Catchers Kommentar, gepaart mit der Absurdität des Augenblicks, ließ die anderen in hysterisches Gelächter ausbrechen. Ich rollte angesichts ihrer Possen mit den Augen. „Entschuldigt, die Herren, aber unabhängig vom Schritt des Opfers habe ich noch eine Aufgabe zu erledigen. Also, wenn Sie mir bitte etwas Platz machen würden?"

„Gerne", antwortete Catcher.

„Danke." Da ich vor ihm nicht schwach erscheinen wollte, rollte ich Randy selbst herum. Als er auf der Seite lag, untersuchte ich die Lividität – die Totenflecken – am Rücken. Hier ein paar seltsame forensische Fakten: Wenn eine Leiche zwischen zwei und acht Stunden tot ist, kann man gegen die Haut drücken und die Farbe verschwindet. Bei einer Leiche, die seit zwölf Stunden tot ist, bleibt die Farbe erhalten. Es ist irgendwie verrückt, dass das Herumpiksen an einer Leiche so viel verraten kann.

Ich drückte vier Finger meiner rechten Hand auf

Randys Rücken. Sofort wurde ich mit der eisigen Kälte konfrontiert, die einen Körper innerhalb von ein bis zwei Stunden nach dem Tod erfasst. Der medizinische Begriff ist Algor mortis.

Als ich meine Finger entfernte, blieb die Farbe. Ich warf einen Blick zurück auf die anderen. „Es ist mindestens zwölf Stunden her."

„Vermutlich fand der Mord also irgendwann gegen einundzwanzig Uhr gestern Abend statt?", riet Ralph.

„Ja. Lasst mich seine Temperatur messen." Nachdem ich mein Thermometer aus der Tasche geholt hatte, wollte ich Randys Pobacken spreizen, aber Catcher stoppte mich.

„Müssen Sie das wirklich in seinem Arsch machen?", fragte er mit einem angewiderten Blick.

Ich rollte mit den Augen, während ich das Thermometer in Randys Rektum stieß. „Ja, oh großer Zampano-Agent, das muss ich. Genau wie zu Lebzeiten ist die Rektaltemperatur am genauesten."

Catcher schauderte. „Ich habe Messungen nur unter dem Arm gesehen, wenn ich in der Vergangenheit Untersuchungen durchgeführt habe."

Da ich ihn ignorieren wollte, konzentrierte ich mich darauf, die Zahlen zu lesen.

„Er hat doch keine zwei Arschlöcher, oder?", fragte Ralph.

„Nein. Nur das eine."

Ich hörte Ralph erleichtert ausatmen.

In den ersten zwölf Stunden nach dem Tod sinkt die Temperatur stündlich um 0,8 Grad Celsius, nach zwölf Stunden aber um 0,4 Grad. Nachdem ich Randys Temperatur gemessen hatte, benutzte ich den Taschenrechner meines Telefons, um die Gleichung zu bestimmen. „Aufgrund des Rigor und Algor mortis würde ich annehmen, dass der Mord irgendwann zwischen 21.30 und 22.00 Uhr stattfand."

Sowohl Ralph als auch Catcher nickten. „Das gibt uns etwas, womit wir weitermachen können, bis die Ergebnisse aus dem Kriminallabor zurückkommen", sagte Catcher.

Als ich Randy auf den Rücken fallen ließ, hatte ich ein Déjà-vu-Gefühl, denn erneut hallte ein entsetzter Chor durch den Raum. Aber dieses Mal schrie ich mit ihnen. Die beiden Schwänze von Randy befanden sich in Hab-Acht-Stellung.

„Moment mal! Ist er gar nicht tot?", wollte Todd wissen.

„Er ist vollkommen mausetot", antwortete Ralph.

Nun, da ich einen Augenblick Zeit gehabt hatte, um mich zu sammeln, kam ich mir wegen meiner übertriebenen Reaktion albern vor. „Postmortale Erektionen sind zwar selten, treten jedoch auf."

Catcher schüttelte den Kopf. „Ich habe schon Leute gesehen, die sich in die Hose gemacht und bepisst haben, aber das ist neu."

„Ich schätze, als ich Randy auf die Seite gedreht habe, wurde das Blut von der sich verschiebenden Lividität nach vorne zu seinen Penissen gelenkt."

Nachdem er sich am Kinn gekratzt hatte, fragte Catcher: „Wenn also beide post mortem hart wurden, bedeutet das, dass sie beide funktionsfähig waren, als er noch lebte?"

„Das würde ich annehmen. Aber da das Blut nicht durch das Herz-Kreislauf-System gepumpt wird, ist das schwer zu sagen."

In diesem Moment, in dem wir vier herumstanden und Randys aufgepumpte Pimmel betrachteten, kamen die Agenten Solano und Capshaw ins Schlafzimmer. Beide gerieten ins Schleudern. Ihre Mienen entgleisten voller Unglauben.

„Was. Zur. Hölle", murmelte Agent Solano, während Agent Capshaw anscheinend versuchte, nicht zu kotzen.

„Sie sehen überrascht aus. Sagen Sie mir nicht, Sie haben noch nie einen Toten mit zwei harten Schwänzen gesehen?" Catcher grinste. Belustigung tanzte in seinen Augen.

„Da muss ich nicht nur Nein sagen, sondern gottverdammt Nein!", antwortete Agent Solano, während Agent Capshaw lediglich den Kopf schüttelte.

„Haben Sie beide bei Ihrer Kontrolle der Umgebung etwas gefunden?", erkundigte sich Catcher.

Agent Solano nickte. „Sieht aus, als wäre der Täter über den Fluss gekommen."

„Wirklich?", fragte ich.

„Es gibt aufgewühlte Stellen entlang der Küstenlinie, wo offenbar ein Boot befestigt wurde. Wir haben ein paar Schuhabdrücke gefunden, von denen wir einen Abdruck machen werden. Ich hole die Ausrüstung und fange an."

„Danke."

Agent Capshaw nahm Randys Handy vom Nachttisch. „Das müssen wir mitnehmen, um die Kombination zu knacken und an seine Kontakte zu gelangen."

Catcher nickte. „Stecken Sie es in die Tasche mit dem Laptop und dem Computer, die Solano im Büro gefunden hat. Wir müssen alle Dateien überprüfen."

„So gut wie erledigt", antwortete Capshaw, bevor er durch die Schlafzimmertür hinausging.

„Irgendeine Idee bezüglich eines nächsten Angehörigen?", fragte Catcher.

Ralph bewegte seinen Kiefer. „Das ist eine gute Frage. Ich glaube, ich habe ihn noch nie eine Familie erwähnen hören. An Feiertagen schloss er immer die Apotheke und verließ die Stadt. Wohin er fuhr, weiß ich nicht."

Catcher nickte. „Haben Sie im Nachttisch nach einem kleinen schwarzen Buch mit Telefonnummern von Liebhaberinnen gesucht?"

„Obwohl wir nicht nachgesehen haben, wäre ich verdammt überrascht, eines zu finden. Randy war nicht diese Art von Mann."

Catcher neigte den Kopf in Ralphs Richtung. „Wenn man bedenkt, dass der Mann zwei Schwänze in seiner Hose versteckt hat, kann man wohl mit Sicherheit sagen, dass derjenige, für den Sie ihn hielten, nicht existierte."

„Verdammt", murmelte Ralph, als die Erkenntnis ihn schließlich traf. Er fing an, in der Nachttischschublade herumzuwühlen. „Aha!", rief er.

„Hast du ein schwarzes Buch gefunden?", fragte ich. Ich hoffte, es wäre etwas so Harmloses wie das. Mein Herz würde es nicht verkraften, wenn Ralph Randys Sammlung heißer Körperöle oder eine Taschenmuschi herausholen würde. Nun, vermutlich wären es in Randys Fall zwei Taschenmuschis gewesen.

„Eigentlich ist es etwas Besseres." Er hielt etwas hoch, was einer Kreditkarte ähnelte.

Als ich mich vorbeugte, um es zu betrachten, las ich: *Notfallkontaktkarte.*

„Lass mich mal sehen", sagte ich und streckte die Hand aus. Ralph reichte mir die Karte. Sie sah aus wie das, was man mit einem Rezept erhielt, was in Anbetracht von Randys Beruf sehr viel Sinn ergab. Nachdem ich jahrelang Randys handschriftliche Anweisungen auf den Verschreibungen gelesen hatte, hätte ich seine Handschrift überall erkannt. Er hatte persönlich die Angaben gemacht, dass er keine Allergien oder schweren Krankheiten hatte. Unter *Person, die im Notfall zu benachrichtigen war,* stand:

Patricia Crandall
1801 Bare Haven Dr.
Hawkinsville, GA
678-953-9451

Ohne zu zögern, wählte ich die Nummer. Nach zweimaligem Klingeln dröhnte mir eine lästige monotone Stimme ins Ohr, die eine Grimasse bei mir hervorrief. „Die Nummer gibt's nicht mehr", sagte ich den anderen.

Ralph schnaubte. „Warum bin ich nicht überrascht? Das wird einfach immer merkwürdiger. In all den Jahren, die ich in der Strafverfolgung tätig bin, hatte ich, glaube ich, nur ein oder zwei Fälle, in denen es keine eindeutigen nächsten Angehörigen gab. Und das waren beides bedürftige Menschen, die schließlich im Armenviertel von Monroe begraben wurden."

Ich seufzte. „Ich bin auf jeden Fall ziemlich baff. Ich kann wohl lediglich versuchen, mit dieser Patricia Crandall zu reden und zu sehen, ob sie all dem einen Sinn geben kann." Ich sah Catcher an. „Ihr G-Männer könntet doch die Adresse eingeben, um eine aktuelle Telefonnummer zu finden, oder nicht?"

„Sicher könnten wir das. Aber es gibt etwas noch Besseres, was Sie tun könnten."

„Und was wäre das?"

„Sie könnten mich begleiten, um mit Patricia Crandall zu sprechen."

Ich blinzelte. „Soll das ein Witz sein?"

„Nö. Ist hundertprozentig mein Ernst."

„Was ist mit den Agenten Solano und Capshaw?"

„Was soll mit ihnen sein?"

„Schreibt das Protokoll nicht vor, dass sie diejenigen sein sollten, die bei der Befragung von Patricia Crandall helfen, und nicht ein Kleinstadt-Coroner?"

„Ich werde derjenige sein, der Ms. Crandall verhört. Sie werden sie lediglich über ihre Pflichten als Randys Notfallkontakt und nächste Angehörige informieren. Außerdem müssen Solano und Capshaw am Tatort arbeiten."

Nachdem ich die Arme vor der Brust verschränkt hatte, sah ich ihn argwöhnisch an. „Warum denke ich, dass dies nur ein Trick ist, um mich dazu zu bringen, mit Ihnen zusammen zu sein?"

Catcher schien beleidigt. Mit leiser Stimme sagte er: „Sie glauben doch wohl nicht, dass ich etwas Unangemessenes andeute, Ms. Sullivan?"

„Oh bitte."

Er neigte seinen Kopf und flüsterte mir ins Ohr: „Mmm, ich liebe es, wenn du bettelst."

Ich stieß ihn weg. „Gut. Ich begleite Sie, um mit Ms. Crandall zu sprechen. Da ich wissen muss, wohin ich Randys Leiche schicken soll, wenn er in achtundvierzig Stunden das Kriminallabor verlässt, ist es zwingend erforderlich, seine nächsten Angehörigen zu finden."

Ralph warf einen Blick zwischen uns beiden hin und her. „Bist du sicher, dass es dir gut geht, Olivia?" Er bedachte Catcher mit einem Stirnrunzeln. „Ich könnte auch an deiner Stelle mit Ms. Crandall reden."

„Danke für das Angebot, aber es geht mir gut."

Catcher deutete zur Tür. „Sollen wir?"

„Ich muss hier noch fertig werden."

Mit einem Nicken sagte er: „Ich kann warten."

„Okay. Danke."

Dann machte ich mich wieder daran, meine Untersuchung von Randys Leiche abzuschließen. Der letzte Teil war, dass es keine Austrittswunde gab. Daher steckte die Kugel irgendwo in seiner Brusthöhle, und sie müsste bei der Autopsie geborgen werden, um die Art der Waffe, mit der er erschossen wurde, zu bestimmen.

Nachdem ich meinen Bericht beendet hatte, wandte ich mich an Ralph. „Könntest du mit Randy warten, bis das Kriminallabor eintrifft?"

„Ja, natürlich."

„Danke. Ich lasse dich wissen, was ich herausfinde."

„Ich weiß das zu schätzen."

Mit Randys Notfallkarte in der Hand warf ich meine Tasche und Handtasche über die Schulter und verließ das Schlafzimmer, Catcher dicht hinter mir. Nachdem ich die vordere Treppe hinuntergegangen war, lief ich hinüber zu Catchers G-Truppen-Auto. Der Standardausgabe. Ich wurde sofort von der Erinnerung überwältigt, wie ich den Wagen am Vorabend auf dem Parkplatz des *Rusty Ho* gesehen hatte. Ganz zu schweigen vom *Holiday Inn*.

Nachdem ich mich angeschnallt hatte, startete Catcher den Motor und fuhr Randys Auffahrt herunter. „Armer Wichser. Er hatte wirklich ein schönes Haus und tolles Land", sinnierte er.

Ich schaute ihn neugierig an. Zeit, uns wieder zu duzen. „Gefällt dir das?"

„Ja. Sehr."

„Interessant."

„Warum sagst du das?"

„Du scheinst nicht der Typ zu sein, der sich gerne in der Wildnis austobt."

Catcher lachte leise. „Was genau würdest du sagen, was für ein Typ ich bin?"

„Für den Anfang, du wirkst ziemlich städtisch."

„Wirklich?"

Ich nickte.

„Und genau da würdest du dich irren, Ms. Sullivan. Ich bin sicher, es wird dich überraschen, dass ich auf fünftausend Quadratmeter Land in Dahlonega lebe."

„Wirklich?"

„Ja. Da ich vom achten Distrikt aus arbeite, befindet sich unser Regionalbüro in Cleveland. Ich wollte etwas in der Nähe haben." Er lächelte. „Ganz zu schweigen davon, dass meine Familie aus Cleveland stammt."

„Du hast also ein Haus und keine Eigentumswohnung?"

„Noch besser als ein Haus zu haben, ist die Tatsache, dass mein Bruder und ich es gebaut haben."

Meine Augen weiteten sich, denn diese Information kam vollkommen unerwartet. „Wie interessant."

„Ja, ich kann nicht den ganzen Ruhm einheimsen. Mein jüngerer Bruder, Jem, ist Bauunternehmer."

„Jem? Wie in Jeremy Atticus Finch aus *Wer die Nachtigall stört*?"

Catcher grinste und wippte mit dem Kopf. „Jepp. Wieder eines der Lieblingsbücher meiner Eltern."

„Meines auch. Mein Vater war ein großer Fan. Er

bewahrte stets eine Ausgabe in seiner Schreibtischschublade im Beerdigungsinstitut auf. Wenn die Geschäfte schlecht liefen, nahm er sie heraus und las sie erneut. Es war das einzige Buch, das ich ihn immer wieder lesen sah. Nun, außer der Bibel."

„Er *war* ein großer Fan?"

Ich neigte den Kopf. „Er ist vor fünf Jahren gestorben. Bauchspeicheldrüsenkrebs."

„Das tut mir sehr leid."

„Danke."

Unser einstmals leicht fließendes Gespräch wurde angespannt, wie so oft, wenn von Trauer oder Verlust die Rede war. Obwohl er der große Gleichmacher war, war der Tod immer der rosa Elefant im Raum – der *eine* todsichere Stimmungs- und Gesprächskiller. Wortspiel beabsichtigt.

„Also …", brach Catcher nach einer Weile das Schweigen.

„Ja?"

„Wirst du meine Frage endlich beantworten?"

Ich runzelte verwirrt die Stirn. „Welche Frage?"

„Warum bist du heute Morgen weggelaufen?"

Ich rutschte auf meinem Sitz hin und her. „Nicht das schon wieder."

„Oh doch, genau das. Und da wir mindestens eine halbe Stunde im Auto haben, werde ich nicht zulassen, dass du mir erneut ausweichst."

„Du gehst mir so auf die Nerven", murrte ich.

Catcher drehte sich um und grinste mich an. „Komm schon, Liv. Die Wahrheit wird dich befreien."

„Gut. Wenn du es wissen musst, es war mir peinlich."

„Der fabelhafte Sex?"

Mit einem Augenrollen antwortete ich: „Gestern Abend war für mich Neuland. Ich habe noch nie etwas Sexuelles mit jemandem außerhalb einer Beziehung getan. Na ja, ich war auf ein paar Dates." Ich schüttelte den Kopf. „Im Licht des Tages wurde mir klar, was für ein Fehler die letzte Nacht gewesen ist."

„Du musst dir ernsthaft dein Hirn untersuchen lassen, falls du der Meinung bist, dass überwältigender Sex ein Fehler ist." Als ich zu protestieren begann, hielt Catcher einen seiner Finger hoch. „Ist doch egal, dass du mich nicht so gut kennst. Du kannst mich vor dem nächsten Mal kennenlernen."

„Vor dem nächsten Mal? Ich glaube, du bist derjenige, der sich das Hirn untersuchen lassen muss, wenn du denkst, dass wir wieder Sex haben werden."

„Vertrau mir, Babe. Es wird laufen wie bei *Donkey Kong*, sobald ich dich für mich allein habe."

„Hast du gerade wirklich unser Sexleben mit einem Videospiel verglichen?"

„Vielleicht." Er drehte sich zu mir und nagelte mich mit seinen herrlichen hellblauen Augen fest. „Im Ernst, Olivia, ich habe es ehrlich gemeint, als ich gestern Abend gesagt habe, dass das etwas Besonderes war. Ich will dich wirklich wiedersehen, und nicht nur wegen Sex."

Ich starrte ihn einen Moment lang an und wartete

auf die Pointe oder darauf, dass er sagte: „Reingelegt!" Doch das tat er nicht. Ich versuchte verzweifelt, einen Grund zu finden, um Nein zu sagen. Aber ich konnte es nicht. Mein Herz, mein Verstand und meine Vagina flehten mich alle an, Catcher eine Chance zu geben. Natürlich lieferte vermutlich meine Vagina die erbittertsten Widerworte.

Mein Verstand überzeugte mich davon, dass der Mann intelligent, ehrgeizig, schlagfertig und im Bett ein verdammtes Phänomen war. Mein Herz erinnerte sich an die Momente voller Freundlichkeit und Empathie und wie er mich in der Bar verteidigt hatte. Diese Dinge waren für ein Frauenherz emotionales Kryptonit. Vor allem für eine Frau, die eine Dating-Einöde durchlebt hatte.

Und meine Vagina? Diese gierige kleine Schlampe hatte das beste Stück im Süßwarenladen gefunden und wollte unbedingt noch einmal lecken, saugen und schlucken.

„Also, was sagst du dazu?", fragte Catcher.

„Okay. Warum nicht."

Ein zufriedenes Grinsen umspielte seine Lippen. „Ich wusste, du würdest nicht in der Lage sein, Nein zu mir zu sagen."

Ich rollte mit den Augen und schüttelte den Kopf. „Du lässt ein Mädchen sich selbst infrage stellen."

Er lachte. „Verzeihen Sie mir, Ms. Sullivan."

Das Navi wies uns an, von der Hauptstraße abzubiegen. Nachdem wir einen Kilometer eine abgelegene Straße hinuntergefahren waren, sinnierte

Catcher: „Es scheint, das Leben in der Provinz ist etwas, was Randy und Patricia gemeinsam hatten."

Nachdem wir eine Kurve hinter uns gebracht hatten, tauchte in der Ferne ein Wachhäuschen auf. „Hmm, eine bewachte Wohnanlage. Die Handlung verdichtet sich."

„Vielleicht ist es eine Art Ferienanlage."

„Vielleicht ist es eine Art Kommune für Genitalfreaks. Zum Beispiel gibt es Frauen mit drei Titten oder so."

Ich rollte mit den Augen. „Du musst aufhören, Randy einen Freak zu nennen. Er war ein wirklich netter Mann, der etwas Besseres verdient, als dass man sich wegen seiner besonderen Ausstattung über ihn lustig macht."

Catcher hielt seine Hand hoch. „Gut, gut. Ich werde versuchen, respektvoller zu sein."

„Danke."

Am Wachhäuschen angekommen, ließ Catcher das Fenster herunter und griff dann in seine Jacke, um sein Abzeichen hervorzuholen.

„Kann ich Ihnen helfen?", fragte eine Männerstimme.

„Ja, ich bin Agent Mains vom GBI. Wir sind hier, um mit einer Ihrer Bewohnerinnen zu sprechen, Patricia Crandall." Als Catcher sich umdrehte, um der Wache seine Marke zu zeigen, zuckte er auf seinem Sitz zusammen. „Was soll der Scheiß, Mann?"

Ich lehnte mich vor, um einen besseren Blick aus

dem Fenster zu haben. „Oh mein Gott!“

Zum zweiten Mal in den letzten vierundzwanzig Stunden hatte ich das Privileg, die Genitalien eines Mannes zu sehen. Nun, das dritte Mal, wenn man bedachte, dass ich auch die von Catcher gesehen hatte. Oder war es das vierte Mal, da Randy zwei Schwänze gehabt hatte? Was immer die genaue Zahl war, das alles hatte sich in eine ausgewachsene Penis-Party verwandelt.

Der nackte Mann hielt seine Hände hoch. „Es tut mir leid, Sie beide zu schockieren. Ich entschuldige mich, da Sie offensichtlich nicht wussten, dass *Bare Haven* ein Ort ist, an dem Kleidung optional ist.“

„Wie bitte?“, kam es von Catcher.

„Sie meinen, dies ist eine FKK-Kolonie?“, fragte ich ungläubig.

Der Mann, der mit all seinen Brust- und Rückenhaaren aussah, als würde er eine dieser Pelzwesten aus den Sechzigerjahren tragen, schüttelte den Kopf. „Wir ziehen es vor, das Wort ‚Kolonie‘ nicht zu benutzen. Es hat so einen abfälligen Beigeschmack. Sie wissen schon, wie eine Sekte oder so etwas.“

„Ich werde versuchen, mich daran zu erinnern“, murmelte ich als Antwort.

Catcher wurde ein Blatt Papier ausgehändigt. „Dies ist Ihr Gästeparkausweis. Ich funke das Clubhaus an und richte aus, dass Sie kommen. Ms. Crandall ist eine unserer Vollzeitbewohnerinnen. Wenn sie zu Hause ist, können sie sich dort mit ihr treffen.“

„Vielen Dank. Ich weiß Ihre Hilfe zu schätzen.“

„Kein Problem. Ich wünsche Ihnen einen schönen Tag.“

„Ebenfalls“, antwortete Catcher, bevor er das Auto vom Wachhäuschen wegfuhr.

„Oh. Mein. Gott“, murmelte ich.

Catcher lachte leise neben mir. „Sieht aus, als wären wir nicht mehr in Kansas, Dorothy. Wir sind in der Splitternackt-City von Oz angekommen.“

Kapitel 8

„Siri, spiele *Bad Moon* von *Creedance Clearwater Revival*", befahl Catcher. „*I see a bad moon risin'. I see trouble on the way.*"

Ich drehte meinen Kopf, um ihn mit erhobenen Augenbrauen anzusehen. „Du musstest das unbedingt aussuchen, nicht wahr?"

Catcher lachte. „Natürlich."

Während Jim Fogerty sang, fuhren wir die kurvenreiche Straße hinunter, die in den Ferienort führte. Beim Anblick von zwei nackten Landschaftsgestaltern mit Laubbläsern auf dem Rücken schüttelte ich den Kopf. „Ich kann das wirklich nicht fassen."

Catcher warf einen Blick zu mir hinüber. „Dass Orte wie dieser existieren oder dass Randy sie besucht hat?"

„Wenn ich ehrlich bin, müsste ich beides sagen. Ich meine, ich wusste, dass Orte wie dieser existieren. Ich habe mir nur nie träumen lassen, so etwas praktisch in meinem Hinterhof vorzufinden." Ich zog eine Grimasse. „Im Moment kann ich mir unmöglich vorstellen, dass der scheinbar schüchterne Randy Dickinson hier mit nacktem Hintern herumtollen könnte."

„Vergiss nicht seine beiden Schwänze, die im Wind flattern."

Ich schlug die Hände vors Gesicht. „Danke, dass du mich daran erinnerst. Das wird mich für den

Rest meines Lebens verfolgen."

Mit einem Grinsen antwortete Catcher: „Mich auch, Babe."

„Babe?"

Catcher hob die Brauen. „Was? Gehörst du zu den Mädels, die keine Kosenamen mögen?"

„Nein, nein. Ich mag Kosenamen."

„Lass mich raten. Du bist einfach kein großer Fan von ‚Babe'."

Ich zuckte die Achseln. „Es ist okay." Was ich nicht sagen konnte, war, dass er mich weiterhin überraschte, indem er mich so schnell mit Kosenamen bedachte. Unser One-Night-Stand war immerhin erst einen Tag her. Ich hätte nicht gedacht, dass so etwas normalerweise passierte. Zumindest benutzte er das Wort nicht in erniedrigender Weise.

Mit einem Grinsen sagte Catcher: „Also gut. *Babe*."

Ich wandte meine Aufmerksamkeit von ihm ab und zurück auf die Straße. Der eigentliche Wohnkomplex von *Bare Haven* befand sich etwa zwei Kilometer die Straße hinunter. Es ergab Sinn, dass er weit abseits der ausgetretenen Pfade lag, um neugierige Blicke fernzuhalten. In einem Kreisverkehr bogen wir nach rechts, was uns zu einem weitläufigen Clubhaus führte. Ich blinzelte ein paarmal ungläubig, denn es ähnelte etwas, was man in einem Country Club sehen könnte.

Ich fasste nach dem Türgriff und machte einige tiefe, reinigende Atemzüge. Nach den verrückten

Ereignissen der letzten vierundzwanzig Stunden hätte ich eine Xanax von der Größe meines Kopfes gebrauchen können. Es schien klug, meine Kräfte für den weiteren Wahnsinn, dem ich ausgesetzt sein würde, zu sammeln.

Beim Gang den Bürgersteig hinunter kam ein großer, schlaksiger Mann in all seiner nackten Ast- und Beerenpracht auf uns zugeschritten. Er streckte seine Hand aus. „Hallo. Ich bin Barry Gideons, der Manager der Tagschicht hier in *Bare Haven*."

Catcher schüttelte Barry die Hand. „Holden Mains. GBI." Er deutete zu mir. „Das hier ist Olivia Sullivan, Coroner von Merriam County."

Barrys Lächeln verblasste leicht. „Was führt Sie hierher, Agent Mains? Wir verstoßen doch gegen keine Gesetze."

„Nein, nein. Nichts dergleichen. Ich bin eigentlich im Rahmen einer Morduntersuchung hier."

Barrys graue Augen weiteten sich. „Tatsächlich?"

Catcher nickte. „Wir müssen mit Patricia Crandall sprechen. Sie scheint die nächste Angehörige des Opfers zu sein."

Barry legte eine Hand an die Brust. „Oh, die arme Patty. Wie schrecklich. Ich habe bereits jemanden zu ihrer Wohnung geschickt, um sie zu holen. In Anbetracht der Neuigkeiten lassen Sie mich gehen und sie vorher abfangen."

„Wenn es Ihnen nichts ausmacht, würden wir ihr die Nachricht gerne selbst überbringen." Als Barry Catcher einen seltsamen Blick zuwarf, antwortete er: „Ich befolge nur das Protokoll."

„Ja, natürlich. Ich verstehe vollkommen.“

Wir erreichten den Hauseingang und ein nackter Page öffnete uns die Tür. Da er jung und unglaublich gut gebaut war, konnte ich nicht umhin, ihn anzustarren, als ich vorbeiging. Catcher schnaubte, was wohl meinem eklatanten Geglotze geschuldet war.

„Leck mich“, murmelte ich.

„Mit Vergnügen“, antwortete er.

Ich warf ihm einen mörderischen Blick zu, als Barry uns durch die Lobby und hinüber zur Bar führte. „Warum warten Sie nicht hier auf Patty?“

Catcher nickte. „Klar doch.“

„Und bitte nehmen Sie einen Drink auf Kosten des Hauses.“

Catcher lächelte. „Danke für die Gastfreundschaft, doch ich fürchte, ich muss ablehnen, da ich im Dienst bin.“

Ich nickte zustimmend. „Aber vielen Dank.“

Das Handy, das er in der Hand hielt, klingelte. „Verzeihung“, sagte er, bevor er abnahm. Er zog eine Grimasse. „Okay. Ich bin gleich da.“ Er legte auf und warf uns einen entschuldigenden Blick zu. „Ich muss mich in meinem Büro um etwas kümmern. Aber ich komme so schnell ich kann zurück, um nach Patty zu sehen.“

„Wir wissen Ihre Hilfe zu schätzen“, antwortete Catcher, bevor er Barry erneut die Hand schüttelte.

Nachdem Barry auch meine genommen hatte, ging er barfuß und mit nacktem Hintern über den Plüschteppich in sein Büro.

Während Catcher sich schnell auf einem der Barhocker niederließ, rümpfte ich die Nase.

„Was ist?"

„Ich habe ein Wort für dich: Nacktschneckenspur."

Catcher lachte leise. „Ich bin mir ziemlich sicher, dass sie den Stoff reinigen und desinfizieren."

Obwohl er ein gutes Argument vorbrachte, nahm ich dennoch eine der Leinenservietten von der Bar und drapierte sie über die Sitzfläche des Hockers. Nachdem ich mich darauf platziert hatte, blickte ich auf und sah, dass der Barkeeper mich anstarrte. Er wirkte zwar nicht so, als würde er mich verurteilen, aber ich schaffte es trotzdem, „Entschuldigung" zu sagen. „Ich habe nur einen kleinen Reinlichkeitsfimmel."

„Eigentlich haben wir hier in Bare Haven eine Handtuch-Regel."

„Was ist das?", erkundigte sich Catcher.

„Bevor man sich hinsetzt, muss man eines hinlegen."

„Ah, ich verstehe", murmelte ich.

„Möchten Sie etwas trinken?", fragte der Barkeeper.

„Wasser wäre wunderbar. Vielen Dank."

Catcher schüttelte den Kopf. „Alles gut. Danke."

Während der Barkeeper sich um meine Bestellung kümmerte, grinste mich Catcher an. „Ist dir die Kehle ausgetrocknet, weil du all die nackten Männer angestarrt hast? Oder *entblätterten*, wie wir im Süden sagen."

Ich rollte mit den Augen. „Oh bitte. Es ist nicht so, als hätte ich nicht schon einen Haufen Schwänze gesehen in meinem Leben. Wenn man einen gesehen hat, hat man …" Ich verstummte beim Anblick eines Mannes in den Zwanzigern, der auf uns zukam.

Catcher beugte sich nach vorn und drehte den Kopf, um zu sehen, wohin ich schaute. „Fick mich doch", murmelte er.

„Nicht ohne zehn Liter Gleitmittel", antwortete ich abwesend.

Bei der Gesamtlänge und dem Gesamtumfang des Mannes war ich ziemlich sicher, dass meine Gebärmutter verschrumpeln und sterben würde. So ähnlich wie in der Szene im *Zauberer von Oz*, in der sich die Füße der Bösen Hexe des Ostens zusammenrollen und unter Dorothys Haus verschwinden. Ich schluckte schwer, als ich versuchte, zu überlegen, wie man ihm überhaupt einen blasen würde. Das gab dem Ausdruck „nur die Spitze" eine ganz neue Dimension.

Falls der Mann merkte, dass wir mit großen Augen und offenem Mund starrten, ließ er es sich nicht anmerken. Er ging einfach weiter. Unglaublich, dass das möglich war, obwohl er eine solche Lyoner zu schleppen hatte.

„Ich frage mich, wie der in eine Jeans passt?", murmelte Catcher.

„Vielleicht lebt er deshalb hier in der FKK-Kolonie. Ich meine, dem FKK-Resort."

Unser Gespräch wurde durch eine attraktive Frau

in den Fünfzigern unterbrochen, die an die Bar kam. Ihr kastanienbraunes Haar hatte silberfarbene Strähnen und reichte bis zur Spitze ihrer Brüste, die für eine Frau ihres Alters bemerkenswert straff waren. Natürlich wurde meine Aufmerksamkeit zudem auf ihre Pornobuschbehaarung aus den 1970er-Jahren gelenkt. Diesen Dschungel unter Kontrolle zu bringen, war hier offenbar nicht groß in Mode. Vermutlich gaben sie ein Vermögen für Staubsauger aus, um die herumliegenden Schamhaare aufzusaugen.

Sie streckte uns ihre Hand entgegen. „Hallo. Ich bin Patricia Crandall. Barry rief an und sagte, Sie suchen mich."

Catcher sprang von seinem Hocker und schüttelte ihre Hand. „Ich bin Holden Mains vom GBI." Mir fiel auf, dass er im Beruf immer seinen Vornamen Holden und nicht seinen Spitznamen benutzte. Catcher deutete mit dem Daumen auf mich und fügte hinzu: „Und das ist Olivia Sullivan, sie ist Coroner von Merriam County."

Patricia runzelte die Stirn, als sie mir die Hand schüttelte. „Liegt Taylorsville nicht in Merriam County?"

„Korrekt", antwortete ich.

Nachdem sie zittrig Atem geholt hatte, schaute Patricia zwischen Catcher und mir hin und her. „Ist Randy etwas zugestoßen?"

Catcher nickte mir mit dem Kopf zu, weil er spürte, dass ich diejenige war, die am besten damit umgehen konnte. Ich räusperte mich. „Ms. Crandall, es tut mir sehr leid, Ihnen mitteilen zu müssen, dass Randy heute Morgen tot in seinem Haus aufgefunden wurde. Es scheint sich um Mord zu handeln."

Patricia hob eine Hand an die Brust und die andere vor den Mund. Sie schüttelte wütend den Kopf. „Nein, das kann nicht wahr sein. Ich habe erst gestern Abend mit ihm gesprochen. Wir haben Pläne für dieses Wochenende gemacht."

„Es tut mir so unglaublich leid." Ich deutete zu einer der Couches gegenüber der Bar. „Warum setzen Sie sich nicht?"

Patricias Antwort bestand darin, in Tränen auszubrechen. Ich sah mich nach einer Möglichkeit um, sie zu trösten. „Catcher … äh, Agent Mains, warum organisieren Sie Ms. Crandall nicht ein Glas Wasser?"

„Kommt sofort", antwortete Catcher, bevor er den Barkeeper herüberwinkte.

Ich nahm Patricia am Ellbogen und führte sie zur Couch. Als sie sich beruhigt hatte, griff ich in meine Handtasche, um ein Taschentuch herauszuholen. Dass ich immer ein besticktes Taschentuch bei mir trug, war nicht nur Teil der Arbeit in der Industrie des Todes, sondern es war mir auch von meiner sehr etikettebewussten Südstaatenmutter eingetrichtert worden.

„Danke", sagte Patricia und nahm es. Sie tupfte ihre Augen ab, bevor sie mich traurig ansah. „Ich kann nicht fassen, dass ich einfach so zusammengebrochen bin."

„Bitte entschuldigen Sie sich nicht. Es ist nur natürlich, wenn man jemanden verloren hat, den man liebt."

Wieder liefen die Tränen über. „Ich habe Randy geliebt. Und zwar sehr. Er war ein Teil meines Lebens, seit ich achtzehn Jahre alt war."

„Das ist eine lange Zeit."

„Ja, wie wahr", antwortete sie wehmütig.

Catcher kehrte mit einem Wasser für Patricia und sich selbst zurück. Nachdem er Patricia ein Glas gereicht hatte, beäugte er einen der Stühle neben der Couch, bevor er sich setzte.

„Ich muss ehrlich zu Ihnen sein, Ms. Crandall …", begann ich.

„Bitte nennen Sie mich Patricia."

Ich lächelte. „Okay, Patricia. Ich kenne Randy seit zwanzig Jahren, aber seit seinem Tod scheint es, als hätte ich ihn überhaupt nicht gekannt."

Ein kurzes, lautes Lachen perlte von ihren Lippen. „Ich nehme an, damit meinen Sie, dass Sie nicht wussten, dass er eine …", sie machte mit den Fingern Anführungszeichen, „… freakige Seite an sich hat?"

„Ähm, nun, ich würde es nicht gerade freakig nennen", antwortete ich.

„Ich schon", mischte sich Catcher ein und zwinkerte Patricia zu.

Ich warf ihm erneut einen mörderischen Blick zu, aber Patricia kicherte nur. „Ich bin sicher, es muss schockierend gewesen sein, als Sie seinen Schritt sahen."

Ich rutschte auf der Couch herum. „Wenn ich wirklich ehrlich bin, ja, ich war ziemlich überrascht.“

„Ich kann nicht sagen, dass ich Ihnen da Vorwürfe mache. Ich war selbst ziemlich überrascht, als ich King und Kong zum ersten Mal sah.“

Catcher schnaubte. „Wie bitte?“

„Das waren die Spitznamen, die er seinen Penissen gab.“

Großer Gott, der Mann hatte seinen Schwänzen tatsächlich Namen gegeben.

„Ich verstehe“, antwortete Catcher, wobei die Belustigung in seinen Augen tanzte.

„Sie und Randy sind also miteinander ausgegangen?“, fragte ich.

„Oh, es war mehr als das.“

„In Anbetracht der Tatsache, dass Sie King und Kong gesehen haben, habe ich schon angenommen, dass Sie weitaus mehr getan haben als nur zu daten“, bemerkte Catcher lächelnd.

Patricia schüttelte den Kopf. „Nein, ich meine, wir waren verheiratet.“

Mein Mund klaffte überrascht auf. „Aber in den zwanzig Jahren, die er in Taylorsville war, hat er nie erwähnt, dass er geschieden ist. Er ließ alle glauben, er wäre ein lebenslanger Junggeselle.“

„Das liegt wahrscheinlich daran, dass wir nur kurz verheiratet waren. Wir waren nur ein Paar zwanzigjährige Flower-Power-Kinder, die während des Sommers der Liebe von einem Schamanen getraut wurden. Das war nicht einmal rechtskräftig. Aber all die Jahre später nannte er mich gerne von Zeit zu Zeit seine Frau."

Ich versuchte, mir Randy mit langen Haaren vorzustellen, der gefärbte Shirts trug, LSD einwarf und „Groovy" sagte, während er ein Friedenssymbol machte.

„Randy war tatsächlich ein Hippie?", fragte ich ungläubig.

„Ja. Das waren wir beide."

„Ich entschuldige mich, wenn das so klang, als würde ich auf ihn oder Sie herabsehen. Es ist nur so, dass Randy etwas zu spießig erschien, um ein Teil der Swinging Sixties gewesen zu sein. Verzeihen Sie, mir fällt leider kein besseres Wort ein."

„Vertrauen Sie mir. Er hat ziemlich viel Swinging betrieben. Zwei und drei Frauen auf einmal."

„Oje", murmelte ich.

Patricia verdrehte das Taschentuch in ihren Händen. „Sein Appetit war einer der Gründe, warum wir nicht zusammenblieben. Ich konnte einfach nicht mithalten. Ich meine, King und Kong schienen allzeit bereit zu sein und meine Körperöffnungen vertrugen nicht so viel Benutzung."

Catcher verschluckte sich an seinem Wasser und spuckte es über seinen Schoß und auf den Boden. Sobald er sich von seinem Hustenanfall erholt hatte, hielt er seine Hand hoch. „Ich bitte um Entschuldigung."

Während Patricia Catcher schockiert anstarrte, versuchte ich, ihre Aufmerksamkeit auf mich zu lenken. „Ich kann mir vorstellen, dass das sowohl für ihn als auch für Sie schwierig gewesen sein muss."

Patricia schaute von Catcher zu mir, bevor sie nickte. „Ja, das war es. Am Anfang fiel es mir vermutlich schwerer, aber sobald ich dann wieder heiratete, war es schwer für Randy. Er erlebte einige dunkle Jahre, in denen er King und Kong wirklich zu verachten begann. Er wollte mehr als alles andere normal sein."

„Glauben Sie, es könnten Randys sexuelle Neigungen gewesen sein, die zu seiner Ermordung geführt haben?", fragte Catcher.

„Nein. Die meisten, mit denen er zusammen war, waren friedliche, liebevolle Menschen. Wie ich selbst waren viele Buddhisten, die nicht mal einer Fliege wehtun würden, und am wenigsten Randy."

„Was ist mit einer nicht friedlichen Person, die vielleicht eifersüchtig auf Randys spezielle Ausstattung war?", schlug Catcher vor.

Patricia lächelte. „Obwohl das möglich wäre, würde ich das wirklich bezweifeln. Auch wenn er für Aufsehen sorgte, als er das erste Mal hierherkam, gewöhnten sich die Menschen daran, King und Kong zu sehen." Patricia drehte sich zu mir um. „Sie wissen so gut wie ich, was für ein netter, sympathischer Mann Randy war."

Ich nickte. „Ja, das war er. Es fällt mir schwer, mir vorzustellen, dass ihn jemand töten wollte."

Catcher hob die Brauen. „Und Sie sind sicher, dass er nach der Trennung von Ihnen beiden in

Bezug auf sein Sexualleben völlig ehrlich zu Ihnen war?"

„Selbst als ich wieder heiratete, waren Randy und ich nie wirklich getrennt. Obwohl ich meinem Mann körperlich treu blieb, war ich emotional untreu. Aufgrund unserer Beziehung weiß ich ohne Zweifel, dass er nicht in etwas Sexuelles verwickelt war, von dem ich nichts wusste."

„Fällt Ihnen jemand ein, der es vielleicht so sehr auf ihn abgesehen hatte, dass er ihn umbringen wollte?", fragte Catcher.

Patricia knabberte an ihrer Unterlippe. Ich merkte sofort, dass sie zwar eine Idee hatte, aber zögerte, sie auszusprechen. Da ich wusste, dass sie Randy liebte und wollte, dass sein Mörder gefunden wurde, musste ich annehmen, dass sie sich aus Angst zurückhielt.

„In vielerlei Hinsicht war Randy der sanftmütige Apotheker, der gerne im Kirchenchor sang. Es war nicht nur eine clevere Fassade, die er sich ausgedacht hatte, um seine andere Seite zu verbergen. Es ist bloß so, dass seine wilde Art viel dominanter war. Tatsächlich wirkte sie sich sogar oft auf sein Berufsleben aus."

Catchers dunkle Brauen zogen sich zusammen. „Wie das?"

„Obwohl Randy sich als Apotheker gut geschlagen hat, hat das seinen Lebensstil nicht vollständig finanziert. Er liebte es, an exotische Orte wie Bali und Tahiti zu reisen. Er begann, seine Fähigkeiten als Apotheker auf andere Weise zu nutzen."

„Wollen Sie damit sagen, dass Randy Drogen verkauft hat?", vergewisserte ich mich.

„Auf Umwegen, ja. Aber es war nicht so etwas wie Kokain oder Meth. Es war seine eigene … Mixtur."

„Mixtur?", fragten Catcher und ich gleichzeitig.

„Er erzählte mir nicht von allem, in das er sich vertieft hatte. Indem er mich im Dunkeln ließ, hatte er das Gefühl, er könnte für meine Sicherheit sorgen, falls es Gegenwind geben würde."

„War er so besorgt um seine Sicherheit?", hakte ich nach.

„Sie haben sein Haus wohl nicht richtig gesehen. Dieser Ort ist ausgerüstet wie Fort Knox."

„Mir sind die vielen Sicherheitskameras und Türschlösser aufgefallen", sagte Catcher.

„Sein Bedürfnis nach übermäßiger Sicherheit war zum Teil auf das zurückzuführen, was er tat, aber auch darauf, dass er vor seiner Vergangenheit davonlief. Deshalb entschied er sich für Taylorsville – er brauchte eine kleine Stadt, in die er verschwinden konnte."

„Er hat also schon seit vielen Jahren ‚Mixturen' hergestellt?"

„Ja, das hat er. Offenbar ging eine von ihnen furchtbar schief und er musste abhauen."

Catcher und ich tauschten einen Blick. Die Tatsache, dass Randy sich vor jemandem versteckte, bedeutete für den Fall einiges. „Er hat Ihnen nie Einzelheiten darüber erzählt, warum er nach Taylorsville umgezogen ist?", hakte Catcher nach.

Patricia schüttelte den Kopf. „Es war eines der wenigen Geheimnisse, die er vor mir hatte. Ich glaube, er hatte das Gefühl, dass es mich auf irgendeine Weise beschützte."

„Haben Sie Namen von Kunden von Randy, die Sie uns nennen könnten?"

„Zeke Chester. Er ist ein Diakon in der *Full Zion Church.*"

Catchers Brauen schossen überrascht in die Höhe. „Randy hatte einen Mann Gottes auf seiner Kundenliste?"

„Viele Details sind mir nicht bekannt. Ich bin vor einigen Monaten in ein Gespräch gestolpert. Randy wollte mir nicht mehr sagen, als dass er an etwas für Zeke gearbeitet hatte, was in den Gottesdiensten seines Bruders Ezra eingesetzt werden sollte."

Catcher kritzelte seinen Namen in sein Notizbuch. „Wissen Sie noch etwas über diesen Zeke Chester, außer dass er ein Kunde von Randy war?"

„Nur, dass sein Bruder eine ziemliche Anhängerschaft zu seinen Zeltgottesdiensten am Freitag- und Samstagabend gewonnen hat."

„Sie kennen einen Ort, an dem diese Zeltgottesdienste stattfinden?"

„Randy sagte, sie seien fünfundvierzig Minuten von hier entfernt, drüben in Dawson County."

Catcher nickte und blickte von seinem Notizbuch auf. „Ich weiß es zu schätzen, dass Sie mit uns sprechen, Patricia. Wenn Sie sich noch an etwas anderes über Randys Mixturengeschäft erinnern, lassen Sie es mich bitte wissen." Dann griff er in seine Anzugtasche und holte eine Visitenkarte hervor, die er Patricia übergab.

Ich lehnte mich auf dem Sofa nach vorn. „Bevor wir gehen, muss ich nach Randys nächsten Angehörigen fragen. Wissen Sie etwas über seine Familie?"

„Er war eine erwachsene Waise – sein Vater starb, als er siebzehn war, und seine Mutter, als er dreiundzwanzig war. Seine ältere Schwester lebt in Tennessee, aber sie haben sich selten gesehen. Unser Freundeskreis wurde zu seiner Familie."

„Ich verstehe. Wissen Sie, ob er ein Testament hatte?"

Patricia nickte. „Ja. Ich habe irgendwo in der Wohnung eine Kopie davon. Ich bin die Testamentsvollstreckerin seines Nachlasses."

„Oh, gut. Ich hatte gehofft, er hätte Anweisungen hinterlassen, was er im Falle seines Todes wollte."

„Ja, von der Einäscherung bis zum Gottesdienst hier in der Kapelle von *Bare Haven* ist alles festgelegt."

„Sie haben hier eine Kirche?", platzte Catcher heraus.

Statt beleidigt zu sein, lächelte Patricia. „Wir sind keine gottlosen Menschen, Agent Mains. Wir sind nur kleiderlos."

Catcher erwiderte ihr Lächeln. „Ich bitte um Verzeihung. Das ist alles sehr neu für mich, aber das ist keine Entschuldigung dafür, intolerant zu sein."

„Danke."

Ich suchte in meiner Tasche nach den notwendigen Papieren, die Patricia ausfüllen musste. „Als Testamentsvollstreckerin von Randys Nachlass können Sie für mich unterschreiben, dass ich die Leiche ins Krematorium übergebe. Sie müssen mir natürlich eine Kopie des Testaments zufaxen."

Als ich ihr den Papierkram überreichte, starrte sie ihn einen Moment lang abwesend an. Abermals flossen ihr die Tränen über die Wangen. Zaghaft streckte ich meine Hand aus, um ihr auf die Schulter zu klopfen. Eine der ersten Lektionen, die ich über Hinterbliebene gelernt hatte, war, dass nicht alle Menschen berührt werden wollten.

Aber anscheinend wollte Patricia es. Denn als Nächstes fiel sie mir in die Arme und begann, untröstlich zu schluchzen. Ich brauchte einige Augenblicke, um mich zu orientieren, da es das erste Mal war, dass sich eine nackte Frau an mich drückte. Doch jede Peinlichkeit, die ich hätte empfinden können, schmolz dahin, und ich konnte mich nur darauf konzentrieren, Patricia Trost zu spenden. Schließlich hatte sie unerwartet und gewaltsam die Liebe ihres Lebens verloren.

„Vielleicht solltest du Barry holen", flüsterte ich Catcher zu.

Er nickte und marschierte los. Wie eine Mutter ihr Kind schaukelte ich Patricia hin und her und sprach beruhigende Worte des Mitgefühls. Catcher kehrte mit Barry zurück und er setzte sich auf die andere Seite von Patricia auf die Couch.

„Patty? Ich bin hier, Süße", sagte er.

Seine Stimme schien Patricias Sturm der Trauer zu durchschneiden. Sie zog sich von mir zurück. Sie strich über ihre Wangen und schenkte mir ein verlegenes Lächeln. „Es tut mir leid, dass ich so zusammengebrochen bin."

„Bitte entschuldigen Sie sich nicht. Angesichts der Neuigkeiten über Randy ist das völlig verständlich."

„Sie sind sehr freundlich." Sie machte ein paar tiefe Atemzüge und straffte dann die Schultern. „Ich glaube, ich bin jetzt in der Lage, den Papierkram zu erledigen."

Ich deutete auf das Blatt auf dem Tisch vor uns. „Unterschreiben Sie das einfach." Nachdem sie ihren Namen auf das Formular gekritzelt hatte, nahm ich die Papiere zurück. „Danke."

Patricia blickte von mir zu Catcher. „Sie werden den finden, der das getan hat, nicht wahr?" Ihr Kinn zitterte ein wenig, und ich befürchtete, sie könnte wieder anfangen zu weinen.

Er nickte nachdrücklich. „Ja, Ma'am. Das werden wir auf jeden Fall."

„Gut."

Sie erhob sich von der Couch und schenkte uns ein schwaches Lächeln. „Wenn es Ihnen nichts ausmacht, gehe ich jetzt wieder nach Hause. Ich brauche ein wenig Zeit, um das alles zu verarbeiten. Und entweder ein Glas Wein oder eine Xanax."

Catcher und ich standen auf. „Natürlich. Sobald wir etwas wissen, werden wir uns melden", sagte

Catcher.

„Das weiß ich zu schätzen." Nachdem wir uns die Hände geschüttelt hatten, ließ Patricia sich von Barry durch den Flur und aus dem Clubhaus führen.

Als Catcher ihr weiterhin nachdenklich hinterherstarrte, fragte ich: „Du glaubst doch nicht, dass sie etwas verbirgt, oder?"

Er schüttelte den Kopf. „Nein. Sie hat uns alle Infos gegeben, die sie hatte."

„Warum dann dieses Starren?"

Der Schalk funkelte in seinen Augen. „Ich habe gerade versucht, mir vorzustellen, wie sie, Randy und King und Kong es treiben."

„Du bist ekelhaft." Ich schob meinen Papierkram wieder in die Tasche.

„Ach komm schon. Sag mir nicht, du hast es dir nicht vorgestellt?"

Ich warf mir die Tasche über die Schulter. „Nein. Mein Verstand ist nicht so kaputt." Die Wahrheit war, dass mir der Gedanke durch den Kopf geschossen war, als Patricia davon gesprochen hatte, dass King und Kong einfach zu viel für sie gewesen seien.

Catcher grinste. „Du lügst, Liv."

Einmal mehr wollte ich ihn und seine Spezialagentenausbildung erdrosseln. „Okay. Vielleicht habe ich einmal kurz darüber nachgedacht."

Er lachte. „Es ist höllisch gut, darüber nachzudenken. Ich bin mir ziemlich sicher, dass der heutige als der verrückteste Fall, an dem ich je gearbeitet habe, in die Geschichte eingehen wird."

„Ich bin mir ziemlich sicher, dass ich zustimmen müsste."

Der nackte Page hielt die Türe für uns auf.

Wir gingen zum Auto und Catcher fragte: „Vor King und Kong, was genau war das Verrückteste, was du je bei einem Fall gesehen hast?"

Ich neigte den Kopf in Gedanken. „Wahrscheinlich war das, als ich im Grundstudium an der UGA war und bei dem Coroner von Clarke County gelernt habe." Ich öffnete die Autotür und warf meine Tasche hinein.

„Was ist passiert?" Catcher legte seine Ellbogen auf das Autodach.

„Wir erhielten einen Mordanruf aus einem Wohnkomplex. Sobald wir dort ankamen, fanden wir einen männlichen und einen weiblichen Verstorbenen im Bett. Überall Blut. Es sah tatsächlich aus wie die Szene in *Shining*, in der sich die Fahrstuhltüren öffnen und Blut herausfließt."

„Jesus", murmelte Catcher.

„Beide Toten hatten Austrittsschusswunden, aber die Ermittler konnten beim besten Willen keine Eintrittswunden an den Leichen finden. Und ich weiß nicht, woher zum Henker sie kam, doch plötzlich schoss mir eine Idee durch den Kopf. Bevor ich mich stoppen konnte, platzte ich heraus: *Überprüft ihre Arschlöcher*."

Catcher schnaubte. „Wirklich?"

Ich grinste. „Ja, wirklich. Ein kurzer Blick zwischen die Pobacken, und es stellte sich heraus, dass ich recht hatte. Der Mörder hatte ihnen den Lauf der Schrotflinte in den Hintern gesteckt, bevor er sie erschossen hat."

Zusammenzuckend sagte Catcher: „Das war ein kranker Wichser."

„Offenbar war es der eifersüchtige Ehemann der Frau. Er kam von einem Jagdausflug nach Hause und entdeckte seine Frau und seinen besten Freund beim Vögeln. Er ist einfach ausgerastet." Ich ließ mich auf den Beifahrersitz fallen und Catcher ließ sich ebenfalls nieder.

Nachdem er den Motor gestartet hatte, drehte er sich zu mir um. „Und ich dachte, meine Ziegenfick-Geschichte wäre wild."

„Wie bitte?"

Er lachte. „Ich war Teil einer Drogenrazzia gegen diesen Typen, der draußen in der Provinz lebte. Er betrieb ein Meth-Labor in einem verlassenen Wohnwagen, der auf seinem Grundstück stand. Jedenfalls kamen wir dort an, und als wir anklopften, schrie der Typ: ‚Moment. Ich bin fast so weit.' Nun, wir sehen uns alle an und fragen uns, wovon zum Teufel er da redet. Nachdem wir noch ein paarmal geklopft haben, bekommen wir die gleiche Antwort. Am Ende müssen wir also mit einem Rammbock die Tür einschlagen, um sie aufzubekommen. Als wir hineinstürmen, finden wir den Kerl vor. Total high fickte er gerade eine Ziege."

Ich keuchte. „Oh mein Gott. Die arme Ziege."

„Exakt. Wir stehen also alle mit gezogenen Waffen da und er nagelt einfach weiter die Ziege. Ihm wurde fast der Arsch weggeschossen, weil er uns immer wieder aufhielt, damit er kommen konnte."

Langsam schüttelte ich den Kopf. „Das ist die verstörendste Geschichte, die ich je gehört habe."

Catcher nickte. „Ja, es war mein zweites Jahr an der Akademie, und ich kann mich immer noch daran erinnern, als wäre es gestern gewesen."

„Ich kann verstehen, warum. Etwas wie das kann einen fürs Leben zeichnen."

„So ähnlich wie Sir Randy mit den zwei Schwänzen."

Ich lachte. „Randys Fall ist schockierend … aber ich bin mir nicht so sicher, ob er einen so fertigmacht wie zu sehen, wie ein Typ eine Ziege missbraucht."

„Da hast du recht." Catcher blickte zu mir hinüber. „Apropos Randy, ich habe über seine Mixturen nachgedacht."

„Was ist damit?"

„Ich nehme an, dass Harry Potter einen Platz in seinem Haus gehabt haben muss, wo er seine Tränke gebraut hat."

Ich nickte. „Er hätte es mit Sicherheit nirgendwo anders getan als in der Privatsphäre seines Hauses. Es macht Sinn, dass sein Haus so abgesichert war. Auf diese Weise lief er nicht Gefahr, dass jemand sein Labor findet."

„Nur hat ihm die ganze Sicherheit am Ende nicht geholfen."

„Stimmt."

„Wenn wir zurückkommen, möchtest du mit mir

einen Blick auf Randys Wohnung werfen? Mal sehen, ob wir sein geheimes Gebräu-Versteck finden können."

Ich wirbelte auf dem Sitz herum und starrte ihn überrascht an. „Du willst, dass ich mit dir zusammen nachforsche?"

„Sicher. Warum nicht?"

„Nenn mich verrückt, aber ich dachte, das wäre etwas für dich und deine Kollegen."

„Solano hat mir gerade geschrieben, dass er und Capshaw die Stiefelprofile zusammen mit einigen der anderen Beweise, die sie heute gesammelt haben, in die Außenstelle bringen. Da nur ich da sein werde, warum nicht?"

„Du wirst keinen Ärger bekommen, weil eine Zivilistin bei dir ist?"

Catcher grinste. „Aber du bist keine Zivilistin. Als Coroner des Bezirks bist du ein Mitglied der Strafverfolgung."

„Oh ja. Richtig." Mann. Warum hatte ich nicht daran gedacht? Apropos starke Penispräsenz. In Catchers Nähe zu sein, verwandelte meinen Verstand in ein verwirrtes Durcheinander.

Als wir uns Randys Einfahrt näherten, parkte dort der Wagen eines stellvertretenden Sheriffs. Catcher fuhr längsseits heran und kurbelte sein Fenster herunter. Nachdem der Hilfssheriff das Gleiche getan hatte, zeigte Catcher seine Dienstmarke. „Agent Mains, GBI. Wir müssen einen kurzen Blick ins Haus werfen."

„Okay."

Catcher kurbelte das Fenster hoch, während wir die Einfahrt hinauffuhren. Obwohl ich mich normalerweise nicht erschrecken ließ, war ich irgendwie froh, dass es noch Tag war. Sicher, ich musste für das Bestattungsinstitut und auch als Coroner nach Einbruch der Dunkelheit Leichen abholen und unerklärliche Todesfälle untersuchen, aber dieser Fall schien einfach etwas gruseliger zu sein. Vielleicht lag es daran, dass Randys Haus so weit von der Straße entfernt war. Oder daran, dass ich nie einen Mordfall ganz allein bearbeitet hatte. Oder vielleicht an Randys zwei Schwänzen und seiner Ex-Frau, die in einer FKK-Kolonie, ähm, *Resort* lebte. Mehr noch war da der Grusel, dass er mit seinem Gebräu Geschäfte machte. All diese *Vielleichts* bedeuteten, dass ich mir nicht allzu sicher war, welche anderen unheimlichen Dinge in seinem Keller lauerten.

Als wir vor der Garage anhielten, sah ich, dass das gelbe Tatortband um die Türen und die vordere Veranda gewickelt worden war. Nachdem Catcher seine Ausrüstung vom Rücksitz geholt hatte, machten wir uns auf den Weg zum Haus. Catcher und ich mussten uns unter der Absperrung durchducken, um hinein zu gelangen. Als wir die Tür verschlossen vorfanden, fragte ich: „Soll ich Ralph anrufen, damit er uns reinlässt?"

Anstatt mir zu antworten, nahm Catcher sein Portemonnaie aus der Gesäßtasche und zog eine Kreditkarte heraus. Er steckte sie in den Türspalt und wackelte damit herum. Als das Schloss aufsprang, drehte er sich zu mir um und grinste.

„Beeindruckend", murmelte ich.

„Ich bin ein Mann mit vielen Talenten."

„Und einem ebenso aufgeblasenen Ego."

Catcher lachte leise, als er die Haustür für mich öffnete. Eine einsame Lampe im Wohnzimmer, die wohl jemand vergessen hatte auszuschalten, erhellte uns den Weg. „Obwohl ich die Durchsuchung vorhin nicht gemacht habe, würde ich wetten, dass die Kellertür von der Küche aus abgeht", sagte Catcher.

Ich hatte früher am Tag kurz hinter die Kellertür gesehen, aber ich war nicht hinuntergegangen. „Ja. Du hast recht."

„Gut geraten", erwiderte Catcher und wir gingen in die Küche.

Gerade als ich nach dem Knauf griff, hielt mich das Geräusch der quietschenden Tür des Kühlschranks auf. Ich wirbelte herum und sah, dass Catcher den Kopf hineinsteckte. „Bitte sag mir, dass du nicht Randys Kühlschrank plünderst wie ein Leichenfledderer."

Catcher lugte um die Kühlschranktür . „Ich bin am Verhungern."

„Das ist Diebstahl", konterte ich.

Mit einem finsteren Blick antwortete Catcher: „Da er tot ist, bin ich mir ziemlich sicher, dass er den Inhalt nicht mehr brauchen wird."

„Das ist so unprofessionell." Ich stemmte die Hände in die Hüften und neigte den Kopf. „Bekommst du dafür keinen Ärger?"

Ein Gefühl der Paranoia richtete die Härchen in meinem Nacken auf. Ich blickte schnell zur Decke hinauf, um zu sehen, ob da irgendwelche Kameras montiert waren. Randy war ein solcher Sicherheitsfreak gewesen, dass es mich nicht allzu sehr überrascht hätte, wenn jeder Raum in seinem Haus verkabelt wäre. Ich atmete erleichtert aus, als ich nichts sah.

„Himmel, es ist ja nicht so, dass ich sein Haus nach Elektronik durchsuche. Ich mache mir nur schnell ein Sandwich. Es muss sowieso alles weggeworfen werden."

„Du bist unmöglich."

Catchers Kopf verschwand wieder im Kühlschrank. Er tauchte mit einem Behälter mit Fleisch und einer Cola auf. „Für einen mageren Kerl aß Randy ganz schön viel. Er muss auch etwas von dem Geld für seine Mixturen für Essen ausgegeben haben, denn er hat da irgendeinen superteuren Scheiß drin."

„Wirklich?" Obwohl mein Magen beim Anblick und Geruch des Truthahns knurrte, konnte ich mich nicht dazu durchringen, Randys Lebensmittel zu verspeisen. Ich musste einfach warten, bis ich nach Hause kam.

Nachdem er ein paar Scheiben geräucherten Truthahns verschlungen hatte, antwortete Catcher: „Verdammt, ja. Importierter Käse und sogar etwas Kaviar."

Ich rümpfte die Nase. „Ich hasse Kaviar."

Catcher hielt inne, rollte noch mehr Truthahn auf

und warf mir einen neugierigen Blick zu. „Hmm, ich hätte dich nie für einen Kenner von Kaviar gehalten."

„Als ich auf dem College war, hatte ich einen Nebenjob als Kellnerin im Athens Country Club. Der Typ, in den ich mich verknallt hatte, forderte mich auf, etwas von einem der Teller zu essen, also tat ich es." Ich schauderte. „Bis zum heutigen Tag könnte ich immer noch kotzen, wenn ich daran denke, wie der Kaviar in meinem Mund knallte und knisterte. Ganz zu schweigen davon, dass sich mein Schwarm nie wirklich für mich interessiert hat."

Catcher grinste mich an, während er den Truthahn aufaß. „Ich selbst habe noch nie welchen gegessen, und nach deiner begeisterten Kritik werde ich wohl darauf verzichten, eines der Gläser zu klauen." Er reinigte seine Hände mit einer Serviette und warf dann den Truthahnbehälter weg. Nachdem er den Verschluss der Cola-Dose geöffnet hatte, sagte er: „Und der Typ, in den du dich verknallt hattest, war ein absoluter Arsch. Erstens, weil er ein so unreifer Idiot war, dass er es gewagt hat, so etwas zu tun, und zweitens, weil er dich nicht für sich beansprucht hat, als er dich getroffen hat."

Ich bekämpfte den Drang, nach Riechsalz zu rufen, da ich mich durch Catchers Aussage ganz blümerant fühlte. Stattdessen machte sich ein verschmitztes Lächeln auf meinen Lippen breit. „Schmeichelst du immer den Frauen, mit denen du zusammen bist?"

„Nur wenn sie es verdient haben."

Wärme lag auf meinen Wangen und ich murmelte schnell: „Danke."

„Ist mir ein großes Vergnügen." Nachdem Catcher die Cola hinuntergekippt hatte, stieß er einen äußerst unattraktiven Rülpser aus, bevor er zur Kellertür hinüberging. „Bereit?"

„Bereit wie nie."

Catcher betätigte den Lichtschalter und ging dann die Treppe hinunter, während ich ihm dicht auf den Fersen war. „Nette Bude", bemerkte er.

Der Keller war ein großer Raum mit nur einer Tür, die nach draußen führte und nicht zu Randys Versteck für irgendwelches Gebräu. Es war der Inbegriff einer Männerhöhle mit einem Riesenbildschirm, einem Billardtisch und sogar einer Bar. Natürlich waren die beiden Dinge, die mein Interesse weckten, eine Wand mit vom Boden bis zur Decke reichenden Bücherregalen und die Jukebox aus den 1950er-Jahren.

Catcher, der in der Mitte des Raumes stand, kratzte sich am Kinn. „Es muss eine Art Geheimgang geben."

„Das Bücherregal?", fragte ich und durchstöberte einige der Regale.

„Das wäre zu offensichtlich." Er deutete mit einem Daumen auf das massive Ölgemälde an der Wand. „So wie ich mir sicher bin, dass das nicht zurückschwingt, um einen Tunnel zu offenbaren."

Da ich nicht ganz überzeugt war, verschob ich die

Dinge im Bücherregal weiter.

Catcher ging zum Lichtschalter hinüber. Als er den Raum in Dunkelheit tauchte, wirbelte ich herum. „Was zum Teufel machst du da?"

Catcher nahm eine Taschenlampe aus seiner Ausrüstung. „Falls es Risse in den Wänden gibt, sind sie bei ausgeschaltetem Licht leichter zu sehen."

„Wenn du das sagst", sagte ich unbehaglich. Es war nicht ganz stockfinster in Anbetracht der Tatsache, dass sowohl durch das Fenster als auch durch das Glas an der Tür etwas Licht eindrang.

Catcher richtete den Strahl der Taschenlampe auf die Wände. Er besah sich die vordere Wand, die der Treppe am nächsten lag, bevor er zur Bar hinüberging. „Wusstest du, dass eine Bar aus drei Teilen besteht?"

„Ähm, nein."

Catcher nickte. „Vorne, hinten und unter der Theke. Die Vorderseite ist der Ort, wo sich die Kunden versammeln und Getränke serviert werden. An der Rückseite werden die meisten Flaschen vor einem Spiegel aufbewahrt. Und dann ist da die Unterseite unter der vorderen Bar, wo die Drinks gemischt werden."

„Seit wann weißt du so genau, wie eine Bar funktioniert?"

„In meinem letzten Collegejahr habe ich als Barkeeper gearbeitet." Catcher trat hinter die vordere Bar. Er fing an, die Wand, an der das Holz auf die hintere Bar traf, abzutasten. Er ergriff eine der verzierten Schnitzereien und zog, wodurch die hintere Bar nach außen schwang. Statt eines klaffenden Lochs in der Wand befand sich dort eine Tür.

„Heilige Scheiße!" Ich eilte zu ihm hinüber.

„Acht Jahre als Agent, und dies ist mein erster Geheimgang." Er drehte sich zu mir um und grinste. „Ich fühle mich, als wäre ich zehn und säße im Haus meiner Großeltern fest, wo ich einige der *Hardy-Boys*-Krimiromane lese."

Ich lachte. „Auch mir wurden als Kind ein paar *Nancy* Drew-Bücher aufgezwungen. Aber bei mir war es mehr das Lesen über den Geheimgang in Dawns Haus in den Büchern des *Babysitter's Club*."

„Oh ja, die hat meine kleine Schwester immer gelesen."

In diesem Moment merkte ich, dass Catcher und ich es absichtlich vermieden, den Durchgang zu betreten. Wir standen einfach in der Tür und starrten in den Tunnel. „Das sollten wir uns wohl besser ansehen, was?", fragte ich.

„Ja. Ich denke schon." Er zog zwei Paar Gummihandschuhe aus seinem Koffer und reichte mir eines. Nachdem wir sie angezogen hatten, legte Catcher den Lichtschalter um, doch es passierte nichts. „Verdammt. Die Glühbirne ist durchgebrannt."

Aber dann standen wir beide immer noch da und starrten in den dunklen Abgrund. Als Catcher seine Hand auf meine Schulter legte, zuckte ich zusammen. „Ladies first", schlug er vor.

„Oh, das ist okay. Du kannst vorgehen."

„Das wäre unhöflich von mir."

„Willst du mir sagen, dass ein starker, strammer GBI-Agent wie du Angst vor Kellern hat?"

„Ich habe keine Angst vor Kellern. Ich bin nur kein Fan von gruseligen Tunneln."

Ich schnaubte. „Das klingt, als wären Sie ein echtes Weichei, Agent Mains."

Catcher schaute mich finster an. „Die Wahrheit ist, dass ich an engen Orten ein wenig klaustrophobisch werde. Das verbreite ich nicht gerne, da Agenten eigentlich keine Schwäche haben sollten."

„Gut, gut. Ich gehe zuerst", sagte ich. Nachdem ich tief durchgeatmet hatte, um meine Kräfte zu sammeln, machte ich einen zaghaften Schritt in den Tunnel, während mir Catcher dicht auf den Fersen war.

Wir hatten uns ein paar Meter weit geschlichen, als Catcher sagte: „Das erinnert mich irgendwie an die Szene in *Schweigen der Lämmer*, in der Jodi Foster im Keller ist und Buffalo Bill ihr das Licht ausmacht."

Ein Schauer durchlief mich. „Musstest du das jetzt erwähnen?"

Anstatt zu antworten, lehnte sich Catcher nach vorn und sagte „Pfffffffffffft" in mein Ohr wie Lecter nach seiner ‚Chianti und Leber mit Favabohnen'-Ansprache. Ich stieß ihm den Ellbogen in die Rippen. „Du bist ein Arschloch."

Catcher lachte. „Entschuldigung. Ich musste etwas tun, um mich abzulenken."

„Ich wüsste tausend andere Möglichkeiten dafür."

„Hmm, könnten vielleicht ein paar hundert davon sexueller Art sein?"

Ich rollte mit den Augen. „Verschone mich."

Am Ende des Tunnels befand sich eine weitere Tür. Da ich mir vorstellte, es gäbe eine Art Tastatur und einen Code, um hineinzukommen, war ich schockiert, sie unverschlossen vorzufinden. Wenn man bedachte, dass sowohl der Tunnel als auch der Raum versteckt waren, hatte Randy wohl nicht geglaubt, dass er sie abschließen müsste.

Sobald ich sie öffnete, blitzten die Leuchtstoffröhren über mir auf und erhellten die vier Wände des kleinen, fensterlosen Zimmers. In der Mitte befand sich ein großer Tisch, auf dem verschiedene Arten von pharmazeutischen Hilfsmitteln wie Mörser, Stößel und Pillenfliesen lagen. An einer Wand erstreckte sich ein vom Boden bis zur Decke reichendes Regal, das mit diversen rezeptpflichtigen Flaschen gefüllt war. In einigen waren Pillen, während andere Flüssigkeit enthielten.

Catcher nahm ein paar hoch und wir beide sahen sie an. Statt eines Namens waren nur Nummern zur Identifizierung auf die Etiketten geschrieben. „Ich denke, das ist eine Möglichkeit, etwas supergeheim zu halten", sagte Catcher.

„Ich frage mich, ob er die Zahlen zusammen mit den entsprechenden Medikamenten aufgeschrieben oder sich das alles eingeprägt hat."

Nachdem er noch einmal auf das Regal geblickt hatte, meinte er: „Da es nur fünf bis zehn Arten von Drogen zu geben scheint, kannte er wahrscheinlich die Zubereitung auswendig. Höchstwahrscheinlich basierte diese ganze Operation auf seinem Gedächtnis. Ohne Spuren auf Papier oder auf dem Computer zu hinterlassen, was Inhaltsstoffe oder Beschreibungen angeht, machte er es unmöglich, dass jemand sein Geschäft stehlen konnte. Ganz zu schweigen davon, dass es für die Behörden ohne ausgiebige Tests schwierig wäre zu beweisen, was er hier unten zubereitet hat, wenn er erwischt würde."

„Ziemlich genial", bemerkte ich.

„Das war es ganz sicher." Catcher holte aus seiner Ausrüstung ein paar Plastiktüten. „Ich werde etwas davon mitnehmen, damit unser Labor es analysieren kann."

Während Catcher die Flaschen einpackte, durchsuchte ich den Raum nach etwas anderem, was für den Fall wichtig sein könnte, wie zum Beispiel Aufzeichnungen. Aber ich fand nichts.

Randy hatte wirklich ein sehr undurchdringliches und geheimnisvolles Leben geführt.

„Okay. Ich denke, das ist alles. Lass uns von hier verschwinden", sagte Catcher.

Ich nickte und folgte ihm aus dem Raum und durch den Tunnel. Als wir in den Keller zurückkamen, nahm Catcher sein Handy, um der GBI-Außenstelle mitzuteilen, was er gefunden hatte.

Ich ging zur Jukebox hinüber, während er mit einem seiner Vorgesetzten sprach. Ich strich mit den Fingern neidisch über die Knöpfe. Wenn ich mir jemals einen Spontankauf erlauben würde, dann eine eigene Jukebox gefüllt mit Oldies, vor allem Motown. Scheinbar hatten Randy und ich einen ähnlichen Geschmack.

Ich war von der Lektüre der Musikauswahl so begeistert, dass ich Catcher nicht hinter mir gehört hatte. Seine Stimme ließ mich zusammenzucken. „Ich soll die heute Abend ins Labor bringen, da ein Techniker noch spät arbeitet."

Meine Finger drückten die Knöpfe, bevor ich mich umdrehte, und ehe ich mich versah, erklang *Runaround Sue* von *Dion*. *„Here's my story. It's sad but true …"*

Catcher stöhnte. „Von allen Liedern …"

„Du bist kein Fan von Oldies?", fragte ich und mein Herz schrumpfte ein wenig.

„Das ist es nicht. Es ist nur das Lied selbst." Er stieß einen tiefen Seufzer aus. „Das Mädchen, das mir das Herz herausgerissen und den armen Bastard platt getrampelt hat, hieß Sue."

Sofort erregte die Erwähnung seiner (E)X-Akten mein Interesse. Bislang hatte Catcher noch nicht allzu viele Einzelheiten über sein Liebesleben preisgegeben. Ich hatte angefangen, mich zu fragen, ob er überhaupt eines hatte oder nur ein Sexleben.

„Wie alt warst du?"

„Zweiundzwanzig."

„Ah, ein Baby."

„So ziemlich."

Ich lehnte mich zurück gegen die Jukebox und fragte: „Was ist denn passiert?"

Er fuhr mit der Hand über sein Gesicht. „Du willst das wirklich wissen?"

„Ich habe dir schon von meiner peinlichen Vergangenheit erzählt, als Eric auf mir starb."

„Na gut. Ich erwischte sie in der Nacht, bevor ich einen romantischen Hochzeitsantrag geplant hatte, mit einem Typen im Bett."

Mein Mund klappte schockiert auf. „So ernst war es dir?"

Catcher schenkte mir ein reumütiges Lächeln. „Ich dachte, das wäre es *uns*."

„Verdammt. Das ist scheiße."

„Ja, das ist es. Oder war es. Es ist zehn Jahre her und ich habe mich definitiv weiterentwickelt."

„Ich bin froh, das zu hören. Ich meine, dass du weitergemacht hast, nicht, dass dir das Herz gebrochen wurde."

„Was ist mit dir?"

„Ob mir jemals das Herz gebrochen wurde?" Catcher nickte und ich sagte: „Sicher, aber nicht wegen Betrugs." Ich lachte freudlos. „Es scheint, dass alles in meinem Leben mit dem Tod verbunden ist, auch mein gebrochenes Herz. Ich weiß nicht, ob ich in Eric verliebt war, doch es brach mir das Herz, als er starb. Besonders die Art und Weise, wie er gestorben ist."

Catcher zog eine Grimasse. „Das muss schrecklich gewesen sein."

„Ja. Das war es."

Nachdem er die Proben auf den Billardtisch geworfen hatte, streckte Catcher mir seine Hand entgegen.

„Was?"

„Würdest du mit mir tanzen?"

Ich lachte. „Willst du das wirklich tun?"

„Ja."

„Im Keller eines Tatorts."

„Verdammt noch mal, unbedingt!" Er zeigte auf die Jukebox. „Kein Grund, die Gelegenheit zu verpassen."

Obwohl wir uns nicht in der bestmöglichen Umgebung befanden, entgingen mir nicht die romantischen Möglichkeiten dieses Moments. Also brachte ich meine innere Stimme des Zweifels zum Schweigen und schob meine Hand in die von Catcher.

Er zog mich zu sich heran und schlang seinen anderen Arm um meine Taille. Dann begannen wir herumzuhüpfen, als wären wir bei einem Sock hop oder einer ähnlichen Veranstaltung. Wirklich, das war die einzige Art, wie ich es auch nur ansatzweise beschreiben konnte. Catcher wirbelte mich von sich weg und holte mich wieder zurück. Sobald das Lied zu Ende ging, bog er mich über seinen Arm nach hinten. Ich war außer Atem vor Anstrengung und Lachen.

Nachdem er mich erneut in die Senkrechte gebracht hatte, neigte er den Kopf, um seine Lippen auf meine zu legen. Die Aufnahme wechselte zu *Smokey Robinson and The Miracles' You Really Got a Hold on Me* – und verdammt, wenn wir beide nicht richtig die Finger auf dem jeweils anderen hatten. Ich schob meine Hände auf Catchers Rücken, um seinen Hintern zu umfassen, während ich meine Pussy gegen die Wölbung seiner wachsenden Erektion presste. Er stöhnte in meinen Mund, ehe er meine Brust drückte. Unser Griff gehorchte, als im Text des Lieds *„tighter, tighter"* – enger, enger – befohlen wurde.

Wir taumelten zurück zum Billardtisch, bevor wir in einem Gewirr von Armen und Beinen darauf zusammenbrachen. Unsere Münder blieben miteinander verschmolzen, während unsere Zungen in einem verlockenden Tanz gegeneinander glitten. Catchers Hüften pumpten seine Erektion gegen meine Mitte, und ich konnte spüren, wie ich nass wurde. Obwohl es auf so vielen Ebenen moralisch und ethisch falsch war und ich mich hätte schämen müssen, wollte ich nichts mehr, als dass Catcher mich mitten an einem Tatort auf dem Billardtisch eines Toten fickte.

„Olivia?", rief jemand von oben an der Treppe.

Ich erkannte Ralphs Stimme, riss die Lippen von Catcher und versuchte verzweifelt, Luft zu holen.

„Ja?", rief ich zurück.

„Ich war gerade auf dem Heimweg, als ich den Anruf erhielt, dass du und Agent Mains im Haus seien. Ich dachte, ich schaue vorbei und höre nach, was ihr bei Randys Notfallkontakt herausgefunden habt."

„Sicher. Eine Sekunde, dann komme ich hoch."

Ich stieß Catcher von mir, bevor ich mich aufrappelte. In diesem Moment dankte ich schweigend der Tatsache, dass Ralph faul war, sonst wäre er die Treppe heruntergekommen und hätte Catcher und mich in Knutsch-City erwischt.

„Ich glaube, er hat das geplant", murmelte Catcher, während er Krawatte und Hemd zurechtrückte.

Ich starrte mich im Spiegel über der Bar an. „Oh, mach keine Scherze."

„Tu ich nicht. Ich glaube, er war auf dem Heimweg, als plötzlich seine sexkillenden Sinne übernahmen. Uns zu unterbrechen hat nichts mit dem Fall zu tun, sondern nur damit, sicherzustellen, dass niemand zum Schuss kommt."

Ich lachte. „Es war gut, dass er uns unterbrochen hat."

„Blaue Bälle und eine geschrumpfte Erektion sind nicht gut, Babe."

„Es wäre schlimm für uns beide gewesen, wenn wir an einem Tatort erwischt worden wären."

Catcher blickte finster drein. „Kann sein."

„Du weißt es. Jetzt komm schon."

Widerwillig folgte er mir zur Treppe.

Ralph stand oben und schaute uns neugierig an. „Was habt ihr beiden da unten gemacht?"

„Wir haben Randys geheimes Lager untersucht", antwortete Catcher.

Ralphs Augen weiteten sich, als er zur Seite trat, um uns passieren zu lassen. „Wozu zum Teufel hat

Randy ein Lager?"

„Das erkläre ich dir auf dem Heimweg."

„Was?", fragten sowohl Ralph als auch Catcher.

Ich nickte. „Ralph kann mich nach Hause fahren, da du die Proben ins Labor bringen musst."

Catchers Gesicht wurde finster. Er hatte wohl gedacht, wir könnten einen Quickie hinlegen, nachdem er mich nach Hause gebracht hatte. „Hervorragend", murmelte er.

Ich biss mir auf die Lippe, um nicht zu lachen. „Gib mir einen Augenblick, Ralph. Ich muss meine Handtasche aus Catchers Auto holen."

„Klar doch, Liv. Ich schließe ab."

Als wir auf die vordere Veranda hinausgingen, knirschte Catcher mit den Zähnen. „Epischer Sexkiller."

„Können wir das, was wir heute Abend begonnen haben, auf ein andermal verschieben?", fragte ich auf dem Weg zu seinem Auto.

Catchers Brauen schossen fragend in die Höhe. „Wirklich?"

„Natürlich."

Ein zufriedenes Lächeln umspielte Catchers Lippen. „Okay. Ich rufe dich morgen an."

„Aber brauchst du nicht meine Nummer?"

Er zwinkerte mir zu. „Ich hole sie mir. Ich habe nicht umsonst Zugang zu Handy-Aufzeichnungen."

„Das ist total stalkermäßig gruselig."

Catcher lachte. „Wir sprechen uns später, Olivia."

„Auf Wiedersehen, Agent Mains."

Nachdem ich die Tür geschlossen hatte, fuhr Catcher los, und ich stand mit einem albernen Lächeln im Gesicht da, während ich zusah, wie seine Rücklichter in der Ferne verschwanden.

Kapitel 9

Obwohl seit Randys Tod nur vierundzwanzig Stunden vergangen waren, fühlte es sich eher wie eine Woche an. Gestern Abend, nachdem ich Randys Haus und Catcher verlassen hatte, war ich heimgekommen, hatte eine lange, glühend heiße Dusche genommen und war dann um neunzehn Uhr ins Bett gefallen, ohne mir die Mühe gemacht zu haben, Abendessen zu kochen.

Es war mein Handyklingeln gewesen, das mich heute Morgen gegen sieben Uhr geweckt hatte, nicht mein Wecker. Nachdem ich mich umgedreht und mein Mobiltelefon vom Nachttisch genommen hatte, fiel ich fast vom Bett, als ich sah, dass es sich um Catcher und nicht um eine Leichenabholung handelte.

Guten Morgen, meine Schöne.

Während ich auf den Bildschirm starrte, legte mein Herz einen komischen Flickflack hin, der mich sowohl schwindlig machte als auch zum Nachdenken brachte, ob ich einen Termin bei einem Kardiologen vereinbaren sollte.

Morgen.

Hattest du letzte Nacht süße Träume von mir oder Albträume von Randys Schwänzen?

Ich schnaubte. *Keine Albträume, Gott sei Dank.*

Auch keine Sexträume?

Tut mir leid, aber nein.

Wie schade.

Wolltest du etwas Bestimmtes?

Nö. Ich wollte nur Hallo sagen.

Wieder einmal drehte mein Herzschlag vollkommen durch. *Schön, dass du Hallo gesagt hast.*

Wir sehen uns. Bis bald.

Catchers SMS ließ mich für den Rest des Vormittags auf Wolke sieben schweben.

Jetzt stand ich der Beerdigung von Mrs. Laughton vor. Der Gottesdienst wurde in der Kapelle im *Sullivan's* statt in der *First Baptist Church* abgehalten. Der zweite Pfarrer war gerade aufgestanden, um die Grabrede von Mrs. Laughton zu halten, als mein Handy in meiner Manteltasche summte. Ich huschte schnell aus dem Altarbereich, um meine Nachricht zu lesen. Mein Herzschlag flatterte unregelmäßig, sobald ich sah, dass es wieder einmal Catcher war.

Heute Nacht gehe ich der Kuttenträger-Spur nach. Kannst du mitkommen?

Hmm, er lud mich wirklich ein, zu einem Teil der Untersuchung mitzukommen. Das war auf jeden Fall eine interessante Entwicklung. *Klar. Wann?*

Ich hole dich um 18 Uhr zu Hause ab.

'kay.

Ich machte mich auf den Weg zurück in den Altarraum, als mein Handy wieder summte. „Oh Gott!", rief ich unwillkürlich bei dem Foto von Catchers erigiertem Schwanz. Ich riss den Kopf vom Bildschirm hoch und sah mich hastig um. Zum Glück war der Flur leer und niemand außer mir hatte Catchers pochendes Glied gesehen.

Ist das dein Ernst? Ich bin gerade bei einem Gottesdienst!

Ich wünschte, du würdest mich in deinen und aus deinem köstlichen Mund arbeiten.

Ein Quietschen entkam meinen Lippen, bevor ich tippte: *Catcher, bitte.*

Ich mag es, wenn du bettelst. Würdest du mich in deinen Mund abspritzen lassen? Oder auf deine fabelhaften Titten?

Sein Dirty Talk ließ Hitze in meinem Körper aufwallen, die nicht nur mein Gesicht sengend heiß werden ließ. Ich drückte meine Oberschenkel fest zusammen und versuchte, den wachsenden Schmerz zwischen meinen Beinen etwas zu lindern.

Vielleicht wäre es dir ja lieber, wenn ich an dir arbeiten würde. Die ganze Sahne aus dieser perfekten rosa Pussy lecken würde.

„Mmm, oh ja." Ich stöhnte über seine Worte und das Bild, das er mir damit malte. Dann traf mich die Erinnerung daran, wo ich war, wie ein Blitz aus heiterem Himmel. Obwohl es nicht in den Zehn Geboten stand, war ich mir sicher, dass „Du sollst im Hause Gottes nicht sexten" ziemlich weit oben auf der Liste der Dinge war, die man nicht tun sollte.

Hör auf damit!

Das ist nicht das, was du an dem anderen Abend gesagt hast.

Ja, nun, ich bin normalerweise nicht im Altarraum einer Kirche!

Schon mal ein Rollenspiel gemacht? Ich könnte durchaus einen Priester spielen und du die unschuldige Nonne. Verdammt, ich bin so verflucht hart, während ich darüber nachdenke, meine Hand unter dein Gewand zu schieben und meine Finger in dich zu pumpen, bis du meinen Namen schreist.

In diesem Moment fühlte ich die Flammen des Begehrens und nicht die der Hölle an meinen Füßen lecken. Aber dann bekam ich mich wieder in den Griff. Es gab einfach Dinge, die ich nicht tun durfte, und egal, wie heiß es war, ich konnte in einer Kirche keine Sex-SMS schreiben. Am allerwenigsten bei einer Beerdigung. Ganz zu schweigen von einer Beerdigung, für die ich verantwortlich war.

Genug. Ich kann das jetzt nicht machen. Wir simsen uns später, tippte ich wütend.

Gut. Aber trag einen Rock. Ich will dich auf der Straße mit dem Finger ficken.

Gütiger Gott, der Mann war unerbittlich. Anstatt zu antworten, schaltete ich mein Telefon aus und beendete damit die Versuchung. Ich kehrte in den Altarraum zurück. Als ich zum Altar hinaufblickte, schien mir Jesus Gesicht auf der massiven Glasmalerei einen enttäuschten Blick zuzuwerfen. „Es tut mir so leid", murmelte ich in seine Richtung.

Ein paar Leute auf der Bank vor mir drehten sich um und schauten mich neugierig an. Ich versuchte, mein Gesicht zu wahren, und sagte schnell: „Ihr Verlust tut mir so unglaublich leid."

Eine der Frauen neigte den Kopf, als ob sie das, was ich gesagt hatte, aufrichtig zu schätzen wüsste. Sobald sie sich wieder umdrehten, rollte ich mit den Augen und atmete aus.

Zu diesem Zeitpunkt kam Todd von der rechten Seite des Altars zu mir. „Geht es dir gut?", fragte er.

„Klar. Warum?"

„Dein Gesicht ist ganz rot und du wirkst außer Atem."

„Mir geht es gut."

Ich würde Catcher so was von umbringen. Nun, ich würde ihn noch einmal vögeln. Oder vielleicht zweimal. Vielleicht würde ich sogar versuchen, ihn seinen Acht-Orgasmus-Rekord bei mir brechen zu lassen.

Dann würde ich ihn töten.

Kapitel 10

Nach der Beerdigung von Mrs. Laughton fuhr ich den Leichenwagen zurück zum Beerdigungsinstitut, um mein Auto zu holen. Da es kurz vor sechzehn Uhr war und wir an diesem Abend keine Aufbahrungen hatten, schloss ich sowohl mein Büro als auch das Bestattungsinstitut ab, bevor ich mich auf den Weg nach Hause machte, um mich auf meine Verabredung vorzubereiten. Okay, ich *nahm an*, es wäre eine Verabredung. Natürlich hatte Catcher nichts von einem Abendessen, einem Drink oder anderen üblichen dateähnlichen Dinge erwähnt. Nur dass er wollte, dass ich ihn begleitete, um diese Spur zu überprüfen.

Oh, und er wollte mich mit den Fingern ficken, während wir unterwegs waren. Ja, dieses kleine Detail würde ich auf keinen Fall vergessen.

Ich duschte kurz, bevor ich mich frisierte und schminkte. Da wir bei einem Zeltgottesdienst im Freien sein würden, wählte ich eine pflaumenfarbene Seidenbluse und kombinierte sie mit einem schwarzen Rock mit auffallendem Saum, der mir bis an die Knie reichte. Wegen der Februarkälte zog ich ein Paar Overknees zusammen mit meinen schwarzen kniehohen Stiefeln an und meine schwarze Jacke darüber.

Wenige Minuten vor sechs klingelte es an meiner Tür und Motown bekam einen Bellanfall. „Ruhig, Junge", schmeichelte ich und ging den Flur hinunter.

Nachdem ich die Tür aufgeschlossen hatte, öffnete ich sie und fand Catcher in einem unglaublich sexy marineblauen Anzug vor. Mein Blick fiel von seinem hübschen Gesicht auf seine Hände, in denen er ein Buch hielt und nicht, wie normalerweise üblich, einen Blumenstrauß.

Ich verschränkte meine Arme vor der Brust und grinste ihn an. „Wollen Sie das Buch nach mir werfen, Agent Mains?"

Er lächelte mich an. „Nicht ganz. Ich wollte etwas Nettes tun, wie dir Blumen mitbringen, aber ich kann mir denken, dass du nach der Arbeit in einem Bestattungsunternehmen des Geruchs müde sein könntest."

Mein Mund klappte vor Überraschung über seine Aufmerksamkeit und sein Verständnis auf. Immer wenn mir in der Vergangenheit Männer Blumen geschenkt hatten, hatte ich nur gelächelt und mich bedankt. Die Wahrheit war, dass ich den widerlich süßen Blumenduft so sehr mit meiner Arbeit verband, dass ich es hasste, irgendwo anders in ihrer Nähe sein zu müssen.

„Du hast recht, das bin ich."

Catchers Gesicht leuchtete auf. „Ich wusste es." Er hielt mir das Buch hin. „Ich dachte, das gefällt dir vielleicht besser."

Nachdem ich das Buch genommen hatte, warf ich einen Blick auf den Einband. Als ich sah, dass es ein Hardcover von *Wer die Nachtigall stört* war, brannten mir die Tränen in den Augen. Ich hob die

Hand zum Mund, wodurch das Buch zu Boden fiel. „Scheiße!", murmelte ich.

Catcher und ich beugten uns beide nach vorn, um es aufzuheben, und stießen schließlich mit den Köpfen gegeneinander „Au!", rief ich, während Catcher „Scheiße!" sagte.

Mit zittrigen Händen hob ich das Buch auf. Wieder einmal verschwamm meine Sicht vor Tränen, als ich mit den Fingerspitzen über den Einband fuhr.

„Es ist eine Erstausgabe."

Ich riss meinen Blick von dem Buch und sah ihn an. „Catcher, das ist zu viel. Ich kann das nicht annehmen."

„Sicher kannst du."

Während ich ihm das Buch entgegenhielt, protestierte ich: „Aber es ist eine Menge Geld wert."

Er winkte ab. „Es ist so etwas wie der hundertste Druck der ersten Ausgabe. Und es ist nicht einmal signiert. Du würdest wahrscheinlich weniger als hundert Dollar dafür bekommen."

Von Emotionen überwältigt warf ich die Arme um seinen Hals und drückte ihn fest an mich. Dann gab ich ihm einen intensiven, lang anhaltenden Kuss. Ich legte meine freie Hand an seine Wange. „Ich danke dir aus tiefstem Herzen."

Er grinste. „Zum Teufel, ich gebe dir ein Buch pro Tag, wenn es bedeutet, dass ich diese Art von Aufmerksamkeit bekomme."

Ich lachte. „Hast du einen unendlich großen Stapel von Klassikern versteckt, mit denen du Frauen umwerben kannst?"

„Nicht wirklich. Meine Großmutter mütterlicher-
seits war Bibliothekarin in Monroeville."

„Wo Harper Lee lebte?"

Catcher nickte. „Man könnte sagen, dass sie
manchmal ein wenig Schindluder mit den Ausga-
ben trieb."

Ich lachte. „Willst du behaupten, dass das eine
geklaute Ausgabe ist?"

Nachdem Catcher mir das Buch abgenommen
hatte, öffnete er es.

Als ich nach unten blickte und *Eigentum der Bibli-
othek von Monroeville* las, schnaubte ich. „Noch mal,
ich glaube, unsere Großmütter wären beste Freun-
dinnen gewesen."

„Wahrscheinlich schon."

„Unabhängig davon, wie du an die Kopie gekommen bist, bin ich dir sehr dankbar."

„Gern geschehen." Mit einem verruchten Grinsen
fügte er hinzu: „Warum zeigst du mir jetzt nicht
noch einmal, wie dankbar du bist?"

Ich versetzte ihm mit dem Buch einen Schlag gegen die Brust. „Netter Versuch, aber wir haben
Arbeit zu erledigen, schon vergessen?"

Catcher stöhnte. „Der Agentenberuf ist so ein
Sexkiller!"

„Komm rein. Ich brauche nur einen Moment, um
meine Handtasche zu holen."

Catcher kam ins Foyer und geriet prompt durch
Motowns *Wuff* als Gruß ins Schleudern. Nachdem
er einen guten Blick auf den etwas knorrig ausse-

henden Pitbull geworfen hatte, machte Catcher einen Schritt zurück.

„Es ist alles in Ordnung. Er tut dir nichts."

Als Motown leise knurrte, hob Catcher die Augenbrauen. „Bist du dir da sicher?"

„Absolut. Glaub mir, er ist das größte Weichei und der schlechteste Wachhund aller Zeiten. Er will dich einfach zu Tode lecken."

Angespannt trat Catcher vor. Er streckte Motown die Hand zum Schnuppern entgegen. Anstatt zu schnuppern, leckte und sabberte Motown Catchers Finger voll. Catcher grinste. „Ich glaube, er mag mich."

„Tut er. Du würdest es wissen, falls es nicht so wäre."

„Du hast doch gesagt, er sei ein schlechter Wachhund?"

„Das ist er. Wenn er jemanden nicht mag, pinkelt er einfach gegen sein Bein und geht weg."

„Ich wünschte, ich könnte manchmal dasselbe tun."

Ich lachte und ging durch den Flur ins Wohnzimmer, um meine Handtasche zu nehmen, dann kehrte ich zurück.

Catcher schickte Motown gerade in den Hundehimmel, indem er begann, ihn hinter den Ohren zu kraulen. „Weißt du, ich hätte mir dich nie mit einem Hund wie dem hier vorgestellt."

„Warum das denn?"

„Zunächst einmal scheinst du mir eher ein Katzenmensch zu sein."

Ich schnaubte und rollte mit den Augen. „Weil ich dreißig bin und Single, auch bekannt als Katzenlady in spe?"

„Nein. Ganz und gar nicht. Du wirkst nur so, als würdest du kleine, kuschelige Dinge mögen."

„Motown wiegt vielleicht achtzig Pfund, aber er ist ein echter Schmusebär."

„Außerdem habe ich mir dich auch nicht als Besitzerin von einem Pitbull vorgestellt, der aussieht, als ob er durch die Mangel gedreht wurde."

„Ist er. Nachdem er angefangen hatte, sich beim Beerdigungsinstitut herumzutreiben, habe ich ihn zu einer Tierärztin gebracht. Sie bestätigte, dass er als Köderhund in einem Hundekampfring eingesetzt worden war."

Catchers Gesicht trübte sich vor Wut. „Mistkerle."

„Wenn ich einen Wunsch frei hätte, würden die Genitalien von jedem, der bei Hundekämpfen zusieht oder an ihnen teilnimmt, mit einem Maschinengewehr behandelt werden."

Catcher lachte laut. „Ganz ruhig, Terminator."

Ich schaute ihn schüchtern an. „Entschuldigung. Ich neige dazu, ein wenig gewalttätig gegenüber Menschen zu werden, die Tiere, Kinder und ältere Menschen verletzen."

„Entschuldige dich nicht. Ich stimme dir völlig zu, was die Genitalverstümmelung per Maschinengewehr von Tätern betrifft. Ich bin es nur nicht gewohnt, all diese Wut bei dir zu sehen." Er strich mit seinem Daumen über meine Wange. „Es war ein bisschen unheimlich und gleichzeitig ein bisschen sexy."

Ich lachte. „Ich glaube, du bist einer der wenigen Männer, die meine beängstigende Seite auch nur annähernd sexy finden."

„Die wissen nicht, was ihnen entgeht."

Als wir dastanden und einander anstarrten, wirbelte spürbare Elektrizität in der Luft um uns herum – eine Elektrizität, die die Haare auf meinen Armen und in meinem Nacken sich aufrichten ließ. Sogar Motown spürte sie, weil er hochsprang und die Nase zwischen uns stieß.

Catcher schmunzelte, während er Motown den Kopf tätschelte. „Ganz ruhig, Junge, ich versuche nicht, sie dir wegzunehmen. Können wir sie teilen?"

Motown warf einen Blick zwischen Catcher und mir hin und her, bevor er sich noch energischer zwischen uns drängte.

Catcher grinste. „Hmm, ich schätze, die Antwort ist nein."

„Wir sollten uns wahrscheinlich auf den Weg machen", sagte ich. Es ging mir weniger darum, der Spur von Ezra und Zeke Chester nachzugehen. Ich befürchtete eher, wenn ich nicht etwas Abstand zwischen Catcher und mich bekäme, würde ich ihm die Kleider vom Leib reißen und ihn auf und neben den Möbeln in meinem Wohnzimmer nageln. Und es gab diese hartnäckige Stimme in meinem Hinterkopf, dass es bei uns beiden um so viel mehr ging als um Sex. Dass wir eine tiefe Verbindung hatten, die nichts damit zu tun hatte, meine Vagina mit seinem Penis zu vereinen. Obwohl das auch sehr schön war.

Nachdem ich mir meine Handtasche über die Schulter geworfen hatte, sah ich zu Motown. „Sei ein guter Junge, während ich weg bin." Er leckte meine Hand zur Bestätigung, bevor er seinen Knochen packte und auf die Couch hüpfte. Ich wandte mich an Catcher. „Bereit?"

„Ja. Gehen wir unseren Pfaffen begutachten."

Ich lachte. „Lass uns die Daumen drücken, dass es ein ereignisloser Abend wird."

Catcher schnaubte. „Babe, ich glaube, man kann mit Sicherheit sagen, dass an diesem Fall nichts ereignislos verlaufen wird."

Und wieder einmal hatte Catcher recht.

Ezra Chester hielt seine Zeltgottesdienste etwa fünfundvierzig Minuten von Taylorsville entfernt ab. Nachdem wir die Interstate verlassen hatten, verbrachten wir die meiste Zeit der Fahrt auf zweispurigen Straßen. Eine Viertelstunde hinter der nächstgelegenen Stadt und jeglichen Anscheins von Zivilisation kamen wir zu unserer Abzweigung. Catcher zog eine Grimasse, als der Kies auf der Straße gegen die Seiten seines Wagens schlug. Ich hatte richtig damit gelegen, dass es sich um ein Cabriolet handelte; es war ein feuerwehrroter Mustang.

Die Straße endete an einem scheinbar verlassenen Messegelände. Es waren so viele Menschen anwesend, dass die Autos sogar auf einem Wiesenparkplatz und am Straßenrand abgestellt waren. In der Mitte des Areals waren zwei riesige Zelte aufgestellt worden.

„Sieht nach einer ziemlichen Menschenmenge aus", bemerkte Catcher.

Ich schnallte mich ab. „Tja, Patricia sagte, er habe eine große Anhängerschaft."

„Ich frage mich, wie zur Hölle ein Typ wie er eine Anhängerschaft bekommt, ganz zu schweigen von einer großen. Ich meine, das scheint mir nicht die Art von Sache zu sein, für die man in Zeitungen oder auf Facebook wirbt. Und ich habe auf dem Weg hierher keine Plakate gesehen."

Catcher hatte recht. Die einzige Werbung überhaupt waren die kleinen Schilder mit der Aufschrift „Zeltgottesdienst geradeaus".

„Ich tippe auf Mundpropaganda", antwortete ich und schloss die Autotür hinter mir.

Nachdem ich um die Seite des Autos herumgekommen war, nahm Catcher meine Hand in seine, was mich natürlich ganz kirre machte, und wir gingen die Straße entlang und dann durch das hohe Gras auf dem Feld.

Als wir das Zelt erreichten, stellten wir fest, dass die Reihen von Metallstühlen alle besetzt waren und es nur noch Stehplätze gab. Auf der rechten Seite spielten ein paar mit Banjos, Gitarren und einer Geige bewaffnete Musiker ein Kirchenlied. Vor ihnen befand sich ein kleiner Holzboden mit einem Mikrofonständer in der Mitte. Zwei Männer mittleren Alters in schwarzen Anzügen und mit grau melierten dunklen Haaren standen auf der Bühne und beobachteten die eintreffenden Personen. Von Zeit zu Zeit hob der Größere eine Hand zur Begrüßung und lächelte. Manchmal nickte er auch.

„Ich schätze, das sind Ezra und Zeke Chester", sagte ich zu Catcher.

„Es scheint so. Der Große ist Ezra. Er hat diese Ausstrahlung eines Evangelisten an sich."

Ich lachte über Catchers Beschreibung.

Einige Minuten verstrichen, bevor Ezra zum Mikrofonständer hinüberging. Die Gespräche in der Menge begannen abzuklingen. „Guten Abend, Leute. Es tut mir wirklich gut zu sehen, dass so viele von euch heute Abend gekommen sind. Ich hoffe, jeder Einzelne erhält einen herrlichen Segen. Als Erstes möchte ich, dass wir den Gottesdienst mit einem Lied beginnen." Er wandte sich den Musikern zu. „Jungs, lasst uns *I Saw the Light* singen."

Die Gitarre, die Fiedel und das Klavier erklangen in einer schwungvollen Melodie. Fast gleichzeitig begannen die Leute, im Takt zu klatschen und mit den Füßen zu stampfen. *„Ich wanderte so ziellos durch ein Leben voller Sünde."*

Ich riss meinen Blick von den Musikern los, um Catcher mit großen Augen und offenem Mund anzustarren.

Er drehte sich zu mir um und grinste. „Was?"

„Du singst."

„Ja, ich bin mir dessen bewusst.“

„Du bist gut.“

Er zwinkerte mir zu. „Vielen Dank. Ich bin in vielen Dingen sowohl innerhalb als auch außerhalb des Schlafzimmers hervorragend.“

Nachdem ich mit den Augen gerollt hatte, fragte ich: „Wie kommt es, dass jemand wie du den Text dieses Lieds kennt?“

Catcher hob in vorgetäuschter Entrüstung eine Hand an seine Brust. „Willst du etwa andeuten, dass ich kein spiritueller Mensch wäre?“

„Vielleicht.“

„Du sollst wissen, dass ich, als ich aufwuchs, jedes Mal in der Kirche war, wenn die Tür geöffnet wurde.“

„Wirklich?“

Catcher nickte. „Und jeden Sommer Bibelschule.“

„Ich bin beeindruckt. Welche Konfession?“

Er hob eine Braue. „Rate mal.“

„Hmm, Baptist?“

„Nah dran. Die Familien meines Papas und meiner Mama waren beide Weihwassersprenkler.“

Ich lachte. „Ah, Methodist.“

„Ja. Was ist mit dir?“

„Ich bin ein tauchender Baptist.“

„Das hatte ich vermutet.“

„Habe ich eine baptistische Aura?“

„Nicht ganz. Es geht mehr um die Tatsache, dass du in einer Kleinstadt im Bibelgürtel aufgewachsen bist. Ich bin sicher, dass es in Taylorsville kaum nicht-protestantische Konfessionen gibt.“

„Da könntest du recht haben."

Das Lied ging zu Ende und Ezra ergriff erneut das Mikrofon. „Ich möchte noch einmal allen danken, dass ihr heute Abend gekommen seid. Es tut meinem Herzen gut, so viele gottesfürchtige Menschen zu sehen, die das gepredigte Wort hören und den Heiligen Geist spüren wollen."

Ich zuckte zusammen, als der Mann neben mir seinen Arm in die Luft streckte und rief: „Amen, Bruder!"

Ezra lächelte den Mann an. „Der Herr sagt uns, dass wir keine Angst haben sollen. Wegen meines Glaubens fürchte ich nichts. Um euch zu veranschaulichen, dass ich wirklich unter dem Schutz unseres Vaters stehe, werde ich Schlangen mit den Händen hochnehmen."

Erst in diesem Moment bemerkte ich eine Schachtel am Fuß des Altars. Ich hielt den Atem an, als Ezra den Deckel zurückwarf. Dann war die Luft mit dem unverkennbaren rasselnden Geräusch von Klapperschlangen erfüllt.

„Oh mein Gott, er ist ein Schlangenbeschwörer!"

Kirchen, in denen mit Schlangen hantiert wurde, waren im Hinterland des Südens so etwas wie eine Legende. Da man hauptsächlich Gerüchte über sie hörte, hatte man sogar an ihrer Existenz zu zweifeln begonnen. Der Kernpunkt der kirchlichen Doktrin war, dass Menschen Giftschlangen anfassten, um angeblich ihren Glauben zu beweisen. Sie nahmen Markus 16,18 über das „Schlangen mit den Händen aufheben" etwas zu wörtlich. Wenn man die Schlange hielt und nicht gebissen wurde, bekam man eine Eins mit Sternchen für Treue. Wenn man gebissen wurde, bekam man eine fette Sechs, und höchstwahrscheinlich würde man wegen seines eklatanten Mangels an Glauben ins Krankenhaus eingeliefert werden oder sterben. Kirchen, in denen mit Schlangen hantiert wurde, waren in Georgia illegal, und sie waren praktisch aus der Öffentlichkeit verschwunden. Ich hatte keine Ahnung gehabt, dass es noch welche gab, die es praktizierten.

Zeke wurde etwas blass. „Ich denke nicht, dass du das heute Abend tun solltest."

Ezra schüttelte den Kopf. „Aber wo ist dein Glaube, Bruder?"

„Er ist bei dir, wie immer. Ich finde nur, dass wir heute Abend unsere ganze Zeit der Rettung verlorener Seelen widmen sollten."

Als Ezra auf die Schachtel zuging, beugte sich Catcher zu mir rüber und flüsterte mir ins Ohr: „Mach dich bereit. Gleich ist die Scheiße richtig am Dampfen."

Ich schubste ihn weg und warf ihm einen missbilligenden Blick zu. „Keine Schimpfworte im Hause des Herrn."

„Das ist ein Zelt, Liv."

„Das ist dasselbe."

Ich konnte nicht weiter mit Catcher diskutieren. Stattdessen war ich gefesselt von dem, was mit Ezra und den Schlangen vor sich ging. Ohne einen Augenblick zu zögern, schob Ezra seine Hand in die rasselnde Kiste. Er wirbelte zu der Menge herum und hielt zwei Schlangen in die Luft.

„Oh, zum Teufel, nein", murmelte Catcher vor sich hin. Diesmal machte ich mir nicht die Mühe, ihn zurechtzuweisen, da er meine eigenen Gedanken widerhallte.

Die Musiker schlugen ein rasantes Kirchenlied an und Ezra tanzte herum und schwang die Schlangen synchron zum Takt in der Luft. Zur gleichen Zeit rang sein Bruder die Hände und trug einen versteinerten Gesichtsausdruck zur Schau.

Ich beugte mich zu Catcher hinüber und fragte: „Was ist mit Zeke los?"

„Du meinst, ob die Tatsache, dass er aussieht, als würde er sich vor Angst in die Hose scheißen, Teil der Show ist? Um damit Ezras Glaubenslevel zu erhöhen?"

„Genau."

„Wenn das der Fall ist, sollte er für seine Leistung einen Oscar gewinnen. Der Kerl bricht tatsächlich in Schweiß aus."

Mit dem Rücken zur Menge hielt Ezra plötzlich abrupt inne. Als er sich umdrehte, hatte sich sein Gesicht qualvoll verzerrt. Er starrte die Versammlung einen Moment lang an, bevor sein Blick auf seine Hand fiel.

„Oh Scheiße!", rief ich. Der Anblick eines Klapperschlangenzahns, der in Ezras rechter Hand vergraben war, hatte mich meinen Entschluss vergessen lassen, in der Kirche nicht zu fluchen.

Ein Schrei löste sich von Ezras Lippen. Er warf

die Schlange in seiner linken Hand, die ihn nicht gebissen hatte, zu Boden, während er versuchte, die anhängliche wegzuschleudern. Die Musiker unterbrachen das Lied abrupt und sahen sich an.

„Ich verstehe das nicht. Er ist schon einmal gebissen worden", sagte der Mann neben mir.

„Wirklich?", fragte ich.

Der Mann nickte. „Aber so hat er sich noch nie verhalten."

Als Ezra zurücktaumelte, stolperte er über die Schachtel mit den Schlangen und sie kippte um. Der Altar füllte sich mit schlängelnden Klapperreptilien. Dann folgten Schreie und die Menschen fingen an, die Stühle aus dem Weg zu bekommen beim Versuch, wegzulaufen.

„Scheiß drauf", rief Catcher und griff unter seine Anzugjacke. Ich riss die Augen auf, da er nicht nur eine, sondern zwei Pistolen hervorzog. Dann begann er, sich seinen Weg durch die Menge zu bahnen, um zum Altar zu gelangen. Da ich ihn nicht verlieren wollte, ergriff ich einen Zipfel seines Jacketts und folgte ihm.

Sobald wir den Altar erreichten, schoss Catcher in rascher Folge auf die Schlangen. Dies verursachte noch mehr Tumult. Während Catcher wie Dirty Harry auf die Reptilien losging, lief ich zu Ezra hinüber, der nach wie vor von der Klapperschlange an seinem Handgelenk gefangen gehalten wurde. Ich sah mich suchend nach einer Waffe um. Ich schnappte mir den Mikrofonständer und begann dann, Ezra die Schlange abzuschlagen.

Glücklicherweise löste sie ihre Reißzähne, und ich warf sie mitsamt dem Ständer dorthin, wo Catcher gerade seine High-Noon-Ballerei hinlegte.

Ich drehte mich wieder um und sah, wie Ezra auf die Bühne stürzte. Ich deutete mit dem Finger auf Zeke. „Rufen Sie 911. *Sofort.*"

Zeke riss sein Handy aus der Tasche und wählte, während ich neben Ezra kniete. „Zuerst einmal müssen Sie stillhalten. Je weniger Sie sich bewegen, desto weniger kann sich das Gift ausbreiten."

Er nickte.

„Der Krankenwagen ist auf dem Weg", sagte Zeke, als Catcher zu uns kam.

Ich schaute zu ihm und Catcher. „Ich brauche eine Schlinge, die ich um seinen Arm binden kann, damit er sich wegen der Wunden nicht zu sehr bewegt. Damit sich das Gift nicht so leicht ausbreiten kann."

„Taschentuch?", schlug Zeke vor und tastete nach seiner Gesäßtasche.

„Zu klein."

Das Nächste, was passierte, war, dass Catcher Jackett und Krawatte auszog und das Hemd zerriss. Als ich seine herrlich geformte nackte Brust sah, erstarrte ich so, wie wenn ich mit einer Betäubungspistole angeschossen worden wäre. Beim Klang meines Namens erwachte ich aus meiner Benommenheit. „Was?"

„Ich sagte, nimm mein Hemd."

„Oh, Entschuldigung. Ich war kurz weggetreten."

„Das scheint dir immer dann zu passieren, wenn

du mich ohne Hemd siehst", antwortete Catcher mit einem Grinsen.

Ich schloss meine Augen. „Ich ging gedanklich eine Checkliste durch, was ich als Nächstes tun sollte."

„Aber sicher."

„Wie auch immer. Mach dich nützlich, indem du das zu einem Dreieck für die Schlinge faltest."

Während Catcher sich an die Arbeit machte, nahm ich Ezras Arm und legte ihn über seine Brust. Als das Hemd fertig war, schob ich es unter Ezras Rücken und Arm. Ich band die Enden an seinem Schlüsselbein zusammen. „Okay, das ist alles, was wir im Moment tun können. Sie müssen in die Notaufnahme, um sich das Gegengift verabreichen zu lassen."

„Okay. Danke", sagte Ezra schwach.

„Soll ich auf ihn pinkeln?", fragte Zeke plötzlich.

Catcher starrte Zeke mit offenem Mund an. „Haben Sie den Verstand verloren?"

Zeke stemmte seine Hände in die Hüften. „Die Alten sagten immer, dass das Pissen auf Schlangenbisse dazu beiträgt, das Gift zu verdünnen."

Ich schüttelte den Kopf. „Die Neutralisierung des Giftes durch Urinieren ist nur ein Mythos."

„Gott sei Dank. Das Letzte, was ich sehen muss, ist sein Schwanz", murmelte Catcher.

Zeke öffnete den Mund, um etwas zu Catcher zu sagen, aber er wurde durch das Heulen eines Krankenwagens unterbrochen. Er kam über die Lichtung gerast und wirbelte Schmutz und Grasbüschel auf. Er hielt mit quietschenden Reifen auf der rechten Seite des Zeltes. Catcher lief hinüber, um die Sanitäter durch das anhaltende Chaos der Menge hierher zu eskortieren.

Natürlich wich die Menge beim Anblick der Rettungshelfer und ihrer Trage auf die Seite, als stünde Mose dort und teilte das Rote Meer. Ich stand auf und ging ihnen aus dem Weg, damit sie mit der Behandlung von Ezra beginnen konnten.

Während sie einen intravenösen Zugang legten, blickte einer der Sanitäter zu uns auf. „Wir werden ihn hier nur stabilisieren. Wir müssen ihn so schnell wie möglich ins Krankenhaus bringen, damit sie ihm das Gegenmittel verabreichen können. Wer ist der nächste Angehörige oder Bevollmächtigte?"

Zeke hob seine Hand. „Ich bin sein Bruder."

Der Sanitäter nickte. „Sie können mit uns mitfahren, wenn Sie möchten."

„Gerne und danke."

Als die Trage mit Ezra zum Krankenwagen zurückgeschoben wurde, legte Catcher eine Hand auf Zekes Schulter. „Ich habe mehr als nur ein paar Fragen an Sie."

Zeke verengte seine Augen. „Und wer genau sind Sie?"

Nachdem er seine Marke herausgefischt hatte, hielt Catcher es Zeke vor die Nase. „GBI."

Zeke zuckte zusammen. „Folgen Sie mir ins Krankenhaus, und ich verspreche, dass ich alles beantworten werde, was Sie wissen wollen."

„Ich bin froh, das zu hören. Ich würde Sie ungern wegen Behinderung der Justiz verhaften."

Nachdem er uns ein verlegenes Grinsen zugeworfen hatte, sagte Zeke: „Ja, wenn man bedenkt, dass ich auf Bewährung bin, wäre das echt scheiße."

„Und die Handlung verdichtet sich", sinnierte Catcher.

„Ja", antwortete Zeke. Er winkte kurz, bevor er hinten in den Krankenwagen sprang. Sobald sich die Türen geschlossen hatten, wurde die Sirene lauter.

Catcher zuckte mit dem Kinn in Richtung des Hangs, an dem wir geparkt hatten. „Lass uns fahren. Es ist sonst niemand hier, den ich befragen muss. Zeke und Ezra sind diejenigen mit den Antworten."

Ich nickte. Catcher und ich schlängelten uns durch die Menge der Schaulustigen, die am Rande des Zeltes herumhingen. Als sie uns sahen, hörten die Leute auf zu reden und starrten mit großen Augen. Ich vermutete, dass Catchers Schlangenbeschuss sie ein wenig erschüttert hatte.

„Gott segne Sie, Ma'am", sagte ein älterer Mann.

Der Kommentar überraschte mich so, dass ich über meine eigenen Füße stolperte. „Ähm, vielen Dank."

Eine korpulente Frau in einem verblichenen Hauskleid trat uns in den Weg. Sie rang die Hände, als wollte sie gerade zu beten beginnen. „Darf ich den Saum Ihres Rockes berühren?"

Während ich leicht vor der Frau zurückwich,

blickte ich in die angespannten Gesichter um mich herum. „Ich verstehe nicht.“

„Die Schriften sagen, dass die Frau mit dem Blutproblem geheilt wurde, indem sie nur den Saum des Gewandes Christi berührte.“

Ich riss die Augen angesichts ihrer Worte auf und hielt die Hände hoch. „Es tut mir leid, doch Sie irren sich. Ich habe keine mythischen Heilkräfte.“

„Aber Sie haben Pastor Ezra vor den Schlangen gerettet“, protestierte ein etwa zwanzigjähriger Typ im Overall.

„Durch die Anwendung allgemeinen medizinischen Wissens, das ich in einem meiner College-Kurse gelernt habe. Ich bin nur ein Coroner.“ Als sie mich immer noch ernst anstarrten, schüttelte ich den Kopf. „Ernsthaft. Ich arbeite mit toten Menschen. Ich war nie in der Lage, einen von ihnen wiederzubeleben.“

Meine Antwort schien den Respekt des Volkes nicht zu beeinflussen. Ich zwang mir ein Lächeln auf die Lippen. „Wir müssen jetzt gehen. Aber ich danke Ihnen.“

Dann ging ich mit Catcher auf den Fersen aus dem Zelt.

Als wir in der Sicherheit des Cabrios waren, griff ich hinüber, um die Tür zu verriegeln, bevor ich mich anschnallte.

Catcher kicherte. „Hast du wirklich Angst vor diesen Scheinheiligen?“

„Ja, wirklich. Wir sprechen von Menschen, die ihr Leben riskieren, weil sie die Bibel so wörtlich nehmen, dass sie mit Schlangen hantieren, statt den Text nur symbolisch zu verstehen."

„Ich glaube nicht, dass du dir Sorgen machen musst, da sie bereit waren, dich zu verehren. Ich bin derjenige, der sich Sorgen hätte machen müssen, wenn man bedenkt, dass ich dich im biblischen Sinne kennengelernt habe."

„Falsche religiöse Beweihräucherung durch durchgeknallte Menschen ist verdammt beängstigend. Ich meine, schau dir Jonestown und die Branch Davidians an. Die Scheiße wird irre in einem epischen Ausmaß, wenn sie merken, dass man ein Schwindler ist, und sich gegen einen wenden."

Als er auf die Straße fuhr, griff Catcher herüber und nahm meine Hand. „Mach dir keine Sorgen. Ich lasse nicht zu, dass die verrückten Auf-die-Bibel-Pocher dich kriegen."

Ich kicherte, während ich versuchte, bei seinen Worten nicht wie ein liebeskrankes Schulmädchen in Ohnmacht zu fallen. „Danke."

Er zwinkerte mir zu. „Jederzeit."

Seinem Wort treu, wartete Zeke im Flur vor den Türen der Notaufnahme auf uns.

„Wie geht es Ezra?", fragte ich.

„Die Ärzte waren noch nicht draußen, aber die Sanitäter sagten mir, obwohl er weitere vierundzwanzig Stunden unter Beobachtung bleiben muss, sollte er wieder gesund werden." Er lächelte mich an. „Das verdanke ich Ihnen."

Ich hielt meine Hände hoch. „Es gibt keinen Grund, mir zu danken. Ich bin nur froh, dass ich während meines Studiums der forensischen Wissenschaften in diesem Seminar über Verletzungen und Todesfälle bei Wildtieren aufgepasst habe."

Da der Warteraum voller Menschen war, bat Zeke uns mit einer Geste, nach draußen zu gehen. Wir folgten ihm durch die automatischen Türen und zur abgelegenen Seite des Krankenhauses.

Catcher runzelte die Stirn. „Ist all diese Geheimhaltung notwendig?"

„Ja, und nicht nur, weil ich auf Bewährung bin." Er griff in die Gesäßtasche seiner Hose und holte eine Schachtel Zigaretten heraus. Nachdem wir sein Angebot einer Zigarette abgelehnt hatten, zündete er sich eine an und zog lange daran. Er warf einen Blick nach links und rechts, bevor er eine Rauchwolke ausatmete. „Unser kompletter Gottesdienst ist eine Lüge."

„Was Sie nicht sagen." Catchers Amüsement funkelte in seinen Augen.

„Spirituell ist an Ezra nichts anders als bei anderen. Sein ganzes Leben lang ist er ein gläubiger Kerl gewesen. Vor etwa fünfzehn Jahren fühlte er die Berufung, mit dem Predigen zu beginnen. Er versuchte, mehrere Kirchen zu gründen, aber sie scheiterten am Ende alle. Es lag daran, dass an ihm einfach nichts Besonderes ist. Nach dem Besuch einer Kirche, die mit Schlangen hantiert, entschied er, dass dies seine wahre Berufung sei." Ezra schüttelte den Kopf und nahm einen weiteren Zug an seiner Zigarette. „Ich habe versucht, es ihm auszureden, bis ich blau im Gesicht war, aber er war absolut entschlossen, es zu tun. Wie es der Zufall wollte, war das ungefähr zu der Zeit, als ich wegen Trunkenheit in der Öffentlichkeit im Kreisgefängnis landete.“

Catcher schnaubte. „Nett.“

Zeke trat seine Zigarette aus. „Hey, ich habe nie gesagt, dass ich der überaus Gläubige bin. Man könnte mich bestenfalls als den verlorenen Sohn bezeichnen.“

„Habe ich verstanden. Was ist passiert, während Sie eingesperrt waren?“

„Ich teilte eine Zelle mit diesem Typen, der früher in dieser Nacht wegen öffentlicher Unzucht verhaftet worden war.“ Angesichts meines offenbar seltsamen Gesichtsausdrucks erklärte Zeke: „Er hat in der örtlichen Bar auf einem Billardtisch Frauen gevögelt.“

Hitze überflutete mein Gesicht. „Oh“, murmelte ich, während Catcher fragte: „Frauen?“

Zeke nickte. „Anscheinend hatte er schon zwei hinter sich gebracht und eine Reihe von Freiwilligen wartete darauf, die Nächste zu sein.“

„Interessant“, warf Catcher ein. „Und ich muss sagen, dass ich total gespannt bin, herauszufinden, wie zum Teufel das mit einer Glaubensrichtung zusammenhängt, die mit Schlangen hantiert.“

Zeke blickte Catcher mit finsterer Miene an. „Ich komme schon noch dazu. Wie auch immer, obwohl er zwei Tussis geknallt hat und verhaftet wurde, ist der Kerl nach wie vor steinhart wie ein Fels. Er erzählt mir, dass er diese ‚Droge zur Steigerung der Männlichkeit‘ genommen hat. Die hielt ihn stundenlang im Spiel, ganz zu schweigen davon, dass sie ihm einen Zentimeter mehr gab.“

Catcher verschränkte seine Arme vor der Brust. „Wirklich?“

„Ja. Wirklich. Da ich neugierig auf das Produkt war, fragte ich ihn, wo er es her hat. Er sprach von einem Typen, den er in dieser FKK-Kolonie traf …“

„Sie bevorzugen den Begriff Nudistenresort“, meldete ich mich zu Wort. Sowohl Catcher als auch Zeke warfen mir einen Blick zu. „Entschuldigung.“

„Wie ich schon sagte, war er auf einer Party in der FKK-Kolonie , und er traf diesen Typen, der Apotheker war und seine eigenen Drogen herstellte.“

Catcher wechselte kurz einen Blick mit mir, bevor er zu Zeke zurücksah. „Hat er erwähnt, wie der Typ hieß?“

„Ja. Er gab mir seinen Namen und seine Privatnummer – Randy Dickinson.“

Mir stockte der Atem, als ich hörte, dass Zeke Randys Namen nannte. Ich lugte zu Catcher, um zu überprüfen, wie er mit dieser Entwicklung umgehen würde. „Haben Sie sich mit Randy getroffen, um die Droge zu bekommen?“

„Ich war nicht nur *daran* interessiert. Es ging mehr darum, was Randy für unsere Kirche tun könnte. Wissen Sie, ich dachte mir, wenn Randy ein Männlichkeitsstärkungsmittel mischen könnte, dann könnte er vielleicht auch ein Gegengift herstellen, sodass Ezra mit Schlangen hantieren könnte, aber dabei nicht getötet wird."

Ah, jetzt begann sich alles zusammenzufügen. „Also hat Randy Ihnen ein Gegengift erstellt?"

Zeke nickte. „Das Beste daran war, dass er es so gemacht hat, dass es präventiv wirkte, nicht im Nachhinein. Auf diese Weise hat Ezra es nie erfahren. Ich habe ihm einfach jeden Tag ein paar Tropfen ins Wasser gegeben, und peng, er war startklar. Als er gebissen werden konnte, ohne zu sterben, sprach sich seine Gabe herum. Die Menge bei den Zeltveranstaltungen hat sich über Nacht verdoppelt oder sogar verdreifacht. Wir fingen an, viel Geld aus Liebesbekundungen zu erhalten."

Catcher hob eine Braue. „Ich bin sicher, mehr Geld war für Sie spirituell lohnend."

„Es ging mir nie um das Geld – es geht um das Glück von Ezra." Als Catcher Zeke einen spitzen Blick zuwarf, hielt er seine Hände hoch. „Gut. Ich wäre ein Heuchler, wenn ich nicht zugeben würde, dass das Geld ein zusätzliches Plus ist. Doch lassen Sie mich Ihnen versichern, dass Randys Zeug auch nicht billig ist."

„Aber wenn Ezra das Gegengift genommen hat, warum hat er dann so reagiert wie heute Abend?", fragte ich.

Zeke zog eine Grimasse. „Vor zwei Tagen ging mir das Gegengift aus. Ich versuche seitdem, Randy zu erreichen, aber er geht nicht ans Telefon."

„Das liegt daran, dass er tot ist", sagte Catcher mit unbewegtem Gesicht.

Zeke taumelte zurück und umklammerte seine Brust. „Randy ist tot?"

Ich nickte. „Ermordet."

Zeke fuhr sich mit beiden Händen durchs Haar, als er den Kopf schüttelte. „Heilige Scheiße. Ich kann es nicht glauben."

Es war in diesem Moment ziemlich klar, dass Zeke nicht unser Mörder war. Sein Bruder war es auch nicht, da Ezra keine Ahnung hatte, wer Randy war. Falls Zeke keine weiteren Informationen für uns hatte, waren wir wieder am Anfang.

Zeke gab ein freudloses Lachen von sich. „Ohne Randy ist unsere Kirche im Arsch."

„Ihre Kirche war in dem Moment im Arsch, als Ezras Schlangenbiss der Strafverfolgung gemeldet wurde. Sie werden jetzt auf dem Messegelände patrouillieren, um sicherzustellen, dass Ihre Einrichtung geschlossen wird. Falls es Ihnen entgangen sein sollte, der Umgang mit Schlangen ist im Staat Georgia illegal."

„Ja, das war mir bewusst. Ezra war immer sicher."

„Okay, was ist mit den Kindern, die ich dort gesehen habe? Haben die auch das Gegengift getrunken?", forderte Catcher zu wissen.

Zeke sah zu Boden. „Nein."

„Sie scheinen ein netter Kerl zu sein, also bin ich sicher, dass Sie kein totes Kind auf dem Gewissen haben wollten, wenn eine der Schlangen Ezra entkommen wäre."

„Nein. Sie haben recht. Ich hab's verstanden. Ich schätze, ich muss Ezra die Wahrheit sagen", klagte Zeke.

Mit dem Zucken einer seiner Schultern sagte Catcher: „Könnten Sie. Oder Sie könnten ihn einfach glauben machen, dass das Gesetz ihm den Umgang mit Schlangen nicht länger erlaubt." In Anbetracht von Zekes und meiner eigenen neugierigen Miene fügte Catcher hinzu: „Der Mann wäre heute Nacht fast gestorben. Töten Sie nicht auch noch seinen Glauben."

Während Zeke zustimmend langsam mit dem Kopf wippte, wurde meine Zuneigung für Catcher stärker. Wie kam es, dass eine gut aussehende Sexmaschine eine so tiefsinnige Seite haben konnte? Es war fast ebenso rätselhaft wie die Frage, wer Randy getötet hatte.

„Bevor wir gehen, muss ich Sie fragen, ob Sie einen von Randys anderen Kunden kennen?"

„Nö. Randy war wirklich gut darin, seine Privatsphäre zu wahren, was für mich ein Pluspunkt war. Tatsächlich waren alle Fläschchen mit dem Gegengift nur mit einer Nummer versehen. Mein Name stand nie auf den Phiolen, und auf dem Etikett war auch nicht *Gegengift* vermerkt."

„Und welche Zahl war das?"

„Sieben."

Catcher notierte sich das auf seinem Notizblock. „Sie wissen also nichts über jemand anderen, der mit Randy in Verbindung steht?"

Nachdem er sich nachdenklich am Kinn gekratzt hatte, antwortete Zeke: „Einmal habe ich ihn gefragt, wie zum Teufel er auf all dieses Zeug gekommen ist. Er sagte, er habe teilweise mit der Granny Witch Thornhill zusammengearbeitet."

„Eine Hexe?" Catchers Stift hielt inne.

„Keine Hexe, sondern die Granny Witch Thornhill."

„Na dann", antwortete Catcher. Sein Ton spielte darauf an, wie lächerlich er die Wendung des Gesprächs fand.

Ich konnte es ihm nicht verübeln, denn es war alles zu bizarr. Jetzt konnten wir offenbar dem Irrsinn aus Nudisten und Schlangenbeschwörern noch Hexen hinzufügen.

„Sie ist keine Hexe mit schwarzem Hut und Zaubersprüchen. Granny Witch ist die Bezeichnung für Bergfrauen, die nach altem Wissen heilen." Catcher und ich sahen ihn verständnislos an, daher fuhr Zeke fort: „Sie wissen schon, Frauen, die Hebammen oder Wünschelrutengängerinnen waren, um Wasser für Brunnen zu entdecken. Sie haben sich auch mit Heiltränken beschäftigt."

„Da ich in Atlanta aufgewachsen bin, war mir das alles nicht bewusst", sagte Catcher.

Auf einen Blick von ihm hin schüttelte ich den Kopf. „Ich habe zwar von den Heilpraktiken der Bergvölker gehört, aber mit dem Begriff ‚Granny Witch' kann ich nichts anfangen."

Zeke schnaubte. „Ja, ich hätte euch zwei gleich als

Stadtmenschen erkennen sollen."

Ich bekämpfte den Drang, mit ihm darüber zu diskutieren, dass Taylorsville kaum eine große Metropole war.

„Fragen Sie einfach nach der Granny Witch Thornhill, und ich bin sicher, Sie werden sie finden."

„Ich hoffe, dass Sie recht haben", sinnierte Catcher.

„Wenn das alles ist, gehe ich besser zurück und sehe nach, was Ezra macht."

Catcher nickte. „Das war's." Er zog eine seiner Visitenkarten aus seiner Jacketttasche und reichte sie Zeke. „Falls Ihnen noch etwas einfällt, zögern Sie nicht, mich anzurufen."

„Aber sicher doch." Nachdem er die Karte in seine Brieftasche gesteckt hatte, lächelte Zeke mich an. „Nochmals vielen Dank, dass Sie Ezra das Leben gerettet haben."

Ich erwiderte sein Lächeln. „Gern geschehen."

Nachdem er seine Hände in die Hosentaschen gesteckt hatte, schlenderte Zeke zurück zum Eingang der Notaufnahme. Catcher und ich beobachteten seine sich zurückziehende Gestalt, bis er drinnen verschwunden war. „Ich kann es kaum erwarten, den Jungs zu sagen, dass ich an einer Spur zu einer Granny Witch arbeite."

„Na, na, na. Hier geht es um *die* Granny Witch Thornhill."

„Habe ich das nicht gesagt?"

„Nein. Du hast es viel zu gewöhnlich ausgedrückt. Anscheinend hat diese alte Schachtel einen richtigen Titel, als wäre sie königlich oder so."

Catcher schnaubte. „Ich nehme an, eine Bergkönigin."

Mein Handy klingelte in meiner Handtasche. Ich holte es heraus und sah, dass der Anruf von Allen war. Ich zog eine Grimasse. „Verdammt."

„Was ist los?"

„Ich habe vergessen, dass ich heute Nacht Bereitschaftsdienst habe, um Leichen abzuholen. Es wurde ein Todesfall aus dem *Eastside Hospital* zu Hause gemeldet." Ich schickte Allen schnell eine SMS, dass es noch eine Weile dauern würde, bis ich dort ankommen würde, aber schon auf dem Weg sei. „Tut mir leid, dass ich zurückmuss." Was ich wirklich sagen wollte, war: „Tut mir leid, dass ich dir nicht das Gehirn rausvögeln kann."

„Es ist nicht notwendig, dich zu entschuldigen oder unseren Abend abzukürzen."

„Wie meinst du das?"

„Nun, warum komme ich nicht mit, um die Leiche abzuholen? Danach können wir etwas essen gehen." Catcher grinste mich an. „Nach zwei Schwänzen, einem Nudistenresort und Schlangenbeschwörern hatte ich immer noch nicht das Vergnügen, dich zum Essen einzuladen."

Ich grinste. „Bist du sicher, dass es dir nichts ausmacht?"

„Klar."

„Okay. Klingt gut."

Eigentlich klang es viel mehr als bloß gut. Hier

war ich mit einem umwerfend sexy Typ zusammen, der meinen Beruf nicht nur nicht abscheulich fand, sondern mich sogar unterstützte. Mehr als alles andere wollte er Zeit mit mir verbringen. Es war ziemlich erfrischend, dass es einen solchen Mann gab. Catcher verwandelte sich wirklich in jemanden, der für Körper und Seele gut war.

Kapitel 11

Nachdem wir aus dem Hinterland heimgekommen waren, fuhr Catcher beim Bestattungsinstitut vorbei, damit ich den Leichenwagen abholen konnte. Als er die Tür auf der Beifahrerseite öffnete, lachte Catcher leise.

„Was ist so lustig?", fragte ich und rutschte über den Ledersitz.

„Die Tatsache, dass ich gleich eine Spritztour in einem Leichenwagen mache und nicht tot bin."

„Ja, beim ersten Mal ist es wohl etwas seltsam."

„Dein Vater hat dich doch nicht damit herumgefahren, oder?"

Ich lachte. „Gott, nein. Es war schlimm genug, das Mädchen mit den Toten im Haus zu sein. Das Letzte, was ich gebraucht hätte, wäre gewesen, das Mädchen mit den Toten im Auto zu sein."

Catcher schnaubte. „Ich verstehe."

Das *Eastside Hospital* war nur zehn Autominuten vom Bestattungsinstitut entfernt. Verglichen mit den Krankenhäusern in den größeren Städten wie Marietta und Atlanta war *Eastside* ziemlich klein.

Ich fuhr hintenrum zur Laderampe. „Du kannst hier warten, wenn du willst", sagte ich und holte meinen Ausweis aus dem Handschuhfach.

„Und verpassen, dich in Aktion zu sehen? Ha! Niemals."

Ich grinste. „So aufregend ist es wirklich nicht."

„Alles mit dir ist aufregend, Olivia", sagte Catcher aufrichtig, was mein Herz unregelmäßig schlagen und mich schwindlig werden ließ, zumal er mit seiner sündigen, sexy Stimme sprach.

Ohne meine übliche Eleganz stolperte ich aus dem Leichenwagen. Nachdem ich mich erholt hatte, ging ich nach hinten und öffnete die Heckklappe, zog die Bahre heraus, klappte sie auf und ließ sie dann einrasten. Mit fast schon unbewussten Bewegungen schob ich die klappernden Räder auf dem Bürgersteig Richtung Hintertür. Ich griff nach dem Seitengitter der Bahre, damit sie mir nicht wegrutschte, als ich läutete. Das Letzte, was ich brauchte, war, mich vor Catcher zum Narren zu machen.

„Ja?", fragte eine Stimme.

„Olivia Sullivan von *Sullivan's* für eine Abholung."

Die Tür surrte auf und ich rollte die Bahre, dicht gefolgt von Catcher, hinein. Nachdem ich durch das Labyrinth der Gänge bis zum Aufzug in den ersten Stock gegangen war, holte ich Mr. Marvin Delaney ab – ein Schlaganfallopfer, das zu Beginn des Tages in die Notaufnahme gebracht worden war.

Ich wurde von Marco, einem der Pfleger, begrüßt. Er hatte vor etwa sechs Monaten mit der Arbeit begonnen und war immer sehr nett zu mir gewesen. Mit seinen dicken Brillengläsern war er wahrscheinlich das, was man als nerdig-niedlich bezeichnen würde, aber er hatte einen gut gebauten Körper.

„Hey, Liv, was geht ab?", fragte er und schenkte

mir ein Grinsen.

„Nicht viel, Marco. Und bei dir?"

„Immer dasselbe." Beim Anblick von Catcher, der hinter mir stand, verblasste sein Lächeln. „Hast du einen neuen Lehrling?", erkundigte er sich mit einem hoffnungsvollen Unterton.

Als ich den Mund öffnete, um Catcher vorzustellen, trat er vor mich. Er streckte seine Hand ein wenig zu energisch aus. „Catcher Mains."

„Marco D'Angelo."

„Und ich bin kein neuer Bestattungsunternehmerlehrling – ich bin Olivias Freund."

Was … zum … Teufel? Ich starrte Catcher völlig schockiert an, weil er sich selbst als meinen „Freund" bezeichnet hatte. Ich meine, wir hatten eigentlich noch kein richtiges Date gehabt. Ich konnte mich nicht dazu durchringen, unser Treffen in der *Rusty Ho* als Date zu betrachten. Klar, wir hatten in den letzten zweieinhalb Tagen viel Zeit miteinander verbracht, aber dabei ging es um die Verfolgung eines Mörders.

Ich war nicht der Einzige, der Catcher schockiert anstarrte. Marco trug den gleichen Reh-im-Scheinwerferlicht-Ausdruck wie vermutlich ich. Schließlich schüttelte er den Kopf, als würde er sich aus seiner Benommenheit reißen. „Hey, Mann, das ist toll."

„Sehe ich auch so."

Die Spannung in der Luft wuchs und ich stellte die Bremse der Bahre fest. „Ich glaube, ich hole besser Mr. Delaney."

Ich fing an, das Laken unter Mr. Delaney zu schieben, um den Transfer vom Bett auf die Bahre zu erledigen. Da sprang Marco nach vorn, wie er es gewöhnlich tat. „Ich mache das, Liv."

Bevor er seinen Worten Taten folgen lassen konnte, schob ihn Catcher aus dem Weg. „Ich hab's schon."

Wieder einmal knisterte die Spannung in der Luft so heftig, dass man fast das Summen hören konnte. Obwohl ich annahm, dass Catcher keine Erfahrung mit Totenumlagerungen hatte, schaffte er es hervorragend, Mr. Delaney auf die Bahre zu bringen. Nachdem ich ihn festgeschnallt und das Tuch darübergelegt hatte, drehte ich mich um und sah Marco an, der Catcher mit vor der Brust verschränkten Armen mit seinem Blick regelrecht erdolchte. „Ähm, ich denke, das war's dann wohl. War schön, dich wiederzusehen, Marco."

Sofort änderte sich sein Gesichtsausdruck von mürrisch zu einem Lächeln. „Es war auch schön, dich zu sehen, Liv. Es ist mir immer ein Vergnügen."

Beim Wort „Vergnügen" erstarrte Catcher neben mir. Ich beschloss, dass es Zeit war, von dort zu verschwinden. „Also gut. Bye", sagte ich, bevor ich prompt die Bahre und den armen Mr. Delaney gegen die Wand fuhr. „Hoppla."

Dann brauchte ich ein paar Sekunden des Manövrierens, um mich aus der Ecke zu befreien.

„Hast du's?", fragte Marco.

„Oh ja. Alles gut", antwortete ich schnell, bevor

er und Catcher die Chance hatten, böse Blicke aus-
zutauschen.

Im Flur angekommen, stieß ich den Atem aus,
den ich angehalten hatte.

„Soll ich helfen?", fragte Catcher, als ich die Bahre
wieder gegen die Wand setzte.

„Nö. Ich hab's schon." *Reiß dich zusammen, Sullivan. Du machst dich lächerlich. Du hast seit dem ersten Sommer, in dem du für deinen Vater gearbeitet hast,
nicht mehr den Bahren-Boogie hingelegt.* Nachdem ich
mich innerlich beschimpft hatte, schaffte ich es
ohne weitere Zwischenfälle den Rest des Flurs
hinunter.

Als ich die Bahre in den Aufzug gerollt hatte,
drehte ich mich um und sah Marco vor Mr.
Delaneys Zimmer stehen. Er erhob seine Hand
und lächelte.

„Tschüss", antwortete ich, was Catcher zum
Knurren brachte. Als sich die Fahrstuhltüren ge-
schlossen hatten, blickte ich Catcher an. „Was zum
Teufel sollte das?"

Catcher starrte geradeaus. „Was meinst du?"

„Ähm, die Tatsache, dass ich für eine Minute
dachte, du würdest dich wie Motown auf mich
stürzen, indem du mir ans Bein pinkelst, um dein
Eigentum zu markieren."

Catcher schnaubte, bevor er zu mir hinübersah.
„Ich war nicht so schlimm wie dein Hund."

Ich hob die Augenbrauen. „Tatsächlich?"

„Dieser Mistkerl schleimt dich total voll."

„Tut er gar nicht!"

„Im Ernst, Olivia. Der Typ wird sich wahrscheinlich auf der Toilette beim Gedanken an dich einen
runterholen.“

Ich rümpfte die Nase und antwortete: „Igitt. Das
bezweifle ich.“

„Bist du wirklich so blind?“

Ich zuckte die Achseln. „Er wollte nur nett sein.
Marco war immer sehr freundlich und hilfsbereit.“

„Ja, damit er in dein Höschen kommt.“

Ich riss die Augen auf. „Nein. So denkt er überhaupt nicht an mich.“

„Oh doch, tut er.“ Catcher schüttelte den Kopf.
„Kein Wunder, dass du in so einer Sexflaute warst.
Du checkst nicht, wenn ein Mann dich anbaggert.“

„Ich glaube kaum, dass Marco versucht hat, mich
anzumachen, während ich einen Toten aufgelesen
habe.“

Catcher schnaubte. „Babe, solange wir nicht tot
sind und unser Schwanz nicht tot ist, werden wir
eine Frau unabhängig von der Situation aufrei-
ßen.“

Die Fahrstuhltür ging auf. „Und deshalb sind
Männer Schweine.“

„Hey, erschieß nicht den Boten.“

Ich ignorierte ihn und rollte Mr. Delaney durch
die Gänge und hinaus zum Leichenwagen. Catcher
stand bereit, mir zur Hand zu gehen, aber es war,
als ob er spürte, dass ich es allein tun wollte, also
mischte er sich nicht ein. Die Tatsache, dass er
mich – mein wirkliches Ich – verstand, war sehr
liebenswert. Zum ersten Mal hatte ich das Gefühl,

einen Mann getroffen zu haben, der stark genug für mich war. Als die ersten Takte von Sheryl Crowes *Strong Enough* in meinem Kopf ertönten, schloss ich den Abstand zwischen Catcher und mir.

Ich hob meine Hand, um seine Wange zu berühren. „Du warst vorhin so etwas wie ein Neandertaler, was für eine Feministin wie mich schrecklich unattraktiv ist." Als er zu protestieren begann, legte ich meinen Finger auf seine Lippen. „Aber ich hatte auch noch nie einen Mann, der sich so viel aus mir machte, dass er so aggressiv besitzergreifend war. Und Gott steh mir bei, es hat mir gefallen. Es hat mir sehr gut gefallen."

Auf Catchers Lippen zeichnete sich ein Grinsen ab. „Tatsächlich?"

„Ja, tatsächlich."

„Tja, so bin ich nun mal, Babe. Ein übermäßig besitzergreifendes Alphamännchen, das haarscharf am Höhlenmenschen vorbeischrammt." Mit einem Grunzen legte er seine Hände an meine Brüste. „Meins."

Ich lachte und drückte seine Hände weg. „Hör auf, bevor uns jemand sieht."

„Wenn du glaubst, dass Lagerraumsex heiß ist, solltest du es mal mit Krankenhausparkplatzsex im Freien versuchen."

„Nein danke. Das Letzte, was ich brauche, ist die Verwicklung in einen Sexskandal. Das wäre für meine Mutter der Tropfen, der das Fass zum Überlaufen bringt."

Catcher lachte und ging zur Seite des Leichenwagens. „Gut. Ich werde ein Gentleman sein und deinen tugendhaften Ruf bewahren."

„Danke, gütiger Herr", antwortete ich mit einem Grinsen.

Als wir zum Bestattungsinstitut zurückkamen, überraschte mich Catcher, indem er Mr. Delaney und mir zur Tür folgte.

„Was?", fragte er auf meinen verwirrten Blick hin.

„Nichts. Ich dachte nur, du würdest in deinem Auto auf mich warten."

„Auf keinen Fall. Ich will dein Reich von innen sehen."

Ich lachte. „Mein Reich ist fünf Minuten die Straße runter. Hier arbeite ich bloß."

„Aber du bist hier aufgewachsen, oder nicht?"

„Ja."

„Kann ich dein Jugendzimmer sehen?"

„Warum in aller Welt solltest du es sehen wollen?"

„In gewisser Weise wäre es wie eine anthropologische Ausgrabung. Ich konnte sehen, wer du damals warst."

„Glaub mir, du würdest es nicht interessant finden."

Catcher wackelte mit den Augenbrauen. „Der Teil, in dem ich über ein junges, neugieriges Mädchen fantasierte, das sich selbst entdeckt, wäre es."

Ich rümpfte die Nase. „Igitt, ist das ekelhaft."

„Meine Fantasie oder dass du dich befriedigst?"

„Die Fantasie."

„Ah, du gibst also zu, dass du dich damals selbst befriedigt hast."

Erneut ignorierte ich ihn, schloss die Hintertür auf und schob die Bahre hinein.

„Ach komm schon, Liv. Sei ein großes Mädchen und gib zu, dass du es dir selbst gemacht hast. Als Teenager Sahne zu schlagen, ist nichts, wofür man sich schämen muss. Ich war zwölf, als ich das erste Mal ein Flötensolo gespielt habe."

Ich blickte über die Schulter zu ihm. „Würdest du bitte etwas Respekt vor den Toten haben? Ich glaube nicht, dass es zu viel verlangt ist, die Ausdrücke ‚Sahne schlagen' und ‚Flötensolo spielen' nicht in der Gegenwart von Mr. Delaney auszusprechen."

Catcher grinste. „Ha, das ist nur eine Ausrede, um der Frage auszuweichen."

„Was auch immer", murmelte ich.

Nachdem ich Mr. Delaney in den ersten Vorbereitungsraum geschoben hatte, ging ich in den zweiten, um die Gefriertruhe anzustellen. Ich würde ihn heute Abend auf Eis legen, bis ich mit seiner Familie oder seinen nächsten Angehörigen über ihre Wünsche zwecks einer Beerdigung oder Einäscherung sprechen könnte. Nachdem die Temperatur eingestellt war, öffnete ich die Tür des Gefrierschranks und lehnte mich hinein, um zu sehen, ob der Ventilator zu kühlen begonnen hatte.

Im nächsten Moment packte mich Catcher an der

Taille und zog mich mit einem Ruck gegen seinen harten Körper … und seinen harten Schwanz. Er vergrub seinen Kopf in meiner Schulterbeuge und leckte einen feurigen Weg von meinem Schlüsselbein bis zu meinem Ohr.

„Was zum Teufel machst du da?", wollte ich wissen.

„Ich finde, es ist selbsterklärend, dass ich dich ficken will."

„H-hier? J-Jetzt?"

„Verdammt, ja."

Eine von Catchers Händen glitt meinen Torso hinauf, um meine Brust zu umfassen. Mein verräterischer Körper reagierte sofort auf seine Berührung. „Hast du eine Art nekrophilen Fetisch, von dem du mir nichts erzählt hast?", fragte ich, während ich versuchte, meine sich verhärtende Brustwarze zu ignorieren.

Er kicherte. „Nein, Babe, habe ich nicht. Es liegt eher an der Tatsache, dass ich, als du dich vorhin vorgebeugt hast, nicht nur einen fabelhaften Blick auf deinen Arsch hatte, sondern dass du diese verfickt sexy Overknee-Strümpfe trägst."

„Es ist also ein strumpfspezifischer Fetisch, den du hast?" Ich keuchte, als Catchers andere Hand zwischen meine Beine tauchte.

„Ja, so ist es."

Da das Bestattungsinstitut ohne Besucher war und Mr. Delaney im anderen Raum abhing, beschloss ich, nachzugeben und heißen, schmutzigen Sex zu haben. Catchers sexy SMS von vorhin zusammen mit der Art, wie er mich in meinem Foyer geküsst hatte, waren wie ein ausgedehntes Vorspiel für den Abend gewesen. Ich griff hinter mich und umfasste die wachsende Erektion in Catchers Hose. Er stöhnte mir ins Ohr.

Gerade als ich anfing, ihn über seiner Hose zu bearbeiten, wirbelte er mich herum. Seine Hände machten sich an den Knöpfen meiner Bluse zu schaffen. Nachdem er einige Sekunden erfolglos gefummelt hatte, riss er den Stoff auseinander. Ich keuchte, während die Knöpfe durch die Luft flogen. Mit verengten Augen starrte ich ihn an. „Du hast meine Bluse ruiniert.“

„Ich mache es mit einem zusätzlichen Orgasmus wieder gut.“

Ich grinste. „Abgemacht.“

Mein BH wurde mit der gleichen Verzweiflung wie mein Oberteil weggezerrt. Catcher beugte mich zurück und schloss seinen Mund über einer meiner Brustwarzen.

„Hmm“, stöhnte ich und meine Hände fuhren durch sein Haar. Gott, der Mann hatte einen Mund wie ein Staubsauger. Als seine Lippen zu meiner anderen Brustwarze wanderten, glitten seine Hände meinen Brustkorb hinunter und kamen an den Saum meines Rockes. Er zerrte ihn über meine Taille hoch, bevor er mein Höschen an meinen Oberschenkeln herunterriss.

Er schob seine Hand zwischen meine Beine und ich stöhnte. Seine Finger tippten auf meine Klitoris, als ob er Morsezeichen sandte, dann stieß er zwei davon tief in mich hinein. „Oh fuck, Catcher", wimmerte ich.

„Fühlt sich das gut an, Baby?", fragte er und sein Atem brannte mir heiß im Nacken.

„Ja. Oh ja."

„Willst du, dass ich deine Pussy lecke, nachdem du gekommen bist, oder meinen harten Schwanz dorthin stecke, wo meine Finger gerade sind?"

Hmm, Entscheidungen, Entscheidungen. Als ich mir auf die Lippe biss, um nicht vor Vergnügen zu schreien, warf ich einen Blick auf die Tür. So viel zur Sorge darüber, dass Mr. Delaney „Sahne schlagen" und „Flötensolo spielen" hörte. Mr. Dirty Talk hatte das gerade erneut übertroffen.

Ich packte Catchers Schultern so fest, dass ich sicher war, es würden Spuren bleiben. Ich keuchte und wimmerte, während sich meine Hüften hektisch bewegten, um meine Klitoris an Catchers Hand zu reiben. Und dann verkrampfte sich mein Körper, als ich intensiv kam. „Catcher!", rief ich.

Er brachte meinen Mund für einen langen Kuss zu seinem. Er nahm seine Finger erst aus mir, nachdem meine Pussy aufgehört hatte, sich um sie zu verkrampfen. Dann löste er seinen Gürtel und knöpfte seine Hose auf.

Ich schenkte ihm ein träges Lächeln. „Ich schätze, das heißt, keine orale Befriedigung, was?"

Catcher schüttelte den Kopf. „Ich muss in dich eindringen, sonst explodiere ich."

Dem konnte ich nicht widersprechen. Catcher blickte wild durch den Raum, bevor er mich unter den Hintern fasste und auf die leere Bahre hob. Er beugte sich vor, um seine Brieftasche aus seiner Hose zu holen, die nun um seine Knöchel herum lag. Nachdem er ein Kondom herausgeholt hatte, warf er sie hinter sich.

Er öffnete die Verpackung und streifte das Gummi in Rekordzeit über. Dann füllte er mich meisterhaft mit seinem Schwanz. Als er ein zweites Mal in mich stieß, traf sein Fuß den Hebel an der Bremse und stieß die Bahre nach vorn. Jedes Mal, wenn er in mich hämmerte, glitt die Rollliege weiter durch den Raum. Während wir vögelten, prallten wir gegen Wände und die Möbel im Vorbereitungsraum.

Obwohl die Szenerie nicht die romantischste oder verführerischste war, nahm sie dem Sex nichts. Er war genauso großartig wie im Lagerraum und im *Holiday Inn*. Wenn Catcher und ich zusammenkamen, geschah etwas fast Mystisches. Als ob eine seismische Verschiebung stattfände, während sich unsere Körper miteinander verbanden. Alles um uns schmolz dahin, bis wir die einzigen Menschen auf der Welt waren.

Natürlich hätte ich in diesem Fall nicht gewollt, dass uns jemand anders so sah. Wir vögelten nicht nur ein paar Meter von einem Toten entfernt, sondern schauten dabei sicher ziemlich lächerlich aus. Ich war halb über eine Leichenbahre gestreckt, den Rock um die Taille geballt, die Bluse aufgerissen und die Beine so weit gespreizt, wie es mein halbwegs fitter Körper erlaubte.

Dann war da noch Mr. Alphamännchen mit seiner marineblauen Anzughose um die Knöchel, seinem köstlichen Arsch in voller Schönheit und seinem Gürtel, der bei jedem Ehrfurcht gebietenden Stoß in meine Pussy am Boden entlang klirrte, während er gleichzeitig versuchte, mich und die Bahre umzupositionieren.

Ziemlich sicher würden wir es nie in eine Film-Sexszene schaffen. Stattdessen würde dieser Akt wahrscheinlich ein Zuhause in irgendeinem seltsamen Fetischporno finden.

„Oh Gott, ich komme wieder!" Ich stöhnte in Catchers Nacken.

„Ich auch, Babe. Lass es uns zusammen tun."

Unsere Körper zitterten und bebten und wir ritten gemeinsam die Welle. Catcher fiel gegen mich und die Bahre ruckelte ein letztes Mal nach vorn. Das war, als ich fühlte, wie etwas Eiskaltes an meine Pobacke drückte.

„IIIIIIIHHHH!", schrie ich.

Durch meinen Lustschleier hatte ich nicht bemerkt, dass Catcher uns in den anderen Raum gefickt und die Bahre mit Mr. Delaney daraufhin angestoßen hatte. Irgendwie war Mr. Delaneys Arm vom Tisch gefallen. Da die Totenstarre eingesetzt hatte, war er gerade ausgestreckt, anstatt herabzufallen. Und der letzte Schub von Catcher hatte mich auf die Rückseite der Bahre geschleudert, sodass Mr. Delaneys Hand meinen nackten Hintern berührte.

Ich fing an, mit den Armen zu fuchteln und mit

den Beinen zu treten, um die Bahre zu bewegen. Als sie sich nicht rührte, rappelte ich mich auf und schob Catcher von mir weg.

Mit über die Hüften hochgeschobenem Rock legte ich dann einen wilden Tanz im Vorbereitungsraum hin. „Ih, ih, ih, IGITT!"

„Babe, was zum Teufel? Du hast mir gerade meine Nach-dem-Fick-Stimmung versaut." Catcher stand mir gegenüber, mit der Hose um die Knöchel und seinem entleerten, mit Kondom überzogenen Penis.

Ich rieb mir die Arschbacke, als ob ich den Ekel, den man spürte, wenn man von einer Leiche begrapscht wurde, abwischen könnte. Ja, ich war vor und während der Vorbereitung mit den Toten bereits von ihnen berührt worden, aber da hatte ich meine Arbeitsschürze und Handschuhe an.

Nachdem er einen Blick zwischen Mr. Delaney und mir hin und her geworfen hatte, brach Catcher schließlich in Gelächter aus. „Wurdest du gerade von einem Toten in den Hintern gekniffen?"

„Das ist nicht lustig."

„Irgendwie schon."

„Ja, ich würde gerne sehen, wie toll du das fändest", murmelte ich, während ich mir den Tanga wieder anzog. Dann zog ich meinen Rock über die Oberschenkel. Ich wollte Mr. Delaneys Hand zurück auf die Trage zu legen, erstarrte aber und hielt sie in die Luft.

„Was ist?", fragte Catcher.

Ich blickte von Mr. Delaneys Hand zu Catcher

auf. „Seine Fingernägel haben Arsenlinien.“

Seine Augen weiteten sich, als er die Distanz zwischen uns schloss. „Heilige Scheiße. Vergiftung?“

„Siehst du die breiten weißen Linien in seinen Nagelbetten?“

Catcher beugte sich vor und untersuchte die Hände von Mr. Delaney. Er ließ einen leisen Pfiff ertönen. „Ich will verdammt sein.“

Ich schüttelte niedergeschlagen den Kopf. „Ich kann nicht glauben, dass ich das nicht vorher gesehen habe.“

„Es war ja nicht so, dass du einem Ruf nach einem verdächtigen Todesfall gefolgt wärst. Zum Teufel, das Krankenhaus hat es nicht einmal bemerkt.“

„Wahrscheinlich zeigte er Anzeichen eines Schlaganfalls, der durch die Vergiftung hervorgerufen worden ist. Selbst wenn sie die ersten Symptome erkannt haben, dachten sie bestimmt, dass es reiner Sauerstoffmangel wäre.“

Catcher nickte zu Mr. Delaney und fragte: „Was weißt du über ihn?“

Ich zuckte die Achseln. „Eigentlich nichts. Ich habe ihn vor heute Abend noch nie gesehen. Er muss neu in der Stadt sein ...“ Ich verstummte und riss die Hand vor den Mund. „Oh mein Gott. Mr. Delaney hatte etwas mit dem Mord an Randy zu tun, nicht wahr?“

„Ich würde sagen, es ist verdammt wahrscheinlich.“ Catcher fing an, seine Kleidung zu richten. „Ich muss das melden, damit die Jungs herausfinden, welche Verbindung Delaney möglicherweise zu Randy haben könnte."

„Natürlich."

Er schnappte sich sein Jackett vom Boden und grub sein Mobiltelefon heraus. Er fing an, Zahlen einzutippen, blieb dann aber stehen und sah mich an. „Diese seltsame Wendung des Schicksals bedeutet, dass ich dich heute Abend nicht zum Essen ausführen kann."

„Das ist okay. Ich verstehe das."

Catcher schüttelte frustriert den Kopf. „Nein, ist es nicht. Ich habe dich jetzt schon viermal gehabt und dich immer noch nicht zum Essen eingeladen."

Ich lachte. „Du hast mir Tequila in der *Rusty Ho* ausgegeben."

„Das ist nicht dasselbe."

Ich drückte mich an ihn und schlang meine Arme um seinen Hals. „Du bist wirklich ein Gentleman, dass du dir Gedanken darüber machst, mich zum Essen einzuladen."

Er grinste. „Ich bin froh, dass du das erkennst."

„Dass du mich im Vorbereitungsraum auf einer Bahre genagelt hast, könnte natürlich deinen Status ein wenig beeinträchtigen", neckte ich ihn.

Catcher hielt eine seiner Hände hoch. „Pfadfinderehrenwort, dass ich dich von nun an nur noch in der Heiligkeit eines Schlafzimmers nageln werde."

Ich lachte und spielte mit den Haaren in seinem Nacken. „Ich bin mir nicht sicher, ob das ein Eid ist, den ich von dir verlangen sollte."

Seine Brauen hoben sich. „Ach wirklich?"

„Wir könnten etwas von dem Feuer verlieren, wenn wir nicht mehr spontan an unterschiedlichen Orten vögeln könnten."

„Hmm, da könnte etwas dran sein." Er neigte seinen Kopf, um mich zu küssen. „Ich möchte auf keinen Fall, dass wir das Feuer verlieren."

„Ich auch nicht."

„Also gut. Ich glaube, ich sehe eine Möglichkeit, das wiedergutzumachen."

„Und die wäre?"

„Egal, was passiert, ich lade dich morgen Abend zum Essen ein."

„Okay."

„Wo kann man hier am schönsten essen gehen?"

Ich dachte sofort an *The Distillery*, ein Steak- und Meeresfrüchte-Restaurant auf der Main Street. Aber kurz danach fiel mir ein, wie auffällig es wäre, mit Catcher aufzutauchen. Da der größte Teil der Stadt mindestens einmal pro Woche dort zu Abend aß, würden sie sich nur darüber das Maul zerreißen, dass ich mit einem Mann da war. Ich konnte bereits die Blicke spüren und die geflüsterten Gespräche hinter Hummerschwänzen hören. Oder einer der älteren Männer könnte über seinen Rippchen brüllen: „Verdammt, Olivia, ich dachte, wir würden dich nie mit einem Mann sehen."

Mich schauderte bei dem Gedanken. „Ähm … wir haben hier wirklich nicht viel Auswahl. Warum gehen wir nicht irgendwohin außerhalb der

Stadt?"

„Ich habe eine noch bessere Idee. Ich koche dir Abendessen."

Ich riss die Augen auf. „Du kochst?"

„Ja, Ma'am, das tue ich."

Ich grinste ihn an. „Du bist wirklich ein Mann mit vielen Talenten."

Catcher lachte leise. „Verdammt richtig, das bin ich. Aber ich habe einen Hintergedanken, weshalb ich für dich koche."

„Und der wäre? Bist du insgeheim geizig?"

„Nein, Miss Frechdachs, das ist es nicht. Ich möchte dir gerne mein Haus zeigen."

„Wirklich?", fragte ich atemlos. Meine armen Sinne waren überlastet, seit er gesagt hatte, er wolle für mich kochen. Dazu kam die Tatsache, dass er mir sein Haus zeigen wollte. Ich war kurz davor, eine Hand gegen meine Stirn zu werfen und in Ohnmacht zu fallen.

„Ja, seit mein Bruder und ich es gebaut haben, bin ich irgendwie stolz darauf."

„Also, wann soll ich zu dir nach Hause kommen?"

„Lass uns das wirklich zu einem Date machen, und ich hole dich ab."

„Aber wohnst du nicht fünfundvierzig Minuten von hier entfernt?"

„Ich kann es in fünfunddreißig Minuten schaffen", antwortete er mit einem neckenden Schimmer in seinen blauen Augen.

„Gut. Du kannst mich abholen."

Nach einem letzten Kuss machte sich Catcher auf den Weg zur Tür. „Wir sehen uns morgen um siebzehn Uhr.“

„Ich freue mich darauf.“

Catcher warf mir ein Augenzwinkern über die Schulter zu. „Und ich freue mich darauf, dich zum Dessert zu bekommen!“

Kapitel 12

Am nächsten Tag wurde ich bei *Sullivan's* mit Arbeit überhäuft. Wir hielten Mr. Petersons Gottesdienst in der Kapelle ab, auf den die Prozession zum Nationalfriedhof in Canton folgen würde, wo ihm als Veteran des Zweiten Weltkriegs sämtliche militärischen Ehren gewährt werden sollten. Da es eine Stunde zurück nach Hause dauern würde, würde es eng mit meinem Date mit Catcher werden. Es war eine der Gelegenheiten, wo ich wirklich bedauerte, dass ich das Kommando hatte und die Sache nicht auf Allen oder Todd abwälzen konnte.

Da ich unter Zeitdruck war, hatte ich das, was ich brauchte, zum Bestattungsinstitut mitgebracht, und ich würde mich einfach oben fertig machen. Obwohl ich mir eine freche Kombination von Rock und Bluse ausgesucht hatte, hatte Jill sofort ihr Veto eingelegt und versprochen, mir etwas anderes sexy Geschnittenes mitzubringen. Weil ich ihren Schrank schon gesehen hatte, wusste ich, dass er an sexy Kleidung überlief.

Ich war auf dem Weg zu Mr. Petersons Grabgottesdienst, als ich einen Anruf von Todd erhielt. „Hey, Liv, das Kriminallabor hat gerade angerufen, wir sollen Randy abholen."

„Oh Scheiße. Ich bin zu weit weg mit Blackie, und Old Blue ist in der Werkstatt."

Ja, wir hatten unseren Leichenwagen Namen gegeben. Blackie war ein onyxfarbener Cadillac

XTS Landau Coach, den wir uns vor zwei Jahren geleistet hatten. Old Blue war der marineblaue Cadillac-LTS-Leichenwagen, den mein Vater vor zehn Jahren gekauft hatte.

„Mach dir keine Sorgen. Ich kann eine Bahre hinten im Blumenwagen verstauen."

Ich stöhnte. „Wie nobel."

Todd lachte. „Hey, da steht nur, *Sullivan's* auf der Seite. Sie werden nicht wissen, dass es der Blumenwagen ist."

„Okay. Das ist in Ordnung. Wenn du es vor mir zurückschaffst, leg ihn einfach in die Gefriertruhe. Ich brauche eine Bestätigung vom Krematorium in Freelings, bevor wir ihn verschicken." Da wir ein relativ kleiner Betrieb waren, hatten wir kein eigenes Krematorium. Wir mussten die Leichen in den Ort eine Stunde entfernt weiterreichen.

„Das werde ich tun. Mach's gut."

„Bis dann, Todd."

Zum Glück ging der Gottesdienst am Grab recht schnell und ich kam knapp eine Stunde vor Catchers Ankunft wieder bei *Sullivan's* an. Zufälligerweise war auch Todd gerade mit Randy zurückgekommen und rollte ihn die Rampe hinauf.

„Schön zu sehen, dass du gut durchgekommen bist."

„Ja. Ich hätte nie gedacht, dass ich es so schnell durch den Verkehr in Atlanta schaffe."

Todds Telefon begann zu klingeln. Als er hinunterblickte, zog er eine Grimasse. „Scheiße."

„Was ist los?"

„Mary. Ich sollte vor zehn Minuten bei Justins Spiel auf dem Baseballplatz sein."

„Geh ran und sag ihr, dass du auf dem Weg bist." Dann scheuchte ich ihn von der Bahre fort. „Geh. Den Rest schaffe ich allein."

„Bist du sicher?"

Ich lächelte ihn an. „Würdest du endlich verschwinden?"

Er grinste. „Danke, Olivia."

„Kein Problem."

Während ich Randy in den Vorbereitungsraum rollte, lief Todd durch die Hintertür hinaus. Nachdem ich unseren neuesten Kurzzeitbesucher in die Kühltruhe gebracht hatte, klopfte es an der Tür. Ich nahm an, es wäre Jill mit meinem Kleid. Als ich öffnete, fand ich stattdessen Pease, Allen und meine Mutter vor. Ich sah die Gruppe an. „Hallo, Leute."

Ohne mich zu begrüßen, sagte Pease: „Wir sind hier, um sie zu sehen."

„Sie?"

Sie rollte mit den Augen. „Die Schwänze. Wir wollen Randys zwei Schwänze sehen."

Ich starrte sie ungläubig an. „Bitte sag mir, dass das ein Witz ist."

„Verdammt, nein. Randys Schwänze sind wie das achte Weltwunder."

„Ähm, ich betreibe hier keine Peepshow."

„Ach, komm schon, Liv. Es ist ja nicht so, als würden wir dich bitten, Randy zu entwürdigen, indem du Eintritt verlangst", beharrte Pease. „Und ich denke, in seinem Fall wäre es eher eine Freakshow als eine Peepshow."

Ich verschränkte meine Arme vor der Brust, bevor ich meine Mutter anstarrte. „So ein Verhalten erwarte ich von diesen beiden, aber wirklich, Mama, du auch?"

Nervös befingerte sie die Kette um ihren Hals – die Perlen, die mein Vater ihr zu ihrem dreißigsten Jahrestag geschenkt hatte. „Ich dachte mir, wenn sie einen Blick darauf werfen, könnte ich das ebenfalls tun."

Ich rieb mir die Augen. „Unfassbar."

„Was ist unfassbar?", fragte Jill. Sie erschien hinter der Peepshow-Gruppe mit einem über die Schulter geworfenen schwarzen Kleid und einem Paar schwarzer Stöckelschuhe in der Hand.

„Dass meine Mutter, mein Bruder und meine Großmutter die zwei Penisse eines Toten anstarren wollen."

Jills grüne Augen weiteten sich. Dann warf sie das Kleid auf einen der Sessel mit der hohen Lehne, bevor sie sich an mir vorbei in den Vorbereitungsraum schob. „Das muss ich sehen."

Ich biss mir auf die Lippe, um nicht den berühmten Satz aus *Julius Cäsar* zu bemühen: „E tu, Brute?" Mir hätte klar sein müssen, dass das genau Jills Ding war.

Als ich erkannte, dass ich eine verlorene Schlacht kämpfte, erhob ich meine Hände in Akzeptanz meiner Niederlage. „Gut, gut. Wenn ihr nicht den Anstand habt, die Toten zu respektieren, dann nur zu." Ich zeigte mit dem Finger auf Allen. „Du kannst Randy aus der Gefriertruhe holen und ihn wieder hineinlegen. Ich will damit nichts zu tun haben. Außerdem habe ich heute Abend Pläne und ich muss mich fertig machen."

Mamas Gesicht leuchtete wie ein Weihnachtsbaum. „Pläne? Heißt das, dass du ein Date hast?"

Bevor ich antworten konnte, sagte Jill: „Glaubst du, sie trägt eines meiner sexy Kleider und Komm-fick-mich-Absätze, um eine Leiche abzuholen?"

Auf übertrieben dramatische Weise legte Mama eine Hand auf ihre Brust und schenkte mir ein breites Lächeln. „Oh Schatz, weißt du, wie aufgeregt ich deshalb bin?"

„Ja, Mama."

Pease blickte mich neugierig an. „Und mit wem gehst du aus?"

„Catcher Mains."

Sowohl Pease als auch Mama riefen: „Der One-Night-Stand-Typ?"

Ich rollte mit den Augen. „Ja. Korrekt."

Ein zufriedenes Lächeln zeigte sich auf Peases Lippen. „Sieh an, Olivia, du musst ihn sehr beeindruckt haben, wenn er mehr will." Sie stupste meinen Arm mit der Spitze ihres Stockes an. „Ich hätte nicht gedacht, dass du das in dir hast."

Allen stöhnte. „Ähm, könntet ihr bitte nicht vor mir über das Sexleben meiner Schwester sprechen?"

„Machst du Witze? Ich bin so aufgeregt, dass sie überhaupt wieder ein Sexleben hat, dass ich es von den Dächern schreien möchte", sagte Pease mit einem verruchten Grinsen.

Mit einer Hand an der Hüfte antwortete ich: „Dieses Gespräch fühlt sich auf so vielen Ebenen falsch an, dass es nicht einmal lustig ist."

Mama nickte. „Olivia hat recht. Wir sollten nicht über ihr Liebesleben sprechen. Manche Dinge sollten privat bleiben."

„Vielen Dank."

Sie lächelte, als sie hinzufügte: „Selbst, wenn wir unglaublich glücklich sind, dass sie sich mit jemandem trifft."

Ihre Worte führten dazu, dass mir Tränen unter den Augenlidern brannten. Sie wies mit ihrem Kinn in meine Richtung. „Jetzt geh nach oben und mach dich fertig. Du willst doch Mr. Wunderbar nicht warten lassen."

Ich warf einen Blick auf die Uhr an der Wand. „Scheiße. Er wird in vierzig Minuten hier sein." Ich eilte an ihnen vorbei aus dem Beerdigungsvorbereitungsraum. Nachdem ich das Kleid und die Schuhe vom Stuhl genommen hatte, drehte ich mich wieder zu Allen um. „Schließ ab, wenn ihr fertig seid."

Er salutierte mit einem Lächeln. „Aye, aye, Captain."

„Klugscheißer", murmelte ich, als ich die Treppe hinaufging.

Nachdem ich aus der Dusche gestiegen war und einen Blick auf die Uhr meines Telefons geworfen hatte, machte ich mich fast in Rekordgeschwindigkeit an die Frisur und das Make-up. Wieder einmal hatte sich Jill selbst übertroffen mit einem schwarzen Tunikakleid mit Perlen am Mieder für mich. Es war gerade schick genug für ein Date, und gleichzeitig sah es nicht so aus, als ob ich mich zu sehr bemühen würde. Ich zog ein Paar halterlose Spitzenstrümpfe an, von denen ich wusste, dass sie Catcher gefallen würden, bevor ich in die Stöckelschuhe stieg.

Da ich davon ausging, dass Catcher bei seinem Cabrio das Verdeck heruntergelassen hatte, schnappte ich mir einen roten Pullover aus dem Schrank. Es war einer, von dem ich mehrere in verschiedenen Farben hatte. Nicht nur das Wetter in Georgia war unberechenbar, sondern auch die Temperatur im Beerdigungsinstitut. Man lernte, sich im Zwiebellook zu kleiden.

Ich kam gerade die Treppe hinunter, um auf Catcher zu warten, als Peases Stimme zu mir herauftönte. „Meine Güte, Agent Mains, was sind Sie für ein starker, strammer Mann!"

Fuuuuuuuuuuck! Ich wäre fast über meine Absätze gestolpert und mit dem Gesicht auf den Treppenabsatz geknallt. Oh nein. Bitte nicht. Um Himmels willen und bei allem, was heilig war, warum war Pease noch hier? Es war nicht so, dass wir Leichen hätten, wegen denen sie ein PAM-Treffen hätte abhalten können. Sie hätte einen Blick auf Randys King und Kong werfen und zur *Moose Lodge* fahren sollen, um mit all ihren anderen alten

Kumpanen Bingo zu spielen und mit den alten Käuzen zu flirten.

Ich eilte den Rest der Treppe hinunter, so schnell ich konnte, wirbelte um das Geländer herum und entdeckte Catcher eingeklemmt zwischen meiner Mutter und Pease auf dem Sofa im vorderen Zimmer. Sowohl Mama als auch Pease starrten Catcher anerkennend an.

Beim Geräusch meiner Schuhe auf dem Parkettboden sahen sie alle auf. Überraschenderweise hatte Catcher keinen Ausdruck des Entsetzens auf dem Gesicht, weil er den beiden ausgeliefert gewesen war. Nun, Mama war im Grunde harmlos, es sei denn, sie spielte auf die Tatsache an, dass sie Catcher und mich verheiraten wollte. Wie gestern. Pease war die geladene Waffe. Ich zuckte zusammen, als ich daran dachte, was in meiner Abwesenheit vielleicht schon aus ihrem Mund gekommen war.

Catcher stand vom Sofa auf und ging zu mir, um mich zu küssen. Auf die Lippen. Mit ein wenig Zunge. Nachdem er sich zurückgezogen hatte, schenkte er mir ein überaus breites Grinsen. „Du siehst umwerfend aus."

Meine Wangen fühlten sich heiß an bei seinen Komplimenten. „Danke."

„Es tut mir leid, dass ich etwas zu früh war."

„Nein, nein. Schon in Ordnung", log ich.

„Ich hatte geplant, im Auto zu warten, bis es kurz vor siebzehn Uhr war. Ich wollte nicht, dass jemand denkt, ich wäre ein potenzieller Kunde, dem

Särge gezeigt werden müssen und der sich Informationen zu Ratenzahlungen anhören will. Aber dann klopfte deine Großmutter an mein Fenster und sagte mir, ich solle meinen hübschen Hintern reinschieben." Er blickte über die Schulter und grinste. „Das waren doch Ihre Worte, nicht wahr, Mrs. Sullivan?"

Pease kicherte. „Aber ja. Das waren sie."

„Ich dachte, es wäre unhöflich, ihren Wünschen nicht nachzukommen, und ich wollte auf keinen Fall einen schlechten Start bei deiner Großmutter und dem Rest der Familie hinlegen."

„Wie rücksichtsvoll von dir", murmelte ich.

Mama stand vom Sofa auf und kam zu uns. „Du hast uns nicht gesagt, wie charmant dein Freund ist, Olivia", sagte sie mit einem schüchternen Lächeln.

Ich starrte sie entgeistert an, als sie tatsächlich mit den Wimpern klimperte.

Pease schnaubte auf ihrem Platz auf der Couch. „Vergiss den Charme. Du hast uns nicht gesagt, wie umwerfend sexy er ist."

Catcher straffte bei ihren Komplimenten neben mir die Schultern, sodass ich mit den Augen rollte. „Es war hier so viel und so verrücktes Zeug los, dass ich nicht die Gelegenheit hatte, euch viel von ihm zu erzählen."

Mama befingerte ihre Perlen. „Ja, Holden hat uns alles über die Entwicklungen im Mordfall Randy erzählt."

Pease stieß mit ihrem Stock gegen die Rückseite

von Catchers Oberschenkel. „Wenn Sie in die FKK-Kolonie zurückkehren müssen, möchte ich, dass Sie mich mitnehmen, Agent Mains. Das ist etwas, was ich schon immer mal ausprobieren wollte."

Er lachte und sah über seine Schulter zu ihr. „Ich bringe Sie gerne überall dorthin, wo Sie hinmöchten, Mrs. Sullivan. Sogar in eine FKK-Kolonie."

„Resort", korrigierte ich leise.

„Wie bitte, Schätzchen?", fragte Mama.

„Nichts. Catcher, ich denke, wir sollten uns auf den Weg machen."

„Ja. Wir haben eine ziemliche Fahrt vor uns."

„Seid ihr zwei auf dem Weg in ein superschickes Lokal?", bohrte Pease nach.

„Ich nehme Olivia mit zu mir nach Hause, um für sie zu kochen", antwortete Catcher.

Pease weitete die Augen hinter ihrer Brille, und ich befürchtete, sie könnte wegen des Schocks ihren Schnupftabak herunterschlucken. „Sie kochen?"

„Manchmal. Ich lerne noch."

Sie schüttelte den Kopf, bevor sie ihren Stock auf mich richtete. „Du hast vielleicht eine höllisch lange Durststrecke hinter dir, aber der da war das Warten sicher wert."

Ich rollte meine Augen Richtung Decke und fragte Gott schweigend, was ich getan hatte, um diese Strafe zu verdienen. Vermutlich zahlte ich gerade für den heißen Sex im Lagerraum und weil ich mir ein Pimmelfoto in einer Kirche angesehen hatte.

Catcher nahm meine Hand in seine. „Ich muss

sagen, dass auch Olivia das Warten wert war."

Während Mama „Ohh" machte und Pease „Verdammich" murmelte, starrte ich Catcher mit großen Augen und offenem Mund an. Meinte er das wirklich so, oder sagte er das nur, um vor Mama und Pease gut dazustehen? Ich bemerkte den aufrichtigen Blick in seinen Augen.

Ich hatte nicht viel Erfahrung mit Männern, aber es schien, dass er und ich uns fast mit Warpgeschwindigkeit von heißem Sex zu einer Beziehung bewegten.

Meine rationale Seite fragte, was ich wirklich über ihn wusste, abgesehen davon, dass er ein verdammt scharfer GBI-Agent mit einem großartigen Sinn für Humor und einem fantastischen Schwanz war. Ich versuchte, die Stimmen der Zweifel aus meinem Kopf zu verdrängen. Ich wollte das, was wir hatten, so lange ich konnte genießen.

„Sie sind so ziemlich der süßeste Mann, den ich seit langer, langer Zeit getroffen habe", rief Mama. Sie tätschelte meinen Arm. „Ist er nicht einfach unglaublich niedlich?"

„Ja, das ist er wirklich", antwortete ich und starrte Catcher direkt an.

„Ihr Damen bringt mich noch zum Erröten", neckte er uns.

Pease schnaubte. „Ich bezweifle, dass es etwas gibt, was Sie erröten lässt. Ich bin sicher, dass Sie mit Ihrem Aussehen so ziemlich alles gesehen und getan haben."

Mit dieser Bemerkung wurde der vorherige Bann

des Augenblicks gebrochen. „Und jetzt ist es Zeit zu gehen." Ich streckte die Hand aus und nahm Catchers Hand. „Ich sehe euch alle morgen."

Während ich Catcher zur Tür schleifte, rief Pease: „Ich hoffe, du hast eine Zahnbürste in die Handtasche gepackt. Und ein sauberes Höschen."

Nach einem Glucksen murmelte Catcher: „Himmel."

Mit einem Blick über die Schulter sagte ich: „Ich halte irgendwo für eine Zahnbürste an. Und ich brauche kein Höschen. Ich trage jetzt auch keins."

Ein leises „Leck mich am Arsch" kam von Agent Sexy neben mir. Und damit schlug ich die Haustür zu. Während wir zu seinem Cabrio gingen, fragte Catcher: „War das die Wahrheit, dass du kein Höschen trägst?"

Ich lachte. „Ich schätze, du musst einfach ein braver Junge sein und warten, bis du es herausfindest."

Kapitel 13

Nach einem kurzen Halt bei mir daheim, um meine Übernachtungstasche zu holen, machten wir uns auf den Weg. Als wir uns dem Haus von Catcher näherten, überraschte er mich, indem er das Cabrio auf einen Supermarktparkplatz fuhr. Bevor ich ihn befragen konnte, drehte er sich mit einem schüchternen Lächeln zu mir. „Du darfst mich einen unvorbereiteten Arsch nennen, aber ich habe es noch nicht zum Lebensmittelgeschäft geschafft."

„Das ist okay. Es macht mir nichts aus, dir beim Einkaufen zu helfen."

„Bist du sicher? Du kannst hier im Auto warten, wenn du willst."

Ich lachte. „Würdest du auch für mich das Fenster runterkurbeln, als wäre ich ein Hund?", fragte ich neckisch.

„Für dich würde ich den Motor laufen lassen." Er zwinkerte mir zu.

Ich griff nach meiner Handtasche. „Ich freue mich darauf, mit dir einzukaufen."

Catcher nickte und stieg dann aus. Er überraschte mich ziemlich, als er vorn herumjoggte, um mir die Tür zu öffnen.

„Du weißt schon, dass meine Mutter und meine Großmutter nicht mehr hier sind, die du beeindrucken musst", scherzte ich.

„Har, har. Ich bin ein Gentleman, selbst wenn niemand da ist, den ich beeindrucken will."

„Auch ohne mir die Tür zu öffnen, hast du bei meiner Mutter und Pease ziemlichen Eindruck hinterlassen."

Catcher grinste. „Deine Großmutter ist wirklich etwas Besonderes."

„Ja, das ist sie."

„Wusstest du, dass sie mir mit ihrem Stock in den Arsch gepikt hat?"

„Ich bin nicht überrascht. Ich hatte irgendwie das Gefühl, dass sie ein bisschen heiß auf dich war. Da war eine angestaute sexuelle Anspannung."

Catchers Augen weiteten sich. „Nur ihrerseits", betonte er.

Ich kicherte. „Aber natürlich. Ich weiß, dass du mich nicht für ein Mal Im-Heu-Wälzen mit meiner Großmutter verlassen würdest."

Er schauderte, als er einen Wagen für uns herauszog. „Weißt du, ich glaube, sie hätte versucht, mir in den Schritt zu fassen, wenn deine Mutter nicht da gewesen wäre."

„Wahrscheinlich."

„Verdammt", murmelte er.

„Willkommen in meiner Welt."

Catcher lenkte den Wagen zur Obst- und Gemüseabteilung. „Gibt es Gemüse, das du nicht magst?"

„Ich bin kein Fan von Radieschen, aber das war's auch schon. Ich esse so ziemlich alles."

Catcher grinste. „Da wir in der Öffentlichkeit sind, werde ich ein guter Junge sein und diese potenzielle Anspielung ruhen lassen."

„Dazu bedarf es einiger Entschlossenheit."

„Stimmt."

„Was kann ich tun, um dir zu helfen?"

„Bring mir zwei gelbe Kürbisse und zwei Zucchini."

„Kommt sofort."

Nachdem ich den Stapel nach den besten Kürbissen durchforstet hatte, pickte ich zwei heraus und sackte sie dann ein. Ich war gerade dabei, mich zwischen zwei riesigen Zucchini zu entscheiden, als Catcher mit dem Wagen kam. „Erinnert dich das an mich?", fragte er neckisch.

Mit einem Augenrollen konterte ich: „Ich dachte, du würdest dich zusammenreißen, da wir in der Öffentlichkeit sind?"

„Ich hatte einen kurzzeitigen Aussetzer. Ich werde versuchen, mich besser zu benehmen."

„Ich werde nicht zu viel erwarten."

„Du kennst mich zu gut."

Von der Obst- und Gemüseabteilung lenkte Catcher den Wagen zum Backwarenbereich. Er wählte ein Baguette aus, bevor er zu den Süßwaren ging. „Was sollen wir zum Nachtisch essen?"

„Ich bin zutiefst verletzt, dass du mir keinen Kuchen oder Pie gebacken hast", neckte ich.

„Desserts sind nicht meine Spezialität. Das überlasse ich normalerweise meiner Mutter."

„Ooooh! Wie süß."

„Warum ist das süß?"

„Du weißt, dass du ein Muttersöhnchen bist."

Catcher schnaubte. „Das würde ich nicht sagen."

Als ich die Augenbrauen hob, gestand er: „Gut. Vielleicht ein bisschen.“

Ich lächelte. „Verwöhnt deine Mama ihren kleinen Jungen?“

„Ziemlich. Jetzt, da sie im Ruhestand ist, kocht sie gerne für mich. Seit Jem verheiratet ist, hat sie das Gefühl, dass sie sich um mich kümmern muss, da ich keine Frau habe, die das übernimmt.“

„Das ist sehr süß.“

„Wo wir gerade von süß sprechen …“ Catcher hielt eine Schachtel hoch. „Ich habe irgendwie Lust auf Cupcakes.“

„Wirklich?“, fragte ich, unfähig, meine Überraschung zu verbergen.

Catcher schien beleidigt. „Kann ein Mann keine Törtchen mögen, ohne dass es ihn unmännlich wirken lässt?“

Ich lachte. „Entschuldige bitte.“

Er grinste. „Es ist nicht gerade stilvoll, aber wie wäre es mit Cupcakes zum Dessert?“

„Vanille mit Buttercreme-Frosting?“

Catcher las das Etikett. „Ja.“

„Dann bin ich voll dabei.“

„Ich wusste, dass es einen Grund gibt, warum ich dich mag.“ Catcher drückte mir einen kurzen Kuss auf die Lippen.

Ich hätte mir nie in einer Million Jahren vorstellen können, dass ein Lebensmittelgeschäft romantisch sein könnte. Aber in diesem Moment hatte ich das Gefühl, mitten in einer zuckersüßen romantischen

Komödie zu sein, und ich liebte jede Minute davon.

„Was ist dein Lieblingsfleisch?", fragte Catcher. Bevor ich antworten konnte, fügte er hinzu: „Nun, abgesehen von meinem Schwanz."

Ich rollte mit den Augen. „Du solltest dir wirklich Hilfe suchen wegen dieser vielen Anspielungen."

„Bei einem Treffen der Anonymen Anspielungssüchtigen?"

„So was in der Art."

„Es wäre wahrscheinlich Zeitverschwendung, denn wann immer jemand aufsteht, um seine Geschichte zu erzählen, würde ein anderer Arsch eine sexuelle Anspielung darin finden."

Ich lachte. „Gutes Argument."

Catcher hielt mit dem Wagen vor der Meeresfrüchte-Theke. „Ich dachte an einen in der Pfanne geschwenkten Lachs. Wie klingt das?"

„Köstlich. Ich liebe Lachs."

„Gut."

„Kann ich nur eine Bitte äußern?"

„Aber sicher."

„Dass du das hier kaufst." Ich zeigte auf das Tablett, auf dem filetierter Lachs lag.

„Warum genau das?"

„Es ist wirklich albern, aber ich bin kein großer Fan davon, Schuppen zu sehen oder Augäpfel, die zu mir hochschauen."

Catcher lachte und winkte einen der Verkäufer herüber. „Dann keine Schuppen."

„Danke.“

„Was immer du möchtest, Babe.“

Und damit schwebte ich wieder durch meine romantische Komödie im Lebensmittelgeschäft.

Kapitel 14

Wir brauchten nicht allzu lange im Laden, und schon bald waren wir wieder auf dem Weg zu Catchers Haus. Nachdem wir zehn Minuten unterwegs gewesen waren, lenkte Catcher das Auto von der Hauptstraße auf eine zweispurige Straße. „Wohnst du schon lange hier draußen?"

„Etwa zwei Jahre. Meine Eltern haben vor zehn Jahren aufgehört, an der *Westminster Prep* in Atlanta zu unterrichten, und sie wollten aus der Stadt aufs Land ziehen. Sie haben sich hier vier Hektar Land gekauft. Sie gaben meinem Bruder, meiner Schwester und mir je einen Hektar. Jem baute sofort sein Haus und dann arbeiteten er und ich wahrscheinlich ein oder zwei Jahre lang an meinem Haus. Wir werkelten hier und da ein wenig daran, wenn wir die Zeit dafür hatten."

Nachdem wir rechts abgebogen waren, fuhren wir eine kleine asphaltierte Straße hinunter. „Das ist das Haus meiner Eltern", sagte Catcher und deutete auf ein zweistöckiges Kolonialhaus mit einer breiten, umlaufenden Veranda.

„Wow, das ist wunderschön", antwortete ich, als er das Auto anhielt, damit ich einen guten Blick darauf werfen konnte.

Er lehnte sich über mich und zeigte auf ein Haus im Cap-Cod-Stil auf der rechten Seite. „Und da ist das von Jem."

Ich lächelte, als ich sah, dass der Hof hinter dem

weißen Lattenzaun mit Spielzeug voll lag. „Wie viele Kinder hat er denn?"

Catcher rollte mit den Augen. „Vier, und ein weiteres ist auf dem Weg."

Ich drehte mich überrascht auf meinem Sitz zu ihm. „Fünf Kinder?"

„Drei Mädchen und zwei Jungen – nun, das dritte Mädchen ist auf dem Weg. Jem wollte immer ein Haus voller Kinder. Glücklicherweise hat er eine Frau gefunden, die das genauso sieht. Sie haben im Alter von zwanzig Jahren geheiratet, und nachdem sie zwei Jahre später ihr Lehramtsstudium abgeschlossen hatte, haben sie angefangen, ein Kind nach dem anderen auf die Welt zu bringen."

Ich schaute ihn neugierig an. „Es klingt nicht so, als ob du Kinder magst."

Er schüttelte den Kopf. „Ich liebe Kinder."

„Warum rollst du dann mit den Augen wegen der Kinder von Jem?"

„Ich will kein Haus voller Menschen, wie er es hat. Mir reichen ein oder zwei."

Ich merkte nicht, dass ich den Atem angehalten hatte, bis meine Lungen vor Qual nach Erleichterung schrien. Ich atmete in einem langen Zischen aus.

„Du dachtest, ich wäre ein herzloser Bastard, der keine Kinder will, was?", fragte Catcher.

Ein nervöses Lachen entkam mir. „Nein, nein. Das habe ich überhaupt nicht gedacht."

„Doch, natürlich."

„Okay, vielleicht doch." Ich hielt meinen Daumen

und Zeigefinger eng zusammen. „Vielleicht ein wenig."

„Ich wusste, dass ich recht hatte."

„Du bist so großspurig."

Er blickte zu seinem Schritt hinunter und dann wieder zu mir herüber. „Wissen wir das nicht schon?"

„Catcher, bitte."

Er hielt eine Hand hoch. „Gut, gut. Ich werde aufhören. Deiner Reaktion angesichts der Möglichkeit, dass ich keine Kinder wollen könnte, entnehme ich, dass du eines Tages welche willst."

„Ja. Ich möchte sehr gerne welche haben." Ich starrte auf meine Hände hinunter. „Es ist ein bisher unerfüllter Traum, Mutter ... und Ehefrau zu sein." In dem Moment, als die Worte meine Lippen verließen, zuckte ich zusammen. Ich hatte gerade eine der Kardinalsünden bei Dates begangen. Ich war auf emotionaler Ebene zu offen gewesen, indem ich zu viel über meine Beziehungsziele preisgegeben hatte. Da ich nun gestanden hatte, dass ich heiraten wollte, würde Catcher wahrscheinlich auf seinem Platz in sich zusammenschrumpfen.

Er nahm meine Hand. „Olivia, ich bin dreiunddreißig Jahre alt. Ich habe meine wilden Partyjahre hinter mir. Ich habe eine Hypothek auf ein Haus mit zwei freien Schlafzimmern aufgenommen. Als ich das Haus gebaut habe, habe ich mir vorgestellt, dass ich dort Mini-Catcher aufziehen würde."

Ich musste über seine Beschreibung kichern. „Das war sehr praktisch von dir gedacht, vorauszuplanen."

„Vielen Dank. Ich bin ein ziemlich praktisch veranlagter Typ." Er führte meine Hand an seine Lippen und küsste sie. „Ich weiß, was ich will, und ich verfolge mein Ziel unerbittlich, bis ich es bekomme."

Bei seiner Bemerkung und der Art, wie er mich ansah, begannen Schmetterlinge in meinem Bauch zu tanzen. War es möglich, dass ich nach all den Jahren und all den emotionalen Tiefschlägen endlich den Richtigen gefunden hatte? Und hatte ich den Einen nach nur wenigen Tagen entdeckt? Im Hinterkopf konnte ich nicht umhin, mich zu fragen, ob Catcher die gleiche Verbindung fühlte. War das der Grund, warum er gesagt hatte, er wolle auch sesshaft werden? Ich war mir nicht sicher, ob ich voreilige Schlüsse zog oder noch viel weiter über das Ziel hinausschoss. Dass mir das Herz gebrochen wurde, nachdem ich es wieder aufs Spielfeld geschafft hatte, war das Letzte, was ich brauchte.

Catcher legte meine Hand zärtlich zurück auf meinen Schoß. „Jetzt möchte ich dir mein Haus zeigen."

Mein „Okay" kam in einem fast atemlosen Flüstern, weil ich immer noch versuchte, mich von der Bedeutsamkeit des Gesprächs zu erholen.

Nachdem wir das Haus seiner Eltern und seines Bruders hinter uns gelassen hatten, fuhr Catcher vor einem schönen Blockhaus vor, das aussah, als könnte es auf der Broschüre eines Bergferienortes abgebildet sein. Es hatte sogar ein Dach aus grünem Zinn.

„Wow", murmelte ich.

„Ist das ein gutes oder ein schlechtes Wow?", fragte Catcher.

Ich drehte mich zu ihm und lächelte. „Das ist ein sehr gutes Wow."

Erleichterung huschte über sein Gesicht. „Ich bin froh, das zu hören."

„Haben du und dein Bruder das wirklich gebaut?"

„Das haben wir … mit ein wenig Hilfe seiner Crew."

„Es ist großartig."

Nachdem er den Knopf gedrückt hatte, um die Garage zu öffnen, fuhr Catcher das Cabrio hinein. „Du schaust dich um, während ich die Lebensmittel reintrage."

„Wirklich?"

Catcher grinste. „Mach dir keine Sorgen. Ich habe alle Sexspielzeuge und Drogen versteckt."

„Ha, ha. Sehr lustig."

Nachdem er mir einen spielerischen Kuss gegeben hatte, stieg Catcher aus und trat zum Kofferraum, um die Taschen zu holen, also ging ich zur Tür, die ins Haus führte. Als ich sie öffnete, stand ich der Küche. Das untergehende Sonnenlicht strömte von der breiten Fensterfront an der Rückwand herein. Alles wirkte neu und modern, angefangen bei den Edelstahlgeräten, den beigen Granitarbeitsplatten und dem sandfarbenen Fliesenboden.

Als ich Catcher hinter mir hörte, fragte ich unwillkürlich: „Hast du eine Putzfrau?"

Er stellte die Tüten auf dem dunklen Mahagoni-Küchentisch ab. Die Schränke hatten die gleiche satte Farbe. „Eigentlich mache ich das alles allein."

„Du veräppelst mich doch."

Catcher lachte. „Nein. Ich bin ein ziemlicher Ordnungsfanatiker." Er legte den Kopf schief. „Was ist mit dir?"

„Ich bin eine Mischung aus Ordnungsfanatiker und Chaot."

„Ist das überhaupt möglich?"

„Komm zu mir nach Hause und du kannst es herausfinden", antwortete ich lächelnd.

„Ich war bei dir zu Hause, erinnerst du dich?"

„Du hast das Foyer und einen Teil des Wohnzimmers gesehen. Aufgrund dessen kann man das nicht wirklich beurteilen. Es geht mehr um mein Schlafzimmer und das Bad."

Er legte seine Arme um meine Taille und zog mich zu sich. „Ich würde gerne Zeit in deinem Schlafzimmer verbringen."

Ich lachte. „Du würdest eventuell jeden Gedanken an Sex aufgeben, weil du von dem Chaos so angewidert sein könntest."

Catcher schüttelte den Kopf. „Das Schlafzimmer müsste schon in Flammen stehen, damit ich die Finger von dir lasse."

Der Schlag meines Herzens fühlte sich an, als würde es Gummitwist hüpfen und wäre auf

Speed. Meine Lider flatterten ein paarmal, während ich Catcher anstarrte. „Ich bekämpfe gerade den Drang, dich zu kneifen.“

„Darf ich meinen Arsch vorschlagen?“

„Ich meinte es ernst.“

„Ich meinte es auch ernst.“

Nach einem spielerischen Klaps auf den Arm sagte ich: „Ich meine, ich wollte dich kneifen, um zu sehen, ob du echt bist. Diese letzten Tage fühlen sich wie ein Traum an.“

„Wenn man bedenkt, dass wir es mit Nudisten, Schlangenbeschwörern und einem Typen mit zwei Schwänzen zu tun hatten, würde ich wetten, dass es eher ein Albtraum als ein Traum wäre.“

Ich zerrte an den Härchen in seinem Nacken. „Ich meine es ernst, Catcher.“

„Weiß ich. Ich weiß auch, dass es dir nach allem, was du mit Kerlen durchgemacht hast, schwerfällt, deine Gefühle auszudrücken. Ich wollte dir mit dem Witz einen Ausweg bieten, falls du einen brauchst.“

Ich schüttelte den Kopf. „Ich brauche keinen. Nicht bei dir.“

„Freut mich, zu hören.“

Ach du Scheiße. Er meinte es ernst. Und er wollte mich. Ja, mich. Die ewig alleinstehende Frau.

Ich beugte mich vor und legte meine Lippen auf seine.

Nach einigen atemlosen Küssen zog sich Catcher zurück. „Wir müssen damit aufhören, sonst gibt es kein Abendessen.“

Ich presste mich enger an ihn. „Das würde mir nichts ausmachen."

Er brummte frustriert. „Mir schon. Ich muss mindestens *ein* Abendessen in dich reinkriegen."

Mit einem Lachen gab ich nach. „Okay. Ich kann warten."

„Gut." Er nahm meine Hand. „Lass mich dir den Rest des Hauses zeigen."

„Ja, gern."

Ich ließ mich von Catcher ins Wohnzimmer ziehen. Es hatte eine hohe, kathedralenartige Decke, und die Wände waren aus einem hellen Holz, das zu den Böden passte. Es gab ein Ledersofa und ein kleineres Sofa sowie einen Fernseher mit Riesenbildschirm. „Ich bin ein wenig minimalistisch, wenn es um die Dekoration geht", erklärte Catcher.

„Du brauchst dafür nicht viel – einen Teppich in schönen Erdtönen, vielleicht ein paar Vorhänge."

„Hmm, ich benötige also eine weibliche Note in meiner Junggesellenbude?"

Ich packte seinen Hintern in seiner Hose. „Die Hand einer Frau ist immer eine gute Idee, nicht wahr?"

Er grinste. „Du bringst mich noch um, Kleines."

Kichernd nahm ich meine Hand weg. „Entschuldigung. Ich werde versuchen, von jetzt an ein braves Mädchen zu sein."

„Sei einfach brav, bis das Abendessen vorbei ist. Danach darfst du so frech sein, wie du willst."

„Das werde ich mir merken."

Catcher führte mich dann durch den Rest des Hauses. Alles war wunderschön, und sofern ich es mir erlaubte, konnte ich mir gut vorstellen, hier mit ihm zu leben. In meinem Traum, mit ihm Vater-Mutter-Kind zu spielen, versuchte ich die unschöne Tatsache zu ignorieren, dass das Haus fünfundvierzig Minuten von meiner Arbeit entfernt war.

Als wir in die Küche zurückkehrten, tätschelte Catcher einen der Barhocker. „Rauf hier."

„Ja, Sir", antwortete ich und hüpfte hoch.

„Möchtest du ein Glas Wein?"

„Sehr gerne."

Catcher ging hinüber zum Kühlschrank. „Ich habe diesen Weißwein für einen besonderen Anlass aufgehoben."

Ich biss mir auf die Zunge, um nicht zu fragen, ob dieser Anlass ursprünglich mit einer anderen Frau gewesen war. Ich wollte nicht an die potenziellen Flittchen denken, die auf diesem Barhocker gesessen hatten. Ungeachtet dessen, wie gut die Dinge zwischen uns liefen, war Catchers Vergangenheit einfach zu deprimierend, um daran zu denken.

Er unterbrach meine Gedanken, indem er mir ein Glas Weißwein vor die Nase stellte.

„Danke." Ich nahm einen Schluck. Nachdem ich die Flüssigkeit über meine Zunge hatte rinnen lassen, nickte ich anerkennend. „Der ist wirklich köstlich."

„Ich bin froh, das zu hören." Er goss sich ein Glas ein, bevor er das Gemüse zum Waschen herausnahm.

„Kann ich dir dabei helfen?“

Er schüttelte den Kopf. „Nö. Das Abendessen heute Abend ist allein meine Zuständigkeit. Du sollst einfach dasitzen und dich entspannen.“

„Wow. Wie nett von dir.“

Er zwinkerte mir zu, bevor er sagte: „Es ist mir ein Vergnügen.“

„Vertrau mir. Es ist *mir* ein Vergnügen, dich für mich kochen zu sehen.“

„Ich schätze, das bedeutet, bisher hat noch nie ein Mann für dich gekocht?“

„Wenn du dazu zählst, dass ein Typ in seinem Wohnheim Ramen-Nudeln für mich in der Mikrowelle macht, dann doch, ein Mann hat für mich gekocht.“

Catcher warf mir einen angewiderten Blick zu. „Diesen Mist in der Mikrowelle zu machen, ist kein Kochen.“

„Dann darfst du mein erster sein“, erwiderte ich neckisch.

„Ich pflücke jederzeit gern deine Kirsche, Babe.“

Ich rümpfte meine Nase. „Uh, ich hasse diesen Ausdruck wirklich.“

„Würdest du es vorziehen, wenn ich dir sage, dass ich dir deine Jungfernkarte bezüglich Männerkochen abnehme?“

„Das ist etwas besser.“

Catcher nickte. „Eines musst du mir erklären.“

Ich nahm einen Schluck Wein. „Okay.“

„Wolltest du schon immer Leichenbestatterin und

Coroner werden?" Er begann, das Gemüse zu schneiden.

Meine Fingerspitzen kreisten um den Rand meines Weinglases. „Nicht so ganz."

Catcher hielt bei seinem Hacken inne. „Also hast du keine Barbie-Begräbnisse abgehalten oder Bestattung statt Vater-Mutter-Kind gespielt?"

Ich lachte. „Ähm, nein, habe ich nicht. Und wenn ich so eine morbide Scheiße gemacht hätte, hätten meine Eltern mich so schnell wie möglich in Therapie schicken sollen."

Mit einem Grinsen sagte Catcher: „Also, was wolltest du mal werden?"

„Als ich aufwuchs, war ich ziemlich unentschlossen bezüglich meiner Zukunft. Ich schwankte zwischen einer Menge verschiedener Dinge hin und her. Den einen Tag wollte ich Lehrer werden. Am nächsten eine Krankenschwester. Dann war es Friseurin." Gedankenverloren nahm ich einen Schluck Wein. „Das war wohl meine Art, das Unvermeidliche hinauszuzögern."

„Das Unvermeidliche war, dass du ins Familiengeschäft einsteigen solltest?"

Ich nickte. „Ich weiß nicht, was mit *Sullivan's* passiert wäre, wenn ich aus dem Leichenbestattergeschäft ausgestiegen wäre. Ich glaube nicht, dass mein jüngerer Bruder es allein übernommen hätte. Vielleicht hätten Todd oder Earl, die Männer, die für uns arbeiten, es leiten wollen. Wer weiß, möglicherweise hätten wir die Türen schließen müssen. Das hätte meinen Vater umgebracht." Schmerz brannte in meiner Brust, und das lag nicht am Wein.

„Erzähl mir von ihm."

Ich blinzelte Catcher überrascht an. „Wirklich?"

Er nickte. „Offensichtlich war er jemand sehr Wichtiges für dich, deshalb ist er auch wichtig für mich."

Diesmal blinzelte ich, weil ich gegen die Tränen ankämpfte, die seine Worte hervorriefen. „Er war seinem Vater sehr ähnlich – sanft und zurückhaltend. Er war in allen Bereichen fair und ehrlich. Er war mitfühlend und fürsorglich, besonders wenn es um seine Familie und seinen Beruf ging. Er liebte UGA-Football, tanzte zu Oldies und nahm seinen alten Vogelhund mit auf die Jagd."

Catcher lächelte. „Hört sich nach einem erstaunlichen Mann an."

„Das war er", antwortete ich. Und er war es wirklich gewesen. Jedes Mal, wenn er mich in der Öffentlichkeit Liv Boo nannte, wollte ich mich vor lauter Verlegenheit verstecken. Aber ich vermisste es. Er fehlte mir so sehr. Er hatte meine Messlatte auf jeden Fall hoch gelegt, was Männer anging, denn er hatte meine Mutter wie eine Königin behandelt. Während meiner Jugend hatte ich es natürlich etwas eklig gefunden. Jetzt wollte ich das Gleiche – dass ein Mann mich mit der gleichen Liebe und Verehrung ansah, mit der mein Vater meine Mutter angesehen hatte. Wollte jemanden, der mich so respektierte, wie mein Vater Mama respektiert hatte. Wollte eine Liebe, die ein Leben lang und darüber hinaus andauerte.

Nachdem ich mich geräuspert hatte, fragte ich: „Was ist mit dir? Wolltest du schon immer ein GBI-Agent werden?"

„Nicht ganz. Ich glaube, ich wollte schon immer etwas tun, das hilfreich und nützlich ist. Zum Beispiel Polizist oder Feuerwehrmann werden. Ich habe mir nie wirklich vorgestellt, aufs College zu gehen."

„Tatsächlich?"

„Überraschenderweise nicht, trotz Eltern, die Lehrer waren. Die Grundschule war die Hölle für mich, weil ich eine leichte Form von Legasthenie hatte. Mit Lesen und Schreiben kam ich erst in der Mittelschule zurecht. Ich kompensierte das Gefühl, mich im Klassenzimmer wie eine Dumpfbacke zu fühlen, indem ich körperlich sehr aktiv war. Welche Sportart es auch immer war, ich wollte sie ausüben und gut darin sein."

„Ich dachte mir schon, dass du in der Schule voll die Sportskanone gewesen bist."

„Wir legen nie das Etikett ab, mit dem wir bezeichnet wurden, oder?"

„Leider nicht. Was uns als Kind passiert, bleibt uns lange Zeit erhalten."

„Ja. Das ist wahr. Aber zum Glück für uns beide haben wir unser Leben zu einem Erfolg gemacht."

Ich lächelte reumütig. „Ja, beruflich bin ich erfolgreich. Ich bin mir ziemlich sicher, dass ich eine Kleinstadtparia bin, weil ich Single und unverheiratet bin. Und da ist auch noch die ganze Sache mit der Arbeit mit Toten."

Catcher schaltete den Herd an. „Es ist wirklich unfair, wie Frauen dazu gebracht werden, sich als Versager zu fühlen, nur weil sie nicht früh heiraten." Er stellte die Pfanne darauf und begann, den Lachs anzubraten. „Natürlich stehe ich enorm unter dem Druck meiner Mutter, weil ich sesshaft werden und mich fortpflanzen soll."

„Das Gleiche gilt für mich."

Als er sich umdrehte, nahm er sein Weinglas und warf mir ein Grinsen zu. „Auf unsere nervtötenden Mütter, die wir sehr lieben."

Lachend hob auch ich mein Glas. „Auf unsere Mütter."

Ich kippte den Rest des Weins herunter und schwenkte dann das Glas Richtung Catcher. „Der ist so gut, dass ich glaube, ich werde noch viel mehr brauchen. Sagen wir, die ganze Flasche mehr."

Der Schalk funkelte in Catchers Augen. „Es wäre mir ein Vergnügen, dich mit Alkohol gefügig zu machen, damit ich dich später übervorteilen kann."

Nun, es war offiziell. Catcher war in der Küche genauso gut wie im Schlafzimmer. Ich hatte den köstlichen Lachs und das Gemüse förmlich verschlungen, ganz zu schweigen von dem mit Butter bestrichenen französischen Brot. Als wir mit dem Abendessen fertig waren, fühlte sich mein Kleid noch enger an.

Ich griff nach meinem Pullover auf der Stuhllehne.

„Ist dir kalt?", fragte Catcher.

„Nur ein wenig."

„Warte. Ich mache uns ein Feuer."

„Das wäre schön", murmelte ich. Catcher hatte keine Ahnung, dass es schon immer eine geheime Fantasie von mir gewesen war, vor einem flackernden Feuer Liebe zu machen. In Anbetracht meines bisherigen Glücks beim Sex würde sich natürlich am Ende jemand den Hintern verbrennen, und das würde den Moment total ruinieren.

Weil ich meinen Beitrag leisten wollte, räumte ich den Tisch ab, während Catcher das Feuer schürte. Sobald das Geschirr in die Spülmaschine geräumt war, ging ich zu ihm ins Wohnzimmer, wo er das erwähnte Feuer im steinernen Kamin aufflackern ließ.

Ich streckte die Hände in Richtung der Flammen und wärmte meine kalte Haut. „Gott, das fühlt sich gut an."

„Jem hat versucht, mich dazu zu bringen, einen Gaskamin zu installieren, weil die einfacher und sauberer wären und bla, bla, bla. Doch ich wollte nichts davon hören. Ich liebe echtes Feuer – wie es riecht und klingt."

„Ich auch. Aber da ich kein großer Holzfäller bin, habe ich tatsächlich ein solches Ding in meinem Haus."

Catcher lächelte mich an. „Wenn du echte Holzscheite willst, kann ich dir Brennholz besorgen."

Ich neigte den Kopf. „Sicher? Du scheinst mir eher metrosexuell als holzfällersexuell zu sein."

„Vertrau mir, Babe, ich kann mit den Besten beim Holzhacken mithalten. Und ich habe ein paar Flanellhemden in meinem Schrank."

„Mmm, wirklich?"

„Sag mir nicht, du hast eine Holzfällerfantasie, in der du einem Kerl mit seinem Holz hilfst?"

Ich lachte. „Ähm, nein, habe ich nicht. Es geht mehr darum, dass ich einen Mann in Flanell knackig finde."

Er wackelte mit den Augenbrauen. „Soll ich das Flanellhemd holen?"

Die zwei Gläser Wein, die ich getrunken hatte, heizten meine Antwort auf. „Im Moment wäre es mir lieber, wenn du einfach nackt wärst."

Catchers Blick flammte auf. „Echt?"

Ich neigte den Kopf. „Ich möchte deinen fabelhaften Körper im Schein des Feuers sehen." Was zum Teufel? Hatte ich das wirklich gerade gesagt? Verdammt, wie hoch war der Alkoholgehalt dieses Weins?

„Nun denn. Dein Wunsch ist mir Befehl."

Als Catcher die Hände an seine Krawatte legte, ächzte ich wie ein leerer Dudelsack. Während er sie lockerte, wandte er den Blick nicht von meinem ab, und ich schaffte es beim besten Willen nicht, wegzuschauen. Sobald er anfing, sein Hemd aufzuknöpfen und seine fantastische Brust freizulegen, leckte ich mir die Lippen, was Catcher zum Stöhnen brachte. „Scheiße, du bist sexy, wenn du das tust."

„Ich kann nicht anders. Deinetwegen wird mir der Mund trocken." Catchers Lachanfall überraschte mich. „Was?", fragte ich.

Er riss sich das Hemd vom Leib und ließ es auf den Boden fallen, bevor er antwortete. „Du hättest den Ausdruck auf deinem Gesicht sehen sollen. Du sahst entsetzt aus über das, was du gerade gesagt hast. Als ob du unter einer gespaltenen Persönlichkeit leidest."

Wärme überflutete meine Wangen. „Du und der Wein bringen das Unanständige in mir zum Vorschein."

„Ich werde meine Vorräte von dieser Marke auf jeden Fall wieder auffüllen", sagte er mit einem neckenden Augenzwinkern. Dann lockerte er seinen Gürtel und ließ ihn auf den Boden fallen. Nachdem er seine Hose aufgeknöpft und den Reißverschluss geöffnet hatte, ließ er sie beim Gürtel landen.

Ihn in seiner ganzen nackten Pracht vor mir stehen zu sehen, verursachte ein Pochen der Sehnsucht zwischen meinen Beinen. Ich wollte etwas sagen, was mir peinlich gewesen wäre, und biss mir auf die Lippe, um die Worte sicher in mir zu bewahren.

Catcher schloss die Lücke zwischen uns. Er hob mein Kinn, damit ich ihn ansah. „Was wolltest du gerade sagen?"

„Nichts", log ich.

Er griff hinter mich und schlug mir auf den Hintern. „Sei nicht ungezogen und lüg mich nicht an."

Normalerweise hätte ich ihm gesagt, er solle sich die Hand in den Arsch schieben, bevor er wieder auf meinen schlug, aber … Mann, es war so sexy gewesen, als er es getan hatte. „Ich wollte sagen: Dich nur anzusehen, macht mich nass."

Catcher fuhr mit dem Daumen über meine Unterlippe. „Gott, ich liebe deinen Mund."

Ich griff zwischen uns, um seine wachsende Erektion in die Hand zu nehmen. „Möchtest du ihn um deinen Schwanz gelegt haben?"

„Zur Hölle ja, das möchte ich."

Mit meiner Hand fest um seine Erektion sank ich auf die Knie. Für mich hatte es etwas enorm sexyes, zu einem Mann aufzuschauen, wenn man sein bestes Stück im Mund hatte. Während meiner Collegezeit war ich zu einer Liebhaberin von Blowjobs geworden. Natürlich ging es mir darum, alles unter Kontrolle zu haben, und falls irgendein Trottel jemals das alte „Ich halte deinen Kopf fest, damit ich dich in den Mund ficken kann"-Spiel versucht hätte, wäre ich sofort aufgesprungen und zur Tür hinausgegangen.

Ich ließ meine Zunge um die Spitze von Catchers Schwanz wirbeln. Ich drückte Küsse auf seinen Schaft und dann auf seine Eier.

„Liv, bitte", flehte er.

Ich lächelte vor mich hin und nahm ihn dann schmerzhaft langsam in den Mund. Als er schließlich an die Rückseite meiner Kehle stieß, stöhnte Catcher auf. Ich kämpfte gegen meinen Würgereflex und ließ ihn wieder etwas heraus, bevor ich anfing, ihn in meinen Mund hinein und heraus gleiten zu lassen. Als ich ihn fester packte, warf Catcher den Kopf zurück. „Oh fuck, Olivia."

Meine freie Hand liebkoste seine Eier, wobei ich sie abwechselnd sanft drückte und zwischen meinen Fingern rollte. Immer wieder bearbeitete ich seinen Schwanz vor und zurück, wechselte ab, den Druck zu erhöhen oder zu verringern.

„Scheiße, ich komme."

Ich nahm seinen Schwanz aus meinem Mund und blickte zu ihm auf. „Dann komm."

Er starrte mich mit lustvoll benebelten Augen an. *Dieser Blick.* Verdammt, ich liebte diesen Blick voller Wollust. Und ich liebte es, Catcher, der alles mochte, was ich mit ihm anstellte, meiner Gnade zu unterwerfen.

„Bist du sicher?", fragte er mit angespannter Stimme.

Ich antwortete ihm, indem ich ihn tief in den Mund nahm. Er ächzte und seine Hüften zuckten. Es war ein unglaublicher Egotrip, dass er meinen Namen rief, als er kam. Obwohl es nicht mein Lieblingsgeschmack war, schluckte ich schnell.

Catcher half mir von den Knien auf. Er strich mir die Haare aus dem Gesicht und gab mir einen langen Kuss. Nachdem er sich von mir gelöst hatte, schenkte er mir ein träges Lächeln. „Ich glaube, ich habe Lust auf Dessert."

Ich blinzelte seinen Rücken an, als er ging. „Ähm ... okay." Ja, ein Cupcake wäre schön, um den

Sperma-Geschmack aus meinem Mund zu bekommen. Ich hatte nur gedacht, dass ich vielleicht eine kleine orale Danksagung oder etwas in der Art erhalten würde.

Als Catcher mit dem Cupcake-Behälter zurückkam, wollte ich zur Couch gehen, doch er hielt mich zurück. „Ausziehen."

„Wie bitte?"

„Ich sagte, du sollst dich ausziehen."

Ich runzelte verwirrt die Stirn. „Aber ich dachte, du willst Nachtisch?"

Ein verruchter Blick blitzte in Catchers blauen Augen auf. „Korrekt. Ich habe vor, dieses Törtchen von deinem nackten Körper zu essen."

Also … das hatte ich nicht erwartet. „Okidoki."

Ich griff in meinen Nacken, um den Reißverschluss meines Kleides zu finden. Nachdem ich ihn herabgezogen hatte, schlüpfte ich aus dem Oberteil und schob das Kleid Richtung Boden.

„Schöne Dessous", murmelte Catcher.

Ich warf einen Blick auf das fast durchsichtige schwarze BH-und-Höschen-Set, das ich hinten in meiner Unterwäsche-Schublade gefunden hatte. Da ich zu dem Kleid passen wollte, das Jill mitgebracht hatte, hatte ich auf meinen alten Vorrat in der Kommode zurückgegriffen, den ich nach meinem Umzug nach Hause wiedergefunden hatte. Das letzte Mal, als ich das Set getragen hatte, war im College gewesen. Ich war überrascht gewesen, dass es noch nicht mottenzerfressen gewesen war, als ich es herausgezogen hatte.

„Ich freue mich, dass sie dir gefallen."

„Ich fände es besser, wenn du dich beeilen und sie ausziehen würdest."

Seinen Wünschen gehorchend, entblätterte ich mich, und die beiden Stoffbündel gesellten sich zu meinem Kleid. Ich stand nur mit meinen Stöckelschuhen vor ihm. Bevor ich mich bücken konnte, um sie auszuziehen, hielt mich Catcher auf. „Behalt sie an. Und leg dich auf den Boden."

„Wie herrschsüchtig", murmelte ich und tat, wie befohlen. Das Feuer hatte den Holzfußboden erhitzt, und dieser wärmte schnell meinen nackten Hintern.

Catcher ließ sich neben mir nieder und legte sich zu mir. Er tauchte einen Finger in die Buttercreme-Haube eines der Cupcakes. Dann brachte er den ins Frosting getauchten Finger zu meinem Mund und zeichnete meine Lippen nach. Ich kämpfte gegen den Drang, etwas davon abzulecken.

Er neigte seinen Kopf und leckte mir die Buttercreme von den Lippen. „Verdammt, das ist gut", sagte er.

Als er anfing, die Reste des Frostings von meiner Ober- und Unterlippe zu saugen, rieb ich die Oberschenkel aneinander. Ich hätte mir nie vorstellen können, dass ein Buttercreme-Kuss erotisch sein könnte, aber … Mist, dem war so. Ich fragte mich, wie es sich für ihn anfühlen würde, die Creme von einem anderen Paar Lippen zu lecken.

Nachdem er die Haube von einem weiteren Cupcake abgekratzt hatte, legte er einen großen

Klumpen auf jede meiner Brustwarzen. Das Gefühl der kühlen Masse ließ meine Nippel bereits hart werden, bevor Catcher sie wieder absaugen konnte.

„Mmm", murmelte ich und fuhr mit den Fingern durch sein Haar. Als ich an den Strähnen zog, saugte sein Mund kräftiger an meinen Brustwarzen. Ich bewegte die Beine nun fester gegeneinander, um die dringend benötigte Reibung an meiner Pussy zu erhalten.

Ich schaute ihn neugierig an, als er die zwei Cupcakes ohne Haube nahm und sie über meine Brüste und meinen Bauch bröselte.

„Du siehst unglaublich lecker aus", sagte er neckend, während er mit den Augenbrauen wackelte. Dann neigte er den Kopf erneut und begann, die Cupcakes von mir zu essen. Seine Zunge und seine Zähne, die meine Haut streiften, brachten mich zum Stöhnen. „Fühlt sich das gut an, Babe?"

„Oh ja."

„Verdammt, Liv. Du hast vorher schon verflucht süß geschmeckt, aber ich glaube nicht, dass ich jetzt jemals genug davon bekommen werde, dich zu schmecken."

Das Gefühl war gegenseitig. Ich nahm nicht an, dass ich des Gefühls seiner Lippen und Zähne auf meiner Haut jemals müde werden könnte, während er jedes Stückchen Cupcake von meinem Körper knabberte und lutschte.

Als hätte er vorhin meine Gedanken gelesen, brachte Catcher den nächsten Haufen Buttercreme von einem neuen Cupcake direkt zwischen meine Beine. Er schmierte sie über meine Pussy und bedeckte meine Klitoris und Schamlippen damit. Ich geriet kurz in Panik, dass ich, ähnlich wie Jesse und das Latexkondom, eine unentdeckte vaginale Allergie gegen Backwaren haben könnte und meine Muschi anschwellen würde.

Nachdem er mir ein verruchtes Grinsen zugeworfen hatte, vergrub Catcher seinen Mund in mir.

„Oh Gott, Catcher!", schrie ich. Eine meiner Hände klatschte auf den Boden, die andere griff in seine Haare. Meine Nägel kratzten über seine Kopfhaut, während seine Zähne meine Klitoris streiften. Seine Zunge schien überall zu sein, als er das Frosting ableckte und ablutschte. Meine Augen rollten in meinem Kopf zurück.

Heilige Scheißeeeeeee! Nichts hatte sich jemals so gut angefühlt! Seine Zunge. Der Druck. Seine Zunge! Verdammt, das war zu viel.

Ein Orgasmus raste wie ein Güterzug auf mich zu. Ich verkrampfte mich und fluchte, während ich ihn ritt. Es war mir unbegreiflich, wie der Mann es geschafft hatte, mir einen solchen Höhepunkt zu bescheren, ohne auch nur einen Finger an mich zu legen – oder genauer gesagt, *in* mich. Er hatte richtig Talent.

Natürlich würde ich wahrscheinlich mindestens eine Woche lang Cupcake-Krümel aus meiner Vagina sammeln, ganz zu schweigen davon, dass ich vermutlich eine von dem Frosting hervorgerufene Hefepilzinfektion bekommen würde. Aber verflucht, das war es wert.

Catcher hob seinen Kopf zwischen meinen Beinen und wischte sich seinen Mund mit dem Handrücken ab. „Das waren die besten verdammten Cupcakes aller Zeiten."

Und obwohl ich nicht einen einzigen Bissen davon gegessen hatte, musste ich ihm zustimmen. Aber jetzt brauchte ich ihn in mir. Ich zog sein Gesicht an meins und küsste ihn in der Hoffnung, dass er die Botschaft verstand.

Und wie er das tat.

Nach dieser Nacht würde ich nie wieder einen Cupcake anschauen können, ohne leicht erregt zu werden.

Kapitel 15

Das zweite Mal, nachdem ich die Nacht mit Catcher verbracht hatte, war es das durch die Vorhänge strömende Sonnenlicht, das mich aufweckte, und kein Hahn. Ich seufzte zufrieden angesichts des Gefühls, dass sein warmer Körper an meinen gepresst und sein Arm schützend um mich geschlungen war. Alles am letzten Abend war wunderbar gewesen. Eine richtige Verabredung mit ihm zu haben, war alles, was ich mir erhofft hatte, und noch viel mehr. Ich hätte mir in meinen kühnsten Träumen nicht vorstellen können, aus einem One-Night-Stand eine Beziehung zu machen, aber so, wie die Dinge liefen, schien es, als würden wir uns darauf zubewegen.

Eine Beziehung.

Zwei Worte, von denen ich schon nicht mehr gedacht hatte, sie jemals wieder in Verbindung mit meinem Namen zu hören. Aber hier war ich.

Obwohl ich es hasste, die Gemütlichkeit von Catchers Bett und Umarmung zu verlassen, drückte meine Blase und zwang mich dazu. Also nahm ich seinen auf mir liegenden Arm und platzierte ihn hinter mir. Dann rutschte ich über die Matratze und stieg aus dem Bett. Ich ging auf Zehenspitzen über den Parkettboden zum Bad, um Catcher nicht zu wecken.

„Wow", flüsterte ich, als ich das Zimmer betrat. Es war wirklich wunderschön, mit dunkelbraunen Fliesen und Waschtischplatten aus braunem und weißem Granit. Als ich den Whirlpool und die doppelten Glastüren der Dusche betrachtete, konnte ich nicht umhin, beeindruckt zu sein, dass Catcher und sein Bruder alles selbst eingebaut hatten.

Eine Idee schoss mir durch den Kopf. Ich wollte etwas tun, um Catcher zu zeigen, wie viel ich mir aus ihm machte. Was gab es Besseres, als ihm Frühstück zu machen und es ihm dann im Bett zu servieren? Ich hatte nicht viel Hoffnung, das in die Tat umsetzen zu können, weil wir die Zutaten für das Abendessen gestern Abend im Laden hatten besorgen müssen. Zumindest konnte ich ihm Kaffee ans Bett bringen.

Nachdem ich auf der Toilette gewesen war und mir die Hände gewaschen hatte, lieh ich mir Catchers Kamm und glättete mein vom Schlafen strubbeliges Haar. Da es nicht nur nicht hygienisch, sondern auch potenziell schmerzhaft war, nackt etwas zu braten, nahm ich Catchers Bademantel und zog ihn über. Glückselig schloss ich die Augen, während sein Duft mich umhüllte. Allein das sandte ein elektrisierendes Kribbeln zwischen meine Beine. Während ich mir nichts sehnlicher wünschte, als aus dem Badezimmer zu rennen und mir Catcher für einen morgendlichen Quickie zu packen, blieb ich fest entschlossen, ihn mit einem Frühstück zu überraschen.

Bei meiner Rückkehr ins Schlafzimmer lag Catcher auf dem Rücken, den Arm über die Augen geworfen, und schnarchte leise. Innerlich veranstaltete ich einen kleinen Freudentanz, dass ich ihn nicht aufgeweckt hatte. Ich machte die Schlafzimmertür zu, bevor ich den Flur hinunterging.

Sobald ich die Küche betrat, zuckte ich beim Anblick einer großen, gertenschlanken Blondine um die zwanzig, die auf einem der Barhocker saß, zusammen. Sie blickte von der Zeitschrift auf, die sie gerade las.

Als sie mich bemerkte, leuchteten ihre blauen Augen auf. „Guten Morgen."

„Ähm, guten Morgen."

Sie grinste verlegen. „Entschuldigung. Hätte ich gewusst, dass Catcher Gesellschaft hat, wäre ich nicht vorbeigekommen."

Obwohl die Chancen ziemlich gering waren, dass Catcher nur eine platonische Beziehung mit Studenten-Barbie hatte, bemühte ich mich, nicht durchzudrehen. Ein Sturm aus Wut und Schmerz wirbelte in mir, und wenn ich nicht aus der Küche herauskäme, würde ich entweder Barbie in ihr perfektes Gesicht schlagen oder kotzen.

Ich begann zurückzuweichen. „Nein. Das ist okay. Ich meine, Sie haben offensichtlich einen Schlüssel, also müssen Sie beide es ernst meinen."

Sie hielt ihre Hand hoch. „Warten Sie, gehen Sie nicht. Ich treffe gern Catchers Mädels."

Mädels? Fänger hatte *Mädels?* Es war schlimm genug, Studenten-Barbie in Catchers Küche zu sehen, doch jetzt sagte sie auch noch, es gebe mehr Frauen in seinem Leben? Oh verdammt, nein! „Ähm, ich weiß Ihre Freundlichkeit zu schätzen und so, aber ich bin wirklich ein Fan von Monogamie."

Barbie runzelte die Stirn. „Wie bitte?“

„Lassen Sie es einfach stecken, okay? Sobald ich mich angezogen habe, bin ich weg und er gehört ganz Ihnen. Oder sollte ich sagen, er gehört Ihnen und all den anderen Barbie-Tussis, die er an der Nase herumführt?“ Ich wirbelte herum und stapfte aus der Küche und den Flur hinunter.

Ich riss die Schlafzimmertür auf und donnerte sie an die Wand. Vor Barbie wäre ich besorgt gewesen, dass ich die Farbe beschädigt haben könnte, aber jetzt war es mir scheißegal, ob ich die ganze Wand niedergemäht hatte.

Catcher lehnte sich mit den Händen hinter dem Kopf gegen die Kissen zurück. „Guten Morgen, Liv-Käferchen“, sagte er mit einem sexy Lächeln.

Ich stand einfach da und starrte ihn ungläubig an, während mein Herz in meiner Brust zu zerbröckeln begann.

Er warf das Laken zurück und zeigte mir seine Morgenlatte. „Wir beide waren traurig, als wir aufwachten und gemerkt haben, dass du weg warst.“

Nun, ich bin mir sicher, Barbie würde sich gerne um deine Bedürfnisse kümmern! Ohne eine Sekunde darüber nachzudenken, stürzte ich zum Bett. Ich konnte meine aufgeheizten Emotionen nicht unterdrücken, also griff ich mir eines der Kissen. Dann schlug ich es Catcher wild um die Ohren.

Er schob das Kissen aus dem Weg. „Olivia, wofür zum Teufel war das?“

„Oh, ich weiß nicht. Vielleicht für die Tatsache,

dass eine blonde Sexbombe in deiner Küche steht."

Catchers Lächeln verblasste ein wenig. „Du hast Molly getroffen."

„Wir haben zwar keine Namen ausgetauscht, aber ja, ich habe sie getroffen." Ich wedelte in Richtung seines Schritts. „Und was ihn betrifft, kannst du ja Betthäschen-Barbie dazu bringen, sich um dich zu kümmern, denn ich gehe jetzt."

„Oh fuck, Liv", brummte Catcher.

Ich ging zum Stuhl hinüber, wo ich nach unserem Sex am Kamin meine Kleider abgelegt hatte. Catcher überraschte mich, indem er aus dem Bett sprang und mich mit einer Bärenumarmung packte.

„Lass mich gehen", verlangte ich und kämpfte gegen ihn an.

„Erst, wenn du es mich erklären lässt."

„Was gibt es zu erklären? Es wurde mir gerade alles ganz klargemacht. Ich bin nur eine von vielen in deinem Harem."

Catcher lachte leise. „Das ist überhaupt nicht wahr." Als ich wieder auf ihn einschlug, drückte er sein Gesicht in meinen Nacken. Sein warmer Atem, der die zarte Haut meines Ohrläppchens kitzelte, lähmte mich vorübergehend. „Molly ist meine kleine Schwester."

Bei dem Wort „Schwester" wurde ich in seinen Armen schlaff. „Sie ist deine Schwester", wiederholte ich lahm. Heiliger! Ich hatte mich wegen nichts völlig zum Narren gemacht.

„Ja. Meine sehr verwöhnte Schwester, die gerne

meinen Kühlschrank plündert und mein Kabelfernsehen in Beschlag nimmt, wenn meine Eltern ihr den Geldhahn zugedreht haben.“

„Oh Gott“, stöhnte ich, als extreme Wellen der Demütigung über mich hereinbrachen.

„Schon okay, Olivia.“

„Nein, ist es nicht. Ich habe mich nicht nur vor dir zum Narren gemacht, sondern ich war auch eine totale Zicke gegenüber deiner Schwester.“

„Das ist in Ordnung. Normalerweise hat sie es verdient.“ Als meine Antwort ein weiteres Stöhnen war, drückte mich Catcher fest an sich. „Komm schon. Ziehen wir uns an und ich werde dich Molly richtig vorstellen.“

Nachdem ich meine anhaltende Verlegenheit heruntergeschluckt hatte, nickte ich Catcher zu. „Okay.“

Er überraschte mich, indem er mir einen zärtlichen Kuss auf die Lippen gab. Als er sich zurückzog, lächelte er mich an. „Ich muss zugeben, dass es mir gefallen hat, wie irre eifersüchtig du gerade warst. *Sehr* sogar.“

Ich rollte mit den Augen. „Klar doch, Mr. Egomane.“

Catcher lachte und ließ seine Arme sinken. „Ich wollte nur, dass du aufhörst, dich selbst fertigzumachen.“

„Ich würde sagen, du bekommst eine Zwei für die Mühe.“

„Immerhin ist es keine Sechs“, murmelte er, als er sich ein Hemd überzog.

Obwohl ich froh war, die Gelegenheit zu haben, die Dinge mit Molly wieder in Ordnung zu bringen, fühlte ich mich ziemlich overdressed, da ich es in meinem sexy Kleid von gestern Abend tun musste. Sobald wir angezogen waren, gingen Catcher und ich aus dem Schlafzimmer.

Anstatt auf dem Barhocker zu sitzen, stand Molly oben am Treppenaufgang und schaute uns an. Während ich sie mir genauer ansah, merkte ich, dass ich ziemlich blind gewesen war, nicht zu bemerken, wie sehr sie und Catcher einander ähnelten. Sie hatten viele ähnliche Gesichtszüge und die gleichen blauen Augen.

Als ich Mollys Blick traf, hielt sie ihre Hände hoch. „Es tut mir so unglaublich leid. Ich dachte, Sie wüssten, wer ich bin."

„Nein. Wusste ich nicht. Aber ich bin diejenige, der es leidtut. Ich bin auf Sie losgegangen wie ein echtes Miststück."

Molly lachte. „Sie hatten allen Grund dazu. Ich bin sicher, ich hätte das Gleiche getan, wäre ich aus dem Schlafzimmer gekommen und hätte eine andere Tussi im Haus meines Typen gesehen."

„Was halten Sie davon, wenn wir frisch anfangen?"

„Das wäre großartig."

Mit einem Lächeln streckte ich die Hand aus. „Ich bin Olivia Sullivan und Sie können mich ruhig duzen."

Molly erwiderte mein Lächeln, als sie mir die Hand schüttelte. „Molly Mains. Gerne."

„Nett, dich kennenzulernen.“

„Freut mich auch.“

Catcher grinste. „Ich bin froh, dass das geklärt ist.“

„Ich auch“, antworteten Molly und ich.

„Wie wäre es jetzt mit Frühstück?“, fragte Catcher.

„Gerne. Ich kam tatsächlich in die Küche, um dir etwas zu kochen, als ich dann auf Molly traf.“

Catchers Augen weiteten sich und ein zufriedener Gesichtsausdruck huschte über sein Gesicht. „Du wolltest mir Frühstück ans Bett bringen?“

„Ich wollte es versuchen. Es hing davon ab, was du in der Speisekammer und im Kühlschrank hast.“

Catcher lachte. „Ich bin mir nicht sicher, wie gut das dann geklappt hätte. Ich versuche, die Tiefkühltruhe gefüllt zu halten, aber wenn ich an einem Fall arbeite, wird viel frisches Zeug schlecht.“

„Du hast ein paar Eier und Speck“, warf Molly ein.

„Behältst du meine Lebensmittelbevorratung im Auge?“

Sie grinste. „Nicht wirklich. Ich habe sie nur gesehen, als ich die Milch für mein Müsli herausgeholt habe.“

Catcher rollte mit den Augen. „Natürlich hast du schon gegessen, du kleiner Schnorrer.“

Sie schlug ihm spielerisch gegen den Arm. „Kann ich etwas dafür, dass ich ein heranwachsendes Mädchen mit Appetit bin?“

„Einem Appetit, den du nie mit deinem eigenen Budget zu stillen versuchst."

„Ich bin Studentin im zweiten Studienjahr. Ich habe kein Budget."

Nachdem er die Arme vor der Brust verschränkt hatte, schlug er vor: „Du könntest dir einen Job suchen."

Molly rümpfte die Nase. „Es ist zu schwer, zur Uni zu gehen und gleichzeitig Studentenverbindungszeug und einen Job zu machen."

Catcher blickte von Molly zu mir. „Merkst du, dass sie das verwöhnte einzige Mädchen der Familie ist?"

Ich lachte. „Ein wenig."

„Meine Eltern waren total knallhart zu Jem und mir. Dann kommt die kleine Miss Überraschung, als wir zehn und zwölf Jahre alt sind, und sie drehen völlig durch."

„Also, nach welcher literarischen Figur bist du benannt?", fragte ich Molly.

„Mein Name ist eine Kombination aus Moll aus *Moll Flanders* und Molly Bloom aus *Ulysses*."

„Ah, die habe ich nicht gelesen."

Molly rollte mit den Augen. „Ich habe sie auch nie gelesen. Ich teile die Leidenschaft meiner Eltern für Klassiker nicht. Ich wäre viel lieber Hermine oder Bella genannt worden."

Catcher schnaubte. „Hey, du Genie, diese Bücher waren noch nicht erschienen, als du geboren wurdest."

Sie winkte ab. „Egal."

„Was ist mit dem Frühstück, das du machen wolltest?", fragte Catcher.

„Zeig mir den Weg zu den Zutaten und ich werde etwas zubereiten."

Nachdem ich einige Eier, Speck und gefrorene Brötchen herausgenommen hatte, machte ich Frühstück, während Catcher und Molly auf den Barhockern saßen und sich mit mir unterhielten. Ich liebte die Neckereien, die die beiden sich gegenseitig zuwarfen. Das erinnerte mich sehr an Allen und mich. Ich war auch dankbar, dass Catcher ein so gutes Verhältnis zu seiner Familie hatte. Das war etwas, was mir bei einem Mann immer wichtig war.

Gerade als wir mit dem Essen fertig waren, klingelte Catchers Telefon im Schlafzimmer. Er ging hin, um abzunehmen, und ließ Molly und mich allein. Obwohl sie meine Neugierde auf das Liebesleben ihres Bruders geweckt hatte, hielt ich mich davon ab, sie dazu zu befragen. „Ich hoffe, es war nicht zu schockierend, mich im Bademantel deines Bruders zu sehen."

Molly lachte. „Nein. Keine Sorge. Glaub mir, ich habe im Wohnheim schon viel Schlimmeres gesehen."

„Wo gehst du aufs College?"

„North Georgia."

„Oh, das ist eine gute Schule. Wunderschöner Campus."

„Und da wir eine Militärhochschule sind, gibt es dort viele heiße Typen", sagte sie mit einem hinterhältigen Grinsen.

Ich lachte. „Auch das."

Sie neigte ihren blonden Schopf zu mir und fragte: „Meinen du und Catcher es ernst?"

„Ähm, nun, wir kennen uns erst seit ein paar Tagen."

Ihre Brauen schossen überrascht hoch. „Wirklich? Ich hätte gedacht, ihr seid schon länger zusammen."

„Warum das?"

„Weil er dich auf eine ganz bestimmte Weise ansieht." Sie wackelte mit den Augenbrauen. „Es hat ihn wirklich schwer erwischt."

Wärme erhitzte meine Wangen. „Oh", murmelte ich. Hoffnung regte sich in mir bei ihrer Bemerkung. Obwohl es noch so früh war, wollte ich, dass es Catcher schwer erwischt hatte. Er war ein echtes Goldstück, wenn man bedachte, wie er mir mein Psycho-Missverständnis und meinen darauf folgenden Anfall verziehen hatte.

„Hör mal, als ich sagte, dass ich Catchers Mädels gerne treffe, meinte ich das nicht so, als wäre er eine üble männliche Hure."

Wieder einmal war alles, was ich sagen konnte: „Oh."

„Ich meine, versteh mich nicht falsch. Er kann ein Schwein sein, wenn es um Frauen geht, aber in den meisten Fällen ist er ein anständiger Kerl, der sich mit jemandem häuslich niederlassen will. Er hatte *sie* bisher nur noch nicht kennengelernt."

Gerade als ich wieder beredt mit „Oh" antworten

wollte, kam Catcher aus dem Schlafzimmer. „Das war die Außenstelle. Ich habe eine Spur zur Granny Witch Thornhill."

Mollys Blick huschte zwischen uns beiden hin und her. „Du bist auch eine Agentin?"

Ich schüttelte den Kopf. „Nein. Ich bin Leichenbestatterin und gleichzeitig Coroner in Taylorsville."

Ihre Augen weiteten sich. „Das muss der coolste Job aller Zeiten sein."

Ich konnte meine Überraschung nicht verbergen. „Ist das dein Ernst?"

„Ja. Ich habe mir jede einzelne *CSI*-Folge reingezogen. Und *Bones*. Ich studiere Forensik."

„Echt? Das war eines meiner Hauptfächer an der University of Georgia."

„Wärst du damit einverstanden, dass ich für einen meiner kommenden Kurse ein Praktikum bei dir mache?", fragte sie mit einem hoffnungsvollen Gesichtsausdruck.

„Gerne. Meine Stadt ist ziemlich langweilig, aber ich würde mich freuen, die Grundlagen mit dir durchzugehen."

Molly schenkte mir ein strahlendes Lächeln. „Fantastisch."

Catcher räusperte sich. „Ähm, wenn ihr beide mit dem Bonding fertig seid, müssen Olivia und ich jetzt los."

„*Wir* müssen?", hakte ich nach.

Catcher grinste. „Du warst bei allem anderen dabei. Also kannst du genauso gut beim Rest mitkommen.“

Ich lächelte. „Okay. Wo fahren wir hin?“

„Etwa eine Stunde von hier, nach Ellijay.“

Nachdem ich auf mein Kleid hinuntergeblickt hatte, runzelte ich die Stirn. „Ich muss mich erst umziehen.“

„Geh du duschen, ich hole deine Tasche aus dem Auto.“

„Was ist mit deiner Dusche?“

Catcher warf mir ein verruchtes Grinsen zu. „Ich komme zu dir, wenn ich zurück bin.“

„Ähm, igitt. Und damit bin ich weg“, sagte Molly.

„Gut, dass wir dich los sind“, entgegnete Catcher. Doch dann zog er Molly an sich und umarmte sie fest. „Pass gut auf dich auf.“

„Das werde ich.“ Nachdem sie sich zurückgezogen hatte, küsste sie ihn auf die Wange. „Sei du auch vorsichtig. Besonders, wenn ihr bei dunklem Scheiß wie Hexen ermittelt.“

Catcher lachte. „Sie ist keine echte Hexe, also wird es keinen vermeintlichen ‚dunklen Scheiß‘ geben.“

„Ich hoffe nicht.“ Sie zog sich aus Catchers Umarmung zurück, um zu mir zu treten und mich zu umarmen.

Obwohl ich ein wenig erstaunt war, fühlte es sich gut an, dass mich schon mal ein Mitglied von Catchers Familie mochte.

„Es war schön, dich kennenzulernen, Olivia.“

„Gleichfalls. Und ich freue mich darauf, wenn du nächstes Semester bei mir ein Praktikum machst."

Molly lächelte. „Ich mich auch."

„Ich begleite dich hinaus", sagte Catcher. Dann zeigte er auf mich. „Duschen."

„Ja, Sir." Ich salutierte.

Kapitel 16

Nach einem Dusch-Quickie traten Catcher und ich kurz nach zehn Uhr auf die Straße. Auf dem Weg hielten wir für ein frühes Mittagessen. Es war ein wunderschöner Februartag in Georgia, an dem das Wetter andeutete, dass der Frühling vor der Tür stand. Ich saß neben Catcher in seinem Cabriolet. Ich hatte mein Haar zu einem Knoten zurückgebunden, doch es peitschten winzige Strähnen um mein Gesicht, weil das Verdeck zurückgeklappt war.

Obwohl wir offiziell in Angelegenheiten des GBI unterwegs waren, hatte sich Catcher entschieden, sein Cabrio zu nehmen, da es ein so schöner Tag war. Als ich ihn fragte, ob er in Schwierigkeiten geraten würde, zuckte er nur die Achseln und sagte: „Ich habe von fünfzig Prozent aller Außenstellen in Georgia eine der besten Bilanzen. Sollen sie doch versuchen, mir Ärger zu machen."

Also rasten wir entlang der Interstate weiter in die Berge, um der Granny-Witch-Spur zu folgen, die Zeke uns geliefert hatte. Nachdem Catcher und seine Kollegen einige Nachforschungen angestellt hatten, hatten sie die Frau einem New-Age-Laden namens *The Crow's Caw* am Rande der Innenstadt von Ellijay zuordnen können.

Catcher bog von der Hauptstraße ab und fuhr auf den Parkplatz des Ladens. Der Shop befand sich in einem alten Haus, das aussah wie in den 1920er-Jahren erbaut. Es besaß drei Zementstufen, die zu einer breiten vorderen Veranda führten. Wir stiegen aus und gingen die Treppe hinauf. Als Catcher mir die Tür öffnete, kündigte uns eine klingelnde Glocke über unseren Köpfen an.

Von dem Moment an, in dem ich eintrat, stürzte ich wegen der verschiedenen Anblicke und Geräusche in eine pure Reizüberflutung. Ein exotischer Trommelschlag dröhnte aus der Stereoanlage, und wenn ich meine Augen schloss, konnte ich mir vorstellen, in der Karibik zu sein. Der Geruch von Weihrauch füllte meine Nase, während mein Blick über all die vielfarbigen Kristalle streifte.

Eine Frau, die offenbar in den Sechzigern war, steckte ihren Kopf aus einem Vorhang aus Perlen. „Hallo. Kann ich Ihnen helfen?"

„Ich bin mir nicht sicher. Wir suchen jemanden, der sich Granny Witch nennt", sagte Catcher.

Ein katzenhaftes Lächeln zeigte sich auf dem Gesicht der Frau. „Diesen Begriff habe ich schon lange nicht mehr gehört."

„Ich entschuldige mich, falls es eine negative Konnotation gibt. Sie sehen für mich sicherlich nicht wie eine Granny oder eine Hexe aus", erwiderte Catcher.

„Das liegt daran, dass ich weder noch bin."

„Oh", murmelte er.

„Ich bin Jewell. Die Frau, die Sie sehen möchten, ist meine Mutter."

„Wohnt sie in der Nähe?"

Jewell nickte. „Ja. Etwa acht Kilometer den Berg hinauf. Was genau haben Sie mit ihr zu tun?" Bevor Catcher antworten konnte, neigte sie ihren Kopf zu uns und sagte: „Hmm, ich könnte mir vorstellen, dass ein attraktives Paar wie Sie, das so verliebt zu sein scheint, keinen ihrer Liebeszauber braucht. Vielleicht etwas für die Fruchtbarkeit? Sie kann Sie einfach so schwanger machen." Jewell schnippte mit den Fingern.

Ich wedelte wild mit den Händen hin und her. „Nein, nein. So etwas brauchen wir nicht."

Mit einem schelmischen Funkeln in den Augen sagte Catcher: „Ich habe noch nicht versucht, sie zu schwängern, aber ich werde es mir merken, falls ich langsame Schwimmer habe."

Als ich mich mit offenem Mund zu ihm umdrehte, zwinkerte er mir zu, bevor er nach der Marke in seinem Jackett griff. „Ich bin Holden Mains vom GBI."

Jewells Lächeln rutschte von ihrem Gesicht, während sich ihre braunen Augen weiteten. „Steckt meine Mutter in irgendwelchen Schwierigkeiten?"

Catcher schüttelte den Kopf. „Nein. Wir glauben, sie könnte Informationen über einen Mord haben, den wir untersuchen. Sie kennen nicht zufällig jemanden namens Randy Dickinson, oder?"

„Nein. Aber meine Mutter hatte im Laufe der Jahre so viele Kunden, dass es schwer ist, den Überblick zu halten." Jewell verschränkte ihre Arme vor der Brust. „Es ist wahrscheinlich am besten, wenn Sie zu ihr selbst hochgehen und mit ihr reden."

„Vielen Dank. Das werden wir", sagte ich.

Catcher holte seinen Notizblock heraus und fragte: „Haben Sie eine Adresse?"

Jewell lachte. „Den Ort, an den Sie hingehen, finden Sie nicht mit GPS. Die beste Beschreibung ist: Fahren Sie an der Kirche in Turniptown vorbei und acht Kilometer weiter. Biegen Sie dann bei einem Briefkasten mit einem Pfau rechts ab. Ihr Haus liegt auf dem Hügel."

Catcher kritzelte wild auf seinen Block. „Acht Kilometer, Briefkasten mit einem Pfau."

„Korrekt."

„Nochmals vielen Dank für die Hilfe."

„Keine Ursache."

Wir machten uns auf den Weg zur Tür, als Jewell sagte: „Seien Sie vorsichtig. Mama öffnet die Tür gern mit einer Schrotflinte."

Während ich alarmiert keuchte, lachte Catcher lediglich. „Ich werde es mir merken."

Nach zehn Minuten und zwanzig Flüchen von Catcher darüber, dass sein Auto von den Schotterstraßen vollkommen verbeult wurde, bogen wir an einem verblichenen Pfauenbriefkasten mit der Aufschrift THORNHILL ab.

„Wie zum Teufel kann hier oben jemand leben, ganz zu schweigen von einer alten Dame?", fragte ich, während das Cabrio auf der Kiesstraße, die eine steile Böschung hinauf zum Haus der Granny Witch führte, entlang rumpelte und hüpfte.

„Ich habe genauso wenig Ahnung wie du", antwortete Catcher, der das Cabrio in einen niedrigen

Gang schalten musste, um den Hügel hinaufzukommen.

Schließlich fuhren wir vor einer alten Blockhütte vor. So einer, wie sie vielleicht Abe Lincoln früher einmal bewohnt haben könnte, oder wie aus *Unsere kleine Farm*.

Als wir aus dem Auto stiegen, kamen zwei langohrige Jagdhunde unter der Veranda hervorgerannt. Sie fingen an, uns unisono anzubellen. Da ich wirklich nicht wollte, dass mein Leben damit endete, von zwei Jagdhunden zerfleischt zu werden, griff ich wieder ins Auto, um mir die Reste vom Mittagessen zu schnappen.

„Nicht meine Rippchen!", zischte Catcher.

Ihn ignorierend, warf ich den Hunden die Rippchen und Pommes frites zu. Sie stürzten sich auf sie und fingen sofort an, sie zu fressen.

Nachdem die Hunde beschäftigt waren, gingen wir über den Hof auf die Veranda.

„Ich kann nicht fassen, dass du gerade zwei hinterwäldlerischen Jagdhunden Rippchen im Wert von zwanzig Dollar gegeben hast", schimpfte Catcher.

„Es hieß, entweder die Barbecue-Rippchen oder unsere. Außerdem kannst du dir auf dem Heimweg mehr holen."

„Na gut."

Die Vorderseite der Hütte war von Blumenbeeten und Rosensträuchern gesäumt, die im Frühling wunderschön sein würden. Nachdem wir die Stufen erklommen hatten, gingen wir zögernd über die ziemlich abgenutzten Dielen.

Als ich gegen die knorrige Holztür klopfte, legte Catcher die Hand auf die Waffe in seinem Holster. Schließlich wussten wir nicht, was dahinter lauerte. Ein paar Augenblicke vergingen, daher klopfte ich erneut.

„Was wollen Sie?", fragte eine knarrende, etwas gedämpfte Stimme.

„Entschuldigen Sie die Störung, Ma'am, aber wir müssen mit der Granny Witch sprechen."

Es folgte das Klappern von Schlössern, die geöffnet wurden, und dann schwang die Tür auf. Eine zierliche Frau mit einem Gesicht, das faltig wie eine Straßenkarte war, stand in einem verblichenen Hauskleid aus Kattun-Stoff vor uns. Genau wie ihre Tochter gesagt hatte, hatte sie eine Schrotflinte in der Armbeuge. Bei ihrer Größe konnte ich nicht umhin, mich zu fragen, woher sie überhaupt die Kraft hatte, sie zu heben.

Sie starrte uns mit verengten Augen an. „Ich habe schon angenommen, dass ihr nach der Granny Witch sucht. Ihr seid auf jeden Fall keine Zeugen Jehovas, die hierherkommen, um zu sehen, ob ich über Gott reden will. Ich glaube auch nicht, dass Avon je auf meiner Türschwelle aufgetaucht ist." Sie neigte den Kopf. „Die Frage ist, was wollt ihr von mir?"

Wieder einmal zückte Catcher seine Marke. Doch bevor er erklären konnte, was wir hier wollten, schüttelte die kleine Frau den Kopf. „Randy ist tot."

Catcher und ich starrten sie beide mit offenem Mund an. „Wie haben Sie …“, setzte Catcher an.

Sie winkte abweisend mit einer verwitterten Hand. „Habe ich heute Morgen in den Teeblättern gelesen.“

Ich runzelte die Stirn. „In den Teeblättern?“

Granny Witch schürzte die Lippen. „Ja, Mädel, hast du noch nie vom Lesen aus Teeblättern gehört?“

Da meine einzige Referenz hinsichtlich des Lesens von Teeblättern *Harry Potter und der Gefangene von Askaban* war, beschloss ich, dass es am einfachsten wäre, schlicht Nein zu sagen.

Mit einem Grunzen ergriff Granny Witch den Ärmel von Catchers Hemd und zog ihn hinein. „Wegen euch zieht die ganze Wärme raus.“

„Ich bitte um Entschuldigung, Ma'am. Ich wollte nicht unhöflich sein, da wir nicht hereingebeten worden sind“, erklärte Catcher, und ich folgte den beiden.

Ich schloss schnell die Tür hinter mir, bevor Granny Witch mich anschreien konnte … oder den bösen Blick auf mich richtete.

Granny Witch führte uns über den abgenutzten Holzboden und forderte uns auf, auf einer durchgesessen aussehenden Couch im Siebzigerjahre-Design Platz zu nehmen. Ich fragte mich, wie zum Teufel die Möbel hierher geliefert worden waren.

„Mein Name ist Holden Mains. Und wie heißen Sie?“

„Olive Thornhill.“

Ich lächelte. „Was für eine kleine Welt. Mein Name ist Olivia.“

Olive schien die Ähnlichkeit unserer Namen nicht so sehr zu schätzen wie ich. Sie ließ sich in einen knarrenden Schaukelstuhl neben dem Feuer fallen. „Wann ist Randy gestorben?“

„Er wurde vor drei Tagen gefunden.“

Nachdem sie genickt hatte, fragte Olive: „Was ist mit ihm passiert?“

„Er wurde vergiftet“, antwortete Catcher.

Ich versuchte, meine Überraschung über seine Antwort zu verbergen. Ich vermutete, dass er wohl eine Art Psychospielchen mit ihr spielte, um zu sehen, welche Informationen er bekommen konnte.

„Warum lügst du mich an, Junge?“

„Wie bitte?“

„Du und ich wissen beide, dass Randy nicht vergiftet wurde. Er wurde erschossen.“

Catcher sprang vom Sofa auf. „Woher wussten Sie das?“

Olive verengte ihre Augen. „Ich habe es in den Teeblättern gesehen.“

Mir standen die Haare auf den Armen zu Berge, und ich hatte das Gefühl, Catcher und ich wären in eine Episode von *Twilight Zone* gestolpert. Es war ja nicht so, als hätten wir nicht schon seltsame Erfahrungen mit Randy und seinen zwei Schwänzen gemacht, ganz zu schweigen von verrückten Schlangenbeschwörern.

Nachdem er sich übers Gesicht gefahren war, ließ Catcher sich wieder auf dem Sofa nieder. „Entschuldigen Sie meine Zweifel, Mrs. Thornhill. Ich bin seit acht Jahren GBI-Agent und habe noch nie jemanden getroffen, der Teeblätter liest."

Ein zufriedenes Lächeln huschte über Olives Gesicht. „Weil es eine aussterbende Kunst ist. Nicht jeder hat die Gabe, und wenn man sie hat, muss man sie auch annehmen."

„Die Teeblätter haben Ihnen tatsächlich Randy gezeigt?", fragte ich neugierig.

„Sie zeigten mir ein ‚R' mit einem Dolch. Der Dolch in Teeblättern bedeutet Schaden, also dachte ich mir, dass Randy Schaden nehmen würde."

„Faszinierend", murmelte ich.

Olive hob ihre Brauen. „Soll ich euch beiden mal aus den Teeblättern lesen?"

Catcher und ich wechselten einen Blick. Vielleicht war ich ein Weichei, aber ich hatte eine Todesangst davor, was der Boden von Olives Teetasse enthüllen könnte. Glücklicherweise nahm Catcher uns beide aus dem Spiel, indem er sagte: „Wir halten uns besser an die Fakten im Zusammenhang mit dem Mord an Randy."

„Mir auch recht", antwortete Olive und drehte sich in ihrem Schaukelstuhl um. „Aber bevor ich weitere Fragen beantworte, möchte ich wissen, wie ihr von mir erfahren habt."

„Einer seiner Kunden sagte, dass Randy einmal darauf hingewiesen hätte, etwas von seinem Know-How von der Granny Witch erhalten zu haben."

Olive schüttelte den Kopf. „Randy hätte schlauer sein müssen, als über mich zu tratschen. Ich sagte ihm, was wir taten, müsse ein Geheimnis bleiben. Unsere Kenntnisse in den falschen Händen sind gefährlich. Da er fünfundzwanzig Jahre lang täglich ein Gegenmittel gegen Gift getrunken hat, hätte er das besser als jeder andere wissen müssen."

„Warum sollte er so etwas vorbeugend einnehmen müssen?", hakte Catcher nach.

„Er hatte Angst davor, vergiftet zu werden", erwiderte Olive sachlich, als ob Catcher der größte Volltrottel der Welt wäre, weil er das nicht wusste.

Catcher lehnte sich auf der Couch nach vorn. „Entschuldigen Sie, dass es nicht offensichtlich ist, Mrs. Thornhill, aber ist Ihnen bekannt, ob er dafür konkrete Beweise hatte?"

„Randy nahm es, weil er fürchtete, der Mann, der ihn suchte, könnte probieren, ihn zu vergiften."

„Es gab also jemanden, der hinter Randy her war?"

Olive nickte. „Seit über fünfundzwanzig Jahren." Sie bewegte sich auf dem Schaukelstuhl, was das Holz zum Stöhnen brachte. „Ich fange wohl besser ganz am Anfang an."

„Das wäre gut", murmelte Catcher.

„Randy wuchs in der Stadt den Berg hinunter auf. Sein Vater war der Geschäftsführer der Bank und seiner Mutter gehörte der Kleiderladen. Es ging ihnen viel besser als den meisten Familien nach dem Zweiten Golfkrieg. Als er siebzehn Jahre alt war, starb sein Papa an seinem Schreibtisch an einem Herzinfarkt. Fünf Jahre später erkrankte Randys Mama an Krebs. Da kam Randy zu mir."

„Er wollte, dass Sie einen Zauber sprechen, um seine Mutter zu heilen?", fragte ich.

Olive schaute mich finster an. „Mädchen, ich bin eine gottesfürchtige Frau. Ich habe noch nie ge-zaubert."

Ich hielt meine Hände hoch. „Es tut mir leid. Es ist nur, weil man Sie Granny Witch nennt. Deshalb nahm ich an, Sie würden eine Art Hexerei betrei-ben."

Sie gab ein enttäuschtes Kopfschütteln von sich. „Du hast echt keine Ahnung, was eine Granny Witch ist. Wir praktizieren Hügelvolk-Hoodoo, kein Voodoo. Es werden keine Zaubersprüche ge-sprochen."

„Verzeihen Sie meine Unwissenheit, aber was ge-nau ist Hoodoo?", fragte Catcher.

„Zuerst einmal, es ist weder dunkle Magie noch an eine Religion gebunden. Es geht darum, die Gaben der Erde zu nutzen, die Gott uns schenkt. Es ist von Generation zu Generation weitergege-ben worden und wurde von unseren Vorfahren aus Irland und Schottland überliefert. Dann ver-mischte es sich ein wenig, als wir mit den Tsalgi verkehrten."

„Wem?", fragte ich.

„Den Cherokees."

Ich nickte. „Alles klar. Es ist also eine interkultu-relle Sache."

„Das kann man wohl sagen. Jedenfalls habe ich, als Randy zu mir kam, einen Yarb für seine Mama hergestellt, der ihr ein weiteres Jahr gab. Aber ich bin nicht der liebe Gott, ich konnte sie nicht retten."

„Einen Yarb?", erkundigte sich Catcher.

Olive winkte ab. „Ihr Stadtmenschen würdet es eine Kräutermixtur nennen."

„Ah, ich verstehe."

„Jedenfalls habe ich von Randy nach dem Tod seiner Mama nicht mehr viel gesehen. Dann kam er eines Tages aus heiterem Himmel zu mir. Er sagte, er wolle meine Methoden lernen, damit er sie mit dem, was er an der Uni gelernt habe, mischen könne."

„Und Sie waren einverstanden, ihn zu unterrichten?"

Olive nickte. „Denn ich sah die Gabe bei ihm. Ich hatte sie bei niemandem mehr gesehen seit meiner Jewell. Randy war ein ehrlicher Junge, deshalb versprach er mir die Hälfte aller Gewinne, die er mit seinen Nebengeschäften erzielte. Ich hatte nie Bedarf an Geld, also gab ich, nachdem ich mich um einen Grabstein für meinen verstorbenen Mann gekümmert hatte, den Rest meinen Kindern und Enkeln."

„Das war schrecklich nett von Ihnen", sagte ich.

„Randy hat schnell gelernt. Was auch immer ich hergestellt habe, er war in der Lage, es zu veredeln und ein bisschen besser zu machen. Er interessierte sich besonders für den Yarb, den ich gemacht habe, um die Manneskraft zu steigern."

„Gibt dieser Yarb einem Mann zusätzliche Energie oder so etwas?", fragte Catcher.

Olive lächelte ihn an. „Man könnte es einen Auferstehungs-Yarb nennen. Er ließ tote Schwänze wieder auferstehen."

Catcher und ich tauschten einen Blick. „Sie meinen, Sie haben Kräuter-Viagra gemacht?", fragte ich.

„Klar."

„Ich will verdammt sein", brummte Catcher.

„Die Männer in den Bergen brauchten und benutzten meine Manneskraftsteigerung, lange bevor eines der Unternehmen so etwas herstellte."

„Ich verstehe."

Olive zwinkerte Catcher zu. „Neugierig?"

Catcher grinste. „Ich würde lügen, wenn ich Nein sagen würde. Allerdings brauche ich in diesem Bereich keine Hilfe, falls Sie verstehen, was ich meine."

„Es geht dabei nicht nur um tote Schwänze. Es geht um die ganze Erfahrung."

Catcher leckte sich die Lippen und lehnte sich nach vorn. „Und was genau macht es?"

Da das Gespräch aus dem Ruder lief und viel zu seltsam wurde, räusperte ich mich. „Also, was hat dieser männerfreundliche Yarb damit zu tun, dass Randy untergetaucht ist?"

„Wie ich schon sagte, hat Randy meine Mischungen verbessert. Er machte den Fehler, ein wenig gierig zu werden, und obwohl er die Mischung noch nicht perfektioniert hatte, verkaufte er eine Charge an den falschen Mann." Sie blickte sich um, bevor sie fortfuhr. „Einen Mann in der Dixie-Mafia."

Catcher holte Luft. „Moment mal, die echte Dixie-Mafia?"

„Gibt es eine andere?" Olive schnaubte.

„Nein. Es ist nur so, dass ich in der Gegend war, um mehr über sie herauszufinden."

„Hast du je von Ronald Krump gehört?"

Catcher runzelte die Stirn. „Nein Ma'am. Ich glaube nicht."

„Nun, er ist derjenige, der mit Randy eine heftige Auseinandersetzung wegen der Manneskraftsteigerung hatte."

„Weil er ihm eine schlechte Ladung Männer-Yarb verkauft hat?"

„Korrekt."

Eine Frage hatte sich in meinem Kopf gebildet. „Was machte die Charge schlecht? Hat sie nicht funktioniert oder so?"

„Oh, sie hat gut funktioniert. Zu gut." Olive schüttelte den Kopf. „Er ist ein schrecklicher Mann, aber *das* würde ich meinem ärgsten Feind nicht wünschen."

„Was ist mit Ronald passiert?", fragte ich.

Olive atmete tief aus. „Sein Pimmel ist weggeflogen."

Stille legte sich über den Raum, während Catcher und ich dort saßen und Olive anstarrten. Ich glaube, wir warteten beide darauf, dass sie sagte: „War nur ein Scherz." Aber das tat sie nicht. Also hockten wir einfach weiter da und versuchten, das, was sie gerade gesagt hatte, zu verarbeiten.

Schließlich, nach einer gefühlten Ewigkeit, meinte Catcher: „Ich fürchte, ich habe Sie nicht richtig verstanden."

„Ich sagte, sein Schwanz sei weggeflogen."

Gerade, als ich gedacht hatte, verrückter könnte es nicht mehr werden … „Wollen Sie damit sagen, dass Ronalds Penis explodiert ist?", fragte ich ungläubig.

„Genau."

Catcher wandte sich mir mit ungläubigem Gesichtsausdruck zu. „Wie ist das überhaupt möglich?", murmelte er.

Olive schnaubte. „Nun, ich weiß nicht, wie das möglich ist. Ich weiß nur, dass es passiert ist."

„Ich würde annehmen, dass das Medikament seinen Penis so schnell und intensiv anschwellen ließ, dass der Blutfluss nirgendwo anders hingehen konnte", schlug ich vor.

„Außer … *Kabumm.*"

Ich rollte mit den Augen. „Es wäre eher eine starke Blutung."

Catcher blickte neugierig auf Olive. „Wissen Sie, was mit seinem Penis passiert ist?"

„Anscheinend musste er sich mehreren rekonstruktiven Operationen unterziehen, aber er war nie wieder derselbe." Ein böses Funkeln blitzte in ihren Augen auf. „Und danach war er auch nicht mehr einsatzfähig."

„Verdammt. Das muss eine echte Schlappe gewesen sein", sagte Catcher und kicherte über sein Wortspiel.

Ich ignorierte ihn. „Was passierte anschließend mit Ronald und Randy?"

„Nun, sobald Ronald aus dem Krankenhaus entlassen worden war, begann er, nach Randy zu suchen. Aber ein paar Monate danach wurde er verhaftet, weil er Drogen genommen und versucht hatte, den Mann zu ermorden, mit dem seine Frau rumgemacht hat. Ich meine, Ronald sollte nicht überrascht sein, dass seine Frau herumpoppte, da er ja keinen Schwanz hatte." Sie starrte uns beiden direkt in die Augen. „Eine Frau hat Bedürfnisse."

Oh. Meine. Güte. Das Letzte, was ich in diesem Moment brauchte, war, dass Olive über ihre Bedürfnisse sprach.

„Was geschah also mit Randy, nachdem Krump ins Gefängnis kam?", hakte ich schnell nach.

„Er entschied sich schließlich für Taylorsville als den Ort, an dem er sein Leben neu beginnen konnte. Glücklicherweise war Ronald so versessen darauf, sich selbst an Randy zu rächen, dass er ihn nie verpfiffen hat. Außerdem war ihm das Geschehene so peinlich, dass er nicht allzu vielen Menschen erzählte, wie er seinen Pimmel verloren hatte. Er ließ die meisten Leute im Glauben, dass er im Ersten Golfkrieg im Kampf abgeschossen worden wäre."

„Ach, was für ein Schleimbeutel, sich als verwundeter Veteran auszugeben", bemerkte ich.

Olive seufzte traurig. „Obwohl er eigentlich lebenslang einsitzen sollte, muss der alte Ronald wohl aus dem Knast entkommen sein und den armen Randy endlich gefunden haben."

Catcher und ich saßen beide in betäubtem Schweigen da, überwältigt von dem, was wir gerade gehört hatten. Die Hauptfrage bei jeder Morduntersuchung war das Motiv. Man brauchte einen Grund zum Töten. In vielen Fällen war es Rache. Manchmal war es Rache für eine Affäre oder Rache dafür, dass das Geschäft einer Person ruiniert worden war.

Und nun wussten wir, dass Rache auch das Motiv in Randys Fall war. Rache dafür, dass der Penis eines Mannes gesprengt worden war, nachdem er ein selbst hergestelltes Medikament zur Steigerung der Manneskraft eingenommen hatte. Obwohl mir nicht alle Fakten und Statistiken vorlagen, war ich mir ziemlich sicher, dass es in den Annalen der Rechtsgeschichte keinen anderen Fall gegeben hatte, der von einem explodierten Penis in Gang gesetzt worden wäre. Und doch war es hier so.

Nach allem, was wir erlebt hatten, hätte mich das nicht überraschen dürfen. Dennoch war ich völlig überrumpelt. Keine Ahnung, wen ich für Randys Mörder gehalten hatte, aber ein penisloses Mitglied der Dixie-Mafia war noch nicht einmal als Möglichkeit auf meinem Radar aufgetaucht.

Olive erhob sich von ihrem Stuhl. „Ihr zwei seht aus, als könntet ihr einen Drink gebrauchen. Ich habe ein wenig White Lightning in meinem Arbeitsschuppen."

Ich hielt eine Hand hoch. „Das ist sehr nett, aber ich möchte nichts trinken."

Als Olive sich zu Catcher drehte, schüttelte auch er den Kopf. „Ich weiß das zu schätzen, Mrs. Thornhill, doch es ist mir nicht erlaubt, wenn ich im Dienst bin." Er erhob sich. „Ich würde allerdings gerne einen Blick in Ihren Arbeitsschuppen werfen."

Mit einer kleinen Bewegung ihres Handgelenks forderte sie uns auf, ihr zu folgen. Ich war nicht gerade scharf darauf, in ihren Arbeitsschuppen zu schauen, aber wahrscheinlich hatte ich keine andere Wahl. Also stand ich von der Couch auf und folgte ihr und Catcher durch die Hintertür der Hütte. Olive schnappte sich einen Stock, der gegen das Geländer der Veranda gelehnt war, bevor sie die Treppe hinunterhumpelte.

Ich war erstaunt, dass es jemand in ihrem Alter und in ihrer körperlichen Verfassung den steilen Hang hinter ihrer Hütte hinaufschaffte. Aber so war es. Der Arbeitsschuppen war eigentlich eine Einzimmerhütte, die überraschenderweise nicht als abbruchreif eingestuft worden war.

Das Innere war nicht viel besser als das Äußere. Der mit Sägemehl bedeckte Boden sah aus, als wäre seit Jahren nicht gekehrt worden. Doch eine Ecke des Raumes war gut gepflegt. Dort standen raumhohe Holzregale, die mit kleinen Flaschen und Obstgläsern vollgestopft waren.

„Habt ihr beide irgendwelche Magenbeschwerden? Könnt ihr nicht schlafen? Braucht ihr Energie?", fragte Olive.

Ich hätte etwas gebrauchen können, um besser zu schlafen, aber ich beschloss, den Mund zu halten. Ich war mir nicht ganz sicher, ob ich an die Echtheit von Olives Kräften glaubte. Und vor allem war ich nicht davon überzeugt, dass ihre Yarbs ungiftig waren.

Als Catcher die Mixturen in den Regalen betrachtete, nahm Olive eine kleine, blaue Flasche mit einem Korkverschluss und reichte sie mir.

„Aber ich …"

„Du bekommst nicht genug Schlaf."

„Woher wussten Sie das?", fragte Catcher.

„Wahrscheinlich wegen der Augenringe", meinte ich.

Olive schnaubte. „Ich weiß es wegen deiner Gedanken."

Bei ihren Worten richteten sich meine Nackenhärchen auf. „Sie können meine Gedanken lesen?"

Olive schüttelte den Kopf und antwortete: „Ich kann deine Gedanken *fühlen*."

Und jetzt wurde mir alles ganz offiziell viel zu seltsam. Es war an der Zeit, von dort zu verschwinden. Ich winkte ihr mit der Flasche zu. „Wie viel schulde ich Ihnen?"

„Nichts."

„Ich kann das nicht einfach nehmen."

„Doch." Sie schob ihr Kinn vor. „Meine Bezahlung wird kommen, wenn du die Macht des Hoodoo erkennst."

Ja. Es war definitiv Zeit zu gehen. „Nun, vielen Dank." Ich wandte mich an Catcher. „Agent Mains, ich muss einen Anruf machen. Ich warte im Auto."

Verwirrt runzelte er die Stirn, aber ich hielt nicht inne, um mich zu erklären. Ich lief einfach mit Vollgas aus diesem Höllenloch und sprintete zum Auto. Sobald ich dort saß, schloss ich die Tür ab. Nach einem flüchtigen Blick auf Olives Yarb warf ich es in meine Handtasche. Obwohl ich es bei der ersten Gelegenheit aus dem Fenster schmeißen wollte, wollte der neugierige Teil von mir einen Versuch wagen.

Glücklicherweise war Catcher nicht weit hinter mir. Er hatte sein Handy in der Hand, und ich konnte das Gespräch hören, weil seine Stimme bis ins Auto drang.

„Ja, hier ist Mains. Ihr müsst einen Mann namens Ronald Krump überprüfen. Er hat gesessen, also solltet ihr mit den Gefängnisunterlagen beginnen. Danke." Nachdem er aufgelegt hatte, öffnete er die Autotür und schob sich hinein. „Jetzt ist es an der Zeit, unseren Verdächtigen zu jagen."

„Wenigstens war es eine gute Sache, die aus dieser Reise hervorging, dass wir einen Namen haben", brummte ich.

„Ms. Olive hat dich ein wenig erschreckt, nicht wahr?", fragte Catcher, während wir den Hügel hinunterfuhren.

Ich drehte mich auf meinem Sitz, um ihn mit einem starren Blick zu bannen. „Du meinst, du bist nicht ausgeflippt wegen dem ganzen Hoodoo-Irrsinn?"

Catcher lachte. „Ich gebe zu, es war ein bisschen verrückt, aber welche Kräfte sie auch immer hat, Olive nutzt sie für das Gute."

Da ich einen Themenwechsel wollte, fragte ich: „Jetzt ist sozusagen die Katze aus dem Sack. Kannst du mir sagen, warum du gegen die Dixie-Mafia ermittelt hast?"

„Wir haben nach einem ihrer Mitglieder gesucht, einem Drogenboss. Er fiel uns vor ein paar Monaten auf, weil er Drogen über Georgia nach Alabama und Tennessee geschmuggelt hat."

„Wer ist er?"

„Wir haben keine Ahnung."

Ich hob überrascht die Brauen. „Ihr wisst es nicht?"

Catcher nickte. „Er wird Schatten genannt. Niemand kann ihn richtig identifizieren. Die meisten der Männer unter ihm haben ihn noch nie gesehen – seine Befehle kommen per Wegwerfhandy oder E-Mail. Es ist bekannt, dass er sein Aussehen durch kleinere Schönheits-OPs, verschiedene Haar- und Augenfarben und Gewichtszunahmen und -abnahmen von fünfzig Pfund anpasst. Wir sind uns nicht sicher, ob das mit dem Gewicht etwas ist, das er tatsächlich tut, um sich zu verändern, oder ob es damit zu tun hat, dass er auf Drogen ist."

„Glaubst du, dieser Schattentyp und Ronald könnten sich kennen?"

„Es ist möglich. Zum Teufel, bei diesem Fall ist alles möglich. Ich versuche, etwas finden, was den Schatten, Delaney und Ronald verbindet.“

„Könnte Delaney der Schatten sein?“

„Obwohl wir das noch nicht völlig ausgeschlossen haben, glaube ich nicht, dass er es ist.“

„Es ist zu seltsam, dass dein Fall mit dem Schatten und der Mord an Randy zusammengekommen sind. Es ist, als wäre es Schicksal, dass sich unsere Wege kreuzen.“ Ach du Scheiße. Hatte ich wirklich eines der schlimmsten Klischees laut ausgesprochen?

Catchers Antwort kam in Form eines Schnaubens.

Ich blickte zu ihm hinüber und sah, dass sein Gesichtsausdruck schmerzerfüllt war. „Was ist?“

Er zog eine Grimasse. „Gar nichts.“

„Sicher? Du siehst aus, als hättest du Schmerzen.“

„Es geht mir gut.“

Im nächsten Moment riss er den Wagen von der Hauptstraße und fuhr in ein Dickicht von Bäumen.

„Catcher, was in aller Welt tust du?“

Er trat auf die Bremse und stellte den Motor ab, bevor er sich mit wildem Ausdruck und irrem Blick zu mir drehte. „Wir müssen ficken. *Jetzt.*“

Ehe ich ihn fragen konnte, ob er den Verstand verloren hatte, fiel mein Blick auf seinen Schritt. „Heilige Scheiße!“ Die Beule, die gegen den Reißverschluss seiner Hose drückte, war größer als je zuvor. Sie war riesig. Kolossal. „Was ist mit dir passiert?“

„Nachdem du aus dem Arbeitsschuppen gelaufen warst, hat Olive mir etwas Mannes-Yarb zum Ausprobieren gegeben", erklärte er und hob seine Hüften. Sein Kopf fiel nach hinten gegen die Kopfstütze, und er stöhnte, während er sein Becken kreisen ließ. Schweißperlen begannen, sich auf seiner Stirn zu bilden.

„Bist du wahnsinnig? Obwohl Ronalds Schwanz explodiert ist, dachtest du wirklich, es wäre eine gute Idee, den Scheiß zu nehmen?"

Catcher knirschte mit den Zähnen. „Olive macht nicht das Zeug, das Ronalds Schwanz in die Luft gejagt hat. Ihres ist sicher."

Ich rollte mit den Augen. „Als ob sie eine FDA-Zulassung hätte."

Er antwortete nicht. Stattdessen biss er sich auf die Lippe und drückte gegen die Wölbung. „Fuuuck", stöhnte er.

„Okay, unabhängig davon, ob es sicher ist oder nicht, warum in aller Welt hast du es jetzt genommen?"

„Ich dachte, es würde eine Weile dauern, bis es wirkt. Im Sinne von: Wir kommen nach Hause und ich bin bereit." Nachdem er seine Hüften wieder nach vorn gekrümmt hatte, stürzte er sich auf mich. Er nahm mein Gesicht zwischen seine Hände. „Baby, bitte. Ich muss in dich eindringen."

Ich wusste, dass ich ihn in seiner Verzweiflung nicht im Stich lassen konnte. Es hatte auch etwas sehr Erotisches, wenn ein Mann einen um Sex bat. Es war ein echter Macht-Trip. „Auf dem Rücksitz?"

Kurzzeitig flackerte Erleichterung in seinem Gesicht auf. Nachdem er einen Blick über seine Schulter geworfen hatte, schüttelte er den Kopf. „Zu schmal."

Ich schluckte hart und schlug vor: „Draußen."

Catcher nickte. „Die Motorhaube."

Ich war zwar froh, dass er nicht vorhatte, mich an einem Baum zu nageln, aber ich hatte auch nicht gerade geplant, Motorhaubenzierde zu werden. „Okay. Lass es uns tun."

Wir stiegen aus und gingen um die Vorderseite des Wagens herum. Catcher prallte gegen mich, sein Mund traf leidenschaftlich auf meinen. Er küsste mich wie ein Mann im Todestrakt – verzweifelt, intensiv und verzehrend.

Seine Hände glitten unter meinem Kleid nach oben und rissen mir den dünnen Tanga vom Körper.

„Du wirst mir noch ein Vermögen für Unterwäsche schulden, Herr Neandertaler", neckte ich ihn atemlos.

Catcher ächzte als Reaktion darauf, während er sich die Hose über die Hüften zerrte. Beim Anblick seiner Erektion wurde mein Mund trocken. Feuchtigkeit sammelte sich zwischen meinen Beinen. Olives Trank machte keine halben Sachen. Ich beschloss in diesem Moment, dass es einfach das Beste wäre, mit dem Strom zu schwimmen und Catcher das tun zu lassen, was er tun musste, um Erleichterung zu finden.

„Nimm mich", befahl ich.

Das musste ich ihm nicht zweimal sagen. Er wirbelte mich herum und legte meine Hände auf die Motorhaube des Wagens. Mit einem seiner Knie stieß er meine Beine weit auseinander. Seine Finger gruben sich in meine Hüften, als er sich in mir versenkte, was mich zum Aufschreien brachte.

Catcher erstarrte sofort. „Oh fuck, habe ich dir wehgetan?"

Ich blickte zurück und sah seinen zaghaften Gesichtsausdruck. „Nein, nein. Es ist gut."

„Gott sei Dank", murmelte er. Er glitt langsam aus mir heraus, um dann wieder zuzustoßen. Anschließend begann er seinen Schwanz mit einem unerbittlichen Rhythmus in meine Pussy zu pumpen.

Meine Finger krümmten sich auf der Motorhaube, und ich wusste, dass meine Nägel Kratzspuren auf dem Lack hinterlassen würden. Ich hatte Catcher noch nie so hart oder so rau erlebt. Ich hatte nicht den geringsten Zweifel daran, dass ich tagelang köstliche Schmerzen haben würde. Nach meiner Rückkehr nach Hause würde ich Olive als Erstes ein Dankesschreiben zukommen lassen und sie um einen Sechsmonatsvorrat an männlichkeitssteigerndem Yarb bitten. Außerdem würde ich einen Eisbeutel auf meine ächzende Vagina legen.

Catcher schob eine Hand in mein Haar. Als er kräftig an den Strähnen zog, schickte mich das Gefühl, gepaart mit den Stößen, in einen lautstarken Orgasmus. Nachdem ich zu mir selbst zurückgekehrt war, merkte ich, dass Catcher immer noch dabei war.

Und wie der Duracell-Hase machte er weiter und weiter. Er drehte mich um und legte mich mit dem Rücken auf die Motorhaube, bevor er mich wieder vögelte. Als ich das zweite Mal kam, verkrampfte sich Catcher und verströmte sich in mir. Und genau wie das Hämmern hielt sein Orgasmus an.

Nachdem er endlich fertig war, brach er auf mir zusammen und stieß ein langes, gequältes Stöhnen aus.

„Bist du okay?", fragte ich.

Er hob seinen schweißnassen Kopf und sah mich an. „Heilige verdammte Scheiße."

Ich kicherte. „Ich schätze, das heißt Ja."

„Einige Pharmaunternehmen sollten in Olives Potenzmittel investieren. Es ist ein Vermögen wert."

„So gut, hm?"

Catcher pfiff. „Nicht, dass es nicht jedes Mal überragend mit dir wäre."

„Schön gerettet."

Er lachte. „Aber das war überirdisch. Ich dachte, dass ich niemals aufhören würde, zu kommen." Er runzelte die Stirn. „War es auch gut für dich?"

„Äh, ich bin ziemlich sicher, *gut* ist nicht das richtige Wort. Phänomenal. Überwältigend. Lebensverändernd. Die scheinen mir genauer zu sein."

Catcher grinste. „Verdammt. Was für ein Rausch." Er hob eine Augenbraue. „Insgesamt muss ich sagen, dass die Stimmung etwas gedämpft wurde von meiner ursprünglichen Angst, dass mein Schwanz wie der von Ronald explodieren würde."

„Heißt das also, dass du nicht süchtig wirst?"

„Nein. Ich halte es für das Beste, es sein zu lassen. Es ist nicht so, dass ich in diesem Bereich Probleme hätte."

Ich grinste und küsste ihn. „Du bist großartig."

„Hör auf. Ich werde noch rot", neckte er.

Beim weit entfernten Geräusch eines Autos stieß ich Catcher von mir. „Wir verschwinden besser, bevor uns jemand sieht."

Er schnaubte. „Ich kann jetzt schon die Schlagzeilen sehen. GBI-Agent und Coroner wegen öffentlicher Unsittlichkeit und unzüchtigem Verhalten verhaftet." Als er nach seiner Hose griff, stöhnte er. „Scheiße."

„Was?", fragte ich und rutschte von der Motorhaube. Ich war kurz von Catcher abgelenkt, weil ich zwischen meinen Beinen eine gewisse Flüssigkeit spürte. Ich hoffte, dass Catcher ein paar Servietten in seinem Handschuhfach hatte, damit ich mich sauber machen konnte.

Als ich ihn ansah, war sein Gesicht aschfahl. „Ich habe das Kondom vergessen."

„Ist schon okay. Ich nehme die Pille."

„Wirklich?"

Ich rollte mit den Augen. „Ja, auch wenn es lächerlich erscheint, dass eine Frau, die keinen Sex hat, auf Geburtenkontrolle angewiesen ist. Glaub mir, ich nehme sie."

Catcher atmete erleichtert aus, was eher wie ein

Keuchen klang.

„Du bist noch nicht so weit, kleine Catcher zu machen, oder?", fragte ich neckisch.

„Noch nicht." Er riss seine Hose hoch und lächelte mich an. „Nicht bevor ich dir einen Ring an den Finger gesteckt habe."

Ich starrte ihn mit großen Augen an, ehe ich den Kopf schüttelte. „Weil du das laut aussprichst, glaube ich, dass das ganze Blut aus deinem Kopf in deinen Schwanz geflossen ist."

Er lachte. „Nicht unbedingt heute, Babe. Aber eines Tages."

Obwohl er immer noch ziemlich high war wegen des erstaunlichen Sextriebs, wusste ich, dass er es ernst meinte. Es hätte mich alarmieren müssen, da wir uns kaum kannten, doch das tat es nicht. Stattdessen fühlte ich mich innerlich ganz warm und kuschelig, als wäre ich wieder dreizehn Jahre alt und von meinem Schwarm ins Kino eingeladen worden. Es fühlte sich verdammt surreal an, von einem starken, gut aussehenden, tollen Mann gewollt und begehrt zu werden.

Ich war ziemlich überrascht, dass Catcher trotz der wenigen Zeit, die wir zusammen verbracht hatten, schon eine Zukunft für uns sah. Und mir ging es genauso. Ich hoffte und betete nur, dass das alles keine schlimme Wendung nehmen würde, weil Agent Sexy-Hintern Mains mir unter die Haut gegangen war.

Kapitel 17

Die nächsten Tage vergingen ohne verrückte Zwischenfälle und ohne weitere Informationen über den Mord an Randy. Catcher wurde gebeten, in einem anderen Drogenfall beratend tätig zu werden, während er auf Hinweise sowohl wegen Randy als auch wegen dem Schatten wartete. Was mich betraf, so war es bei *Sullivan's* ziemlich ruhig; es gab nur eine Gedenkfeier, die ich leiten musste.

Obwohl Catcher viel zu tun hatte und fünfundvierzig Minuten entfernt wohnte, hielt ihn das nicht davon ab, die Telefonleitung zu belegen und die Straßen hinabzuheizen, um mich zu sehen. Und wann immer wir zusammen waren, setzte unser Sexleben jede Oberfläche, die wir fanden, in Brand – sei es das Bett, der Boden, die Badewannen in unseren Häusern, der Rücksitz seines Cabrios. Glücklicherweise waren wir ziemlich kreativ, wenn es um Orte ging, an denen wir Sex haben konnten … und flexibel. Natürlich dauerte es nach unserem Fick auf der Motorhaube des Autos ein paar Tage, bis meine Vagina sich wieder wie ihr altes Selbst fühlte und voll funktionsfähig war.

Aber unsere körperliche wurde durch die emotionale Verbindung, die wir hatten, zunehmend in den Schatten gestellt. Obwohl erst eine Woche vergangen war, begann ich, mir eine Zukunft mit Catcher vorzustellen. Meine rationale Seite argumentierte, dass es lächerlich war und „Insta-Liebe"

nicht von Dauer sein würde. Aber das Teenager-
mädchen in mir ließ mich *Mrs. Olivia Mains* oder *I
love Catcher* auf meinen Notizblock kritzeln, während ich Informationen zur Beerdigung aufschrieb.
Oh ja, es war einfach unglaublich widerlich.

An dem schicksalhaften Tag, der dazu führte,
dass ich außerhalb eines sexuellen Szenarios gefesselt und geknebelt wurde, war ich in meinem Büro, um Papierkram aufzuarbeiten. Das Telefon
klingelte, und ich konnte mein albernes Grinsen
nicht verbergen, als ich sah, dass es Catcher war.
„Hey, du."

„Hey, Babe, ich habe Neuigkeiten." Er klang außer Atem.

Ich lehnte mich auf meinem Stuhl vor. „Was ist
los?"

„Das wirst du nicht glauben."

„Wenn man bedenkt, was wir in der letzten Woche gesehen haben … Versuch es einfach."

„Ich habe dir doch gesagt, dass wir einen gehei-
men Informanten hatten, der uns Hinweise zum
Schatten gegeben hat."

„Ja."

„Es hat sich herausgestellt, dass Mr. Delaney der
Informant war."

Ich keuchte. „Du machst Witze."

„Es ist verrückt, aber nein."

„Wie habt ihr das herausgefunden?"

„Unsere IT-Abteilung hat mit der Entschlüsse-
lung von Delaneys Laptop begonnen, und dann
tauchten alle E-Mails von ihm an uns auf."

„Das bedeutet also, dass Krump auch Delaney getötet hat?"

„Ja, anscheinend hat Krump früher als Auftragskiller für die Dixie-Mafia gearbeitet."

„Und er ist definitiv aus dem Gefängnis raus?"

„Ja, irgendwie wurde das Arschloch vor sechs Monaten entlassen. Angeblich wegen guter Führung."

„Ich vermute, die fünfundzwanzig Jahre im Gefängnis haben ihn nicht verändert, da er seit seiner Entlassung eine Mordserie hinlegt."

„Es sieht so aus. Hör zu, ich muss nach Ellijay, damit Olive eine eidesstattliche Erklärung unterschreibt. Willst du mitkommen? Wir könnten in der Barbecue-Bude essen, die uns gefallen hat. Ich weiß, dass du in die Stadt gehen und alle Läden anschauen wolltest."

„Ich muss wirklich hierbleiben und Papierkram erledigen."

Catcher schnaubte. „Papierkram kannst du jederzeit erledigen. Es ist ein schöner Tag und ich habe das Verdeck unten."

Zum Teufel mit ihm. Er hatte einen so schlechten Einfluss auf mich. Während ich an meiner Lippe knabberte, blickte ich auf Motown hinunter, der zu meinen Füßen döste. „Kann ich Motown mitnehmen? Er liebt Autofahrten."

Bei der bloßen Erwähnung von „Auto" zuckte Motowns pelziger Kopf hoch, und er starrte mich flehend an.

„Klar kannst du ihn mitbringen. Je mehr, desto

besser."

Ich grinste ins Telefon. „Okay. Wo treffen wir dich?"

„Komm runter zu Jasper. Wir treffen uns beim Einkaufszentrum am Highway 515."

„Okay. Wir sehen uns in dreißig Minuten."

„Tschüss, Liv-Käferchen."

Mein Herz schlug wie verrückt. „Tschüss, Catcher."

Nachdem wir uns getroffen hatten, machten sich Catcher, Motown und ich auf den Weg in den Norden nach Ellijay. Wir fuhren an der Barbecue-Bude vorbei, damit wir lieber draußen in einem der Cafés in der Innenstadt essen konnten, das hundefreundlich war. Wir legten einen kleinen Schaufensterbummel ein, und dann passte Catcher auf Motown auf, während ich in ein paar Shops ging.

Danach fuhren wir den Berg hinauf zu Olive. Sobald wir die Abzweigung passierten, an der wir unseren Motorhaubenquickie gehabt hatten, konnte ich nicht anders, als zu kichern.

„Was ist?"

„Ich dachte gerade an unsere Sexkapade draußen in den Wäldern."

Catcher wackelte mit den Brauen. „Oh ja."

„Achte nur darauf, dass du dir während der Unterzeichnung der eidesstattlichen Erklärung keine weiteren Männlichkeitssteigerungsmittelchen von Olive unterjubeln lässt."

„Sicher? Das war ein ziemlich epischer Fick."

„Ja, das stimmt. Aber ich bin mir nicht sicher, ob meine Vagina noch so eine Runde wildes Hämmern aushält."

Catcher lachte. „Okay, okay. Kein Männer-Yarb mehr für mich."

Wir fuhren Olives Einfahrt hinauf. Da sie kein Telefon besaß, hatten wir vorher nicht anrufen können, um zu erfahren, ob sie zu Hause war. Vermutlich hätten wir es bei Jewell im *Crow's Caw* versuchen können.

Ich hatte gerade nach dem Türgriff gegriffen, da klingelte mein Handy. Als ich sah, dass es Allen war, wandte ich mich an Catcher. „Geh schon mal rein. Ich muss da rangehen."

„Sicher doch."

„Hey. Was gibt's?", fragte ich, nachdem ich den Anruf angenommen hatte.

„Ich habe eine echte blöde Tusse am Telefon, die verlangt, mit dir zu sprechen."

„Nimm eine Nachricht entgegen, ich rufe sie zurück."

„Äh, ja, du Genie, danke für den Tipp. Das habe ich bereits getan. Sie ruft ständig wieder an."

„Wer ist es?"

„Felicia Brown."

Ich stöhnte. Die gefühllose Witwe, deren Söhne mit ihren Eskapaden all den Wahnsinn letzte Woche verursacht hatten. „Das soll wohl ein Witz sein."

„Sie sagt, wir stellen ihr Sachen in Rechnung, mit

denen sie nicht einverstanden war."

„Stell sie durch", murmelte ich. Als das Telefon piepte, begann ich mit: „Hallo, Mrs. Brown. Was ist denn das Problem?"

Ich verbrachte die nächsten zehn Minuten damit, mit Mrs. Brown zu diskutieren und meine Geschäftstaktik zu verteidigen. Schließlich hatte ich genug. „Hören Sie, ich werde nicht mehr mit Ihnen darüber streiten. Entweder Sie bezahlen die Rechnung oder wir sehen uns vor einem Gericht für Bagatellklagen." Als sie wieder anfing, mit mir zu argumentieren, rief ich „Tschüss, Felicia" und legte auf.

„Was für ein Miststück", grummelte ich und pfefferte mein Handy in die Handtasche. Ich warf einen Blick auf den Rücksitz, wo Motown vor sich hin schnarchte. „Das war so klar. Du verschläfst alles, sogar wenn ich eine blöde Tusse anbrülle."

Als ich die Autotür öffnete, um zu Catcher zu gehen, hob Motown den Kopf. „Bleib hier, Junge. Ich bin gleich wieder da." Er gähnte und legte sich erneut hin.

Auf dem Weg über den Hof war ich überrascht, dass ich Olives Jagdhunde nicht sah oder hörte, wie neulich. Wahrscheinlich waren sie im Wald auf Eichhörnchenjagd. Ich stieg die Stufen hinauf und lief über die Veranda. Als ich an die Haustür klopfte, ging sie knarrend auf.

„Catcher? Olive?"

Nachdem ich die Tür weit aufgestoßen hatte, sah ich, dass das Wohnzimmer und die Küche leer waren. Ich trat ein. „Hallooooo?“

„Na, hallo.“

Der Klang einer seltsamen und unglaublich gruseligen Stimme ließ mich herumwirbeln. Ein schwergewichtiger Mann in einem rot-weiß karierten Flanellhemd stand da und blockierte die Haustür. Beim Anblick von Gruselstimme schluckte ich die aufsteigende Panik in meiner Kehle hinunter.

Ach du Scheiße. Oh Scheiße, Scheiße, Scheiße! Das war richtig übel. Mein Blick schoss durch den Raum. Obwohl ich mir auch Gedanken über Olives Verbleib machen sollte, suchte ich verzweifelt nach irgendeinem Zeichen von Catcher, denn er war derjenige mit der Waffe und dem Nahkampftraining.

Langsam bewegte ich mich auf die Hintertür zu. Wenn ich nur nach draußen gelangen könnte, hätte ich vielleicht eine Chance, zu entkommen. Ich war früher, als ich in der Highschool Leichtathletik gemacht hatte, eine halbwegs anständige Läuferin gewesen. Aber dann stieß ich gegen etwas Warmes und Fleischiges. Ich drehte mich um und ein übergewichtiger Mann mit einer John-Deere-Kappe grunzte mich an.

Danach richtete er eine Schrotflinte auf mich. „Los geht's.“ John Deere packte meinen Arm und zerrte mich die Stufen der Veranda hinunter. Mein Herz klopfte so heftig, dass ich fürchtete, es würde direkt in meiner Brust explodieren. Vor Angst war ich fast wie gelähmt. Ich wäre an Ort und Stelle erstarrt, hätte mich der kräftige Hinterwäldler nicht weitergezwungen. Als er mich in Richtung des Berghangs schob, stockte ich einen Moment lang. Es konnte nichts Gutes dabei herauskommen, dort hinauf zu gehen. Entweder wollten John Deere und Gruselstimme mich in den Wald bringen, vergewaltigen und töten, oder sie wollten mich in den Arbeitsschuppen bringen, vergewaltigen und töten.

Ich wollte nicht sterben. Nicht jetzt. Nicht, nachdem ich endlich einen Mann gefunden hatte, den ich lieben und mit dem ich heißen Sex haben konnte. Das wäre einfach zu grausam.

John Deere rammte mir die Schrotflinte in den Rücken. „Beweg dich."

Mir liefen die Tränen über die Wangen. „Bitte töten Sie mich nicht", wimmerte ich.

„Das liegt nicht an uns. Ronald wird das entscheiden", sagte Gruselstimme.

Oh Gott. Es konnte nur ein Ronald sein, von dem er sprach. Derjenige, der Randy erschossen und Mr. Delaney vergiftet hatte. Ich schluckte schwer und bewegte meine zitternden Beine. Irgendwie fand ich die Kraft, den Hang hinaufzukommen. John Deere begleitete mich in den Geräteschuppen. Was ich vor mir sah, ließ mir frische Tränen in die Augen schießen.

Es war Catcher, und glücklicherweise war er am Leben. Natürlich war es richtig blöd, dass seine Handgelenke mit einem Seil gefesselt waren und seine Arme über dem Kopf an einen der Holzbalken in der Mitte des Raumes gebunden waren.

Seine Augen weiteten sich bei meinem Anblick. „Es tut mir leid, Liv", rief er.

„Es ist nicht deine Schuld."

„Ich hätte dich nie bitten sollen, heute mitzukommen."

Ich schüttelte den Kopf. „Du konntest unmöglich wissen, dass eine einfache Reise zu Olive gefährlich sein würde."

„Geht es dir gut? Sie haben dir doch nicht wehgetan, oder?"

Gruselstimme durchquerte den Raum und schlug Catcher ins Gesicht. „Halt die Fresse!"

Catcher knirschte mit den Zähnen, während er aus seinen Augen förmlich Dolche schoss.

John Deere schleifte mich zum Balken hinüber. Er stieß mich auf den Boden. Gruselstimme warf ihm ein Seil zu, mit dem er meine Hand- und Fußgelenke zusammenband. Im Gegensatz zu Catcher fesselte er mich nicht an den Balken. Wenn man allerdings bedachte, wie gut ich verschnürt war, war es natürlich nicht so, dass ich irgendwo hätte hinlaufen können.

Sobald ich gefesselt war, steckten uns die Hinterwäldler-Zwillinge einen Knebel in den Mund und ließen uns allein. Eine Ewigkeit schien zu vergehen. Es fühlte sich an wie Stunden, aber es könnten auch nur ein paar Minuten gewesen sein. In diesen Momenten blitzte mein Liebesleben vor meinen Augen auf und ich durchlebte meine Vergangenheit noch einmal.

Ich wurde durch die sich öffnende Tür des Geräteschuppens aus meinen Gedanken gerissen. Ein großer, schlaksiger Mann trat in den Raum. Er trug ein weißes Button-down-Hemd ohne Krawatte und eine schwarze Anzughose. Eine stechend riechende Zigarre steckte in seinem Mund. Auf dem Kopf hatte er das schlimmste Toupet, das ich je gesehen hatte, und das sagte viel aus, da ich in meiner Zeit im Beerdigungsinstitut schon unzählige kahlköpfige Männer bearbeitet hatte.

Ich wusste ohne jeglichen Zweifel, dass das Ronald Krump war. Natürlich fiel mein Blick sofort auf seinen Schritt. Selbst in meinen letzten Momenten konnte ich nicht umhin, mich zu fragen, wie ein rekonstruierter Penis aussah. Fühlte er sich an wie ein Dildo oder glatt wie echte Haut? Und woher kamen die zusätzlichen Teile, um ihn zu rekonstruieren? Es war ja nicht so, dass Männer Schlange standen, um ihren Penis zu spenden. Es war auf jeden Fall nicht auf der Checkliste für Organspenden ankreuzbar. Ich fragte mich, ob er mir eine letzte Bitte erfüllen, seine Hose runterlassen und ihn mir zeigen würde.

„Sieh an, sieh an. Ich muss sagen, Sie beide sind eine Überraschung. Ich habe meine Männer herkommen lassen, um die Schlampe in Gewahrsam zu nehmen, die mir meine Männlichkeit genommen hat, und an ihrer Stelle bekommen wir euch zwei.“

Erleichtert atmete ich auf. Sie hatten Olive nicht getötet. Glücklicherweise war sie nicht zu Hause gewesen und irgendwo in Sicherheit.

Krump durchquerte den Raum und baute sich vor uns auf. Er riss Catcher den Knebel weg. „Agent Mains, es ist so schön, endlich den Mann zu treffen, der mir in den letzten Monaten so viel Stress gemacht hat."

„*Sie* sind der Schatten?", fragte Catcher ungläubig.

Ich war genauso überrascht wie er.

„Ja."

„Aber wie zum Teufel ist das möglich? Der Schatten leitet den Drogenhandel seit über einem Jahr. Sie sind erst vor sechs Monaten aus dem Gefängnis gekommen."

„Dafür gibt es eine einfache Erklärung. Während ich alles von innerhalb des Knasts aus leitete, erledigten meine beiden Mitarbeiter die ganze Laufarbeit. Sie hatten gerade das Privileg, die zwei kennenzulernen."

„Deshalb änderte sich das Aussehen des Schattens ständig in den Beschreibungen der Leute."

Ronald lächelte. „Ziemlich genial, nicht wahr?"

„Wie haben Sie überhaupt mit dem Drogenhandel begonnen, während Sie einsaßen?"

„Nachdem es so aussah, als würde ich auf Bewährung entlassen werden, wusste ich, dass ich damit beginnen musste, mir ein neues Leben aufzubauen für die Zeit draußen. Durch ein paar Bekannte kam ich mit Larry und Daryl in Kontakt, und das Geschäft wurde gestartet. Alles lief gut, bis mein alter Feind in der Mafia, Delaney, Wind von meinem Treiben bekam und beschloss, Spitzel

zu werden." Ronald schüttelte den Kopf. „Ein
kleines bisschen Zyanid hat ihn erledigt."

„Was war mit Randy?", fragte ich hinter meinem
Knebel.

Ronald verließ Catchers Seite und kam zu mir. Er
hob die Brauen, bevor er mir den Knebel entriss.
„Was genau wollten Sie wissen?" Er strich über
mein Gesicht und ließ mich vor Abscheu schau-
dern. Er leckte sich die Lippen. „Sie sind wirklich
ein hübsches Ding, nicht wahr?"

„Ich fragte nach Randy."

Ein säuerlicher Blick überzog Ronalds Gesicht.
„Oh ja, wie könnte ich Randy Dickinson vergessen? Den Mann, der mein Leben ruiniert hat."

„Es war Ihre Entscheidung, ein nicht von der
FDA zugelassenes Medikament zur Förderung der
Potenz zu nehmen", entgegnete ich.

Ronalds Nasenlöcher weiteten sich vor Wut.
„Halt dein verdammtes Maul!", knurrte er. Er hob
seine Hand, um mich zu schlagen, aber dann senkte er sie wieder. Er begann, vor mir auf und ab zu
gehen. „Haben Sie auch nur eine Ahnung, wie es
ist, seinen Penis zu verlieren? Den einen Teil von
dir, der dich zu einem Mann macht, gewaltsam
weggenommen zu bekommen?"

Er legte eine Pause ein, damit ich antwortete, und
ich sagte schnell: „Ähm, nein." Ich wusste es besser, als zu betonen, dass ich als Frau keinen Penis
hatte und deshalb absolut nicht nachempfinden
konnte, wie es war, seine Männlichkeit zu verlieren. Er war geistig bereits so neben der Spur, dass

ich nichts tun wollte, um ihn weiter aus der Fassung zu bringen.

„Ich habe nur etwas Spaß gewollt – etwas, um den Sex wieder interessant zu machen. Wenn es ums Ficken ging, habe ich so ziemlich alles gemacht, was es da draußen gab. Außer einen Kerl zu vögeln. Ich brauchte etwas, was mich auf die nächste Stufe brachte. Dann hörte ich von diesem Typen, der eine Droge herstellte, mit der man überirdischen Sex haben könnte." Er kniff die Augen zusammen. „Randy war ein Apotheker, verdammt noch mal. Er arbeitete jeden Tag mit Medikamenten. Warum hätte ich ihm nicht trauen sollen? Woher hätte ich wissen sollen, dass er mit einer hinterwäldlerischen Hoodoo-Psychotante zusammenarbeitete, um einige seiner Drogen herzustellen?"

Er atmete eine Wolke von übel riechendem Rauch in mein Gesicht aus. „Er musste für das bezahlen, was er mir angetan hat. Es dauerte nicht allzu lange, bis ich ihn gefunden hatte. Aber ich habe mir Zeit gelassen, ihn zu töten – ich musste die Logistik abstimmen. Durch meine Drogenkontakte war ich in der Lage, jemanden in der Sicherheitsfirma, die Randys Haus bewachte, zu bestechen, um sein Sicherheitssystem zu deaktivieren. Das Arschloch schlief tief und fest im Schlummerland. Natürlich habe ich dafür gesorgt, dass er aufwachte, sodass ich wusste, dass er als Letztes mein Gesicht gesehen hat."

„Sie haben auf jeden Fall keine Angst, vor uns

den Mund aufzumachen", warf Catcher ein.

Ronald sah ihn höhnisch an. „Was spielt es für eine Rolle, wenn ich euch beiden beichte? In zehn Minuten werdet ihr tot sein."

Seine Worte ließen mir einen eisigen Schauer über den Rücken laufen. Als ich Catcher über meine Schulter hinweg ansah, hoffte ich verzweifelt, dass er eine Art Plan hatte, um uns aus diesem Schlamassel herauszuholen. Aber der Ausdruck auf seinem aschgrauen Gesicht ließ meine Hoffnung schrumpfen.

Die Hinterwäldler-Zwillinge tauchten in der Türöffnung auf. „Sind Sie bereit, Boss?", fragte John Deere.

„Ja. Macht sie los." Ronald ließ seine Zigarre auf den Boden fallen und stampfte die Glut aus. Dann warf er Catcher und mir einen Blick zu. „Ihr beide werdet mit meinen Mitarbeitern einen kleinen Spaziergang in den Wald machen." Er schenkte uns ein wahnsinniges Lächeln. „Es ist nichts Persönliches. Ich will Sie einfach nicht mehr am Arsch kleben haben, Agent Mains." Er machte einen Schritt auf mich zu. „Und was Sie angeht: Tut mir leid, aber Sie wissen zu viel, um Sie am Leben zu lassen." Nachdem er die Zwillinge hereingewinkt hatte, ging er auf die Tür zu. „Wenn Sie mich jetzt entschuldigen, ich gehe zurück in das Drecksloch, das diese Hexe Haus schimpft, um dort zu warten, bis sie heimkommt." Mit einem kurzen Wedeln der Hand zum Abschied marschierte er zur Tür hinaus.

John Deere war damit beschäftigt, meine Knöchel loszubinden. Dann riss er mich vom Boden hoch, bevor er meine Hände befreite. Nachdem meine Beine gefesselt gewesen waren, waren sie wackelig, und ich stolperte mehrmals auf dem Weg zur Tür.

Als ich aus Olives Schuppen trat, kämpfte ich gegen die Tränen, die überzulaufen drohten. Ich konnte nicht fassen, dass es wirklich so weit gekommen war – in der tiefsten Provinz von einem Mitglied der Dixie-Mafia ermordet zu werden, dem einmal sein Penis weggeblasen worden war. Meine schlimmste Angst, unverheiratet zu sterben, würde sich bewahrheiten. Nachdem ich jahrelang über das Leben der Menschen gegrübelt hatte, deren Nachrufe ich schrieb, konnte ich nicht anders, als über mein eigenes nachzudenken.

Olivia Sullivan, 30, geliebte Tochter und Schwester. Miteigentümerin und Inhaberin von Sullivan's Funeral Home. *Coroner für den Bezirk Taylorsville. Junggesellin.*

Da ich Coroner des Bezirks war, würde ich einen anständigen Artikel in der Lokalzeitung bekommen. Ich hoffte, Allen würde sich daran erinnern, wo ich die Anweisungen für meine Beerdigung hinterlassen hatte. Tot zu sein wäre ätzend, aber noch ätzender wäre es, wenn meine Mutter alle Entscheidungen treffen würde. Oder noch schlimmer, wenn Pease die Entscheidungen träfe.

Über meine Schulter hinweg erhaschte ich einen finalen Blick auf Catcher. Obwohl ich unverheiratet sterben würde, hatte ich zumindest in letzter Minute die Liebe gefunden. Es wäre schön gewesen, eine Zukunft mit ihm zu haben. Das Haus, das er gebaut hatte, mit unseren Kindern zu füllen. Zusammen alt und grau zu werden. Ich konnte meine Gefühle nicht länger zurückhalten und begann, leise zu weinen.

Wir gingen los in Richtung Wald, doch auf einmal ertönte ein tiefes Knurren um uns. Ich wirbelte herum und sah ein weißes Fellknäuel auf uns zurasen. Zuerst dachte ich, es könnte ein Berglöwe oder ein Kojote sein. Aber dann schlug mein Herz höher, denn ich erkannte, dass es Motown war.

Er stürzte sich auf John Deere und warf ihn zu Boden. Als Motown anfing, ihn als Kauspielzeug zu benutzen, trat Catcher in Aktion. Er begann, auf Gruselstimme einzuschlagen.

John Deere wand sich auf dem Boden, denn Motown knurrte und schnappte wie ein tollwütiger Hund nach ihm. So hatte ich ihn noch nie gesehen. Als Catcher mit Gruselstimme auf die Erde fiel, schrie ich seinen Namen. Sobald er aufblickte, warf ich die Schrotflinte, die John Deere fallen gelassen hatte, zu ihm hinüber.

Catcher fing sie auf, gerade als Gruselstimme sich auf ihn stürzte. Der Schuss aus der Schrotflinte überraschte mich. Er veranlasste auch Motown, vorübergehend von John Deere abzulassen. Catcher sank zu Boden, und Blut floss an seinem Bein herunter. Mein Mund klaffte weit auf, um zu schreien, aber es kam nichts heraus.

In diesem Moment füllten sich die Wälder mit einem hektischen Treiben. Männer in schwarzen Jacken mit der Aufschrift GBI auf dem Rücken liefen aus dem Nichts herbei. Darunter auch einige Hilfskräfte des Sheriffs von Gilmer County. Die Agenten, die ich bei Randy getroffen hatte, Solano und Capshaw, knieten neben Catcher nieder.

Ein GBI-Agent joggte auf mich zu. „Ma'am, geht es Ihnen gut?"

Ich wollte mich an ihm vorbeischieben.

„Ma'am?", fragte er wieder.

„Ich bin okay. Ich schwöre es." Ich hatte keine Zeit für diesen Blödsinn. Ich musste zu Catcher, um sicherzustellen, dass es ihm gut ging. Soweit ich es über die Schulter des Agenten erkennen konnte, waren Catchers Augen geschlossen und er bewegte sich nicht.

Sobald der Agent mich gehen ließ, rannte ich zu ihm hinüber. „Catcher?", rief ich und sank neben ihm zu Boden.

Er riss die Augen auf. „Hey, Liv-Käferchen."

„Oh mein Gott, bist du okay?"

„Mir geht's einfach super."

Aus Angst, dass er einen Schock erlitten haben könnte, erwiderte ich: „Du wurdest angeschossen."

„Das ist nur ein Kratzer, wie die *Ritter der Kokosnuss* sagen würden", neckte er mich.

Ich blickte hinab. Solano hatte Catchers Hosenbein aufgerissen, um die Schusswunde zu untersuchen. Über die Jahre hatte ich genug davon gesehen. Da der Schuss aus der Nähe abgegeben worden war, befürchtete ich, dass es sich um eine ziemlich tiefe Wunde handeln könnte. Aber auf den ersten Blick sah es gar nicht so schlimm aus.

Agent Solano schnaubte. „Er hat recht in der Sache mit dem Kratzer. Die Kugel hat ihn nur ein wenig gestreift. Es ist praktisch ein Wunder. Ein paar Zentimeter weiter, und sie hätte seine Oberschenkelarterie erwischt."

„Und du wärst verblutet", sagte ich zu Catcher.

Als Catcher fast nonchalant nickte, bekämpfte ich den Drang, ihn zu schlagen. Allein zu hören, wie nahe er dem Tod gewesen war, erschütterte mich. Ich wusste nicht, wie er so ruhig bleiben konnte.

Catcher warf mir ein verruchtes Grinsen zu. „Es ist ein noch größeres Wunder, denn ein paar Zentimeter weiter rechts, und ich hätte meinen Schwanz verlieren können."

Ich ballte die Fäuste, um ihn nicht zu erwürgen. „Wie kannst du in so einem Moment an deinen Schwanz denken?!"

Er runzelte die Stirn. „Es tut mir leid. Ich habe nur versucht, die Situation ein wenig aufzulockern."

In diesem Augenblick brach mein emotionaler Damm und mir liefen die Tränen über die Wangen. „Du hättest sterben können." Ich schniefte. „Ich hätte dich verlieren können."

„Aber das hast du nicht. Ich werde wieder gesund. Ein paar Stiche und ich bin so gut wie neu."

Ich fuhr mir mit dem Handrücken unter meiner

laufenden Nase entlang. Da ich es gewohnt war, mit Toten umzugehen, wusste ich nicht, wie ich Wunden bei Lebenden einschätzen sollte. „Wirklich?"

„Nun, Solano ist kein Sanitäter oder Arzt, aber ich schätze seine Meinung."

Als ich einen Blick zu Agent Solano warf, grinste er mich an. „Ja, er wird wieder gesund."

Bei diesen einfachen Worten verlor ich erneut die Fassung. Ich vergrub meinen Kopf an Catchers Brust und weinte offen.

„Babe, es ist okay. Mir geht's gut", murmelte Catcher in mein Ohr.

„Ich weiß. Ich kann es nur nicht ertragen, daran zu denken, dass ich dich fast verloren hätte." Ich erhob mich, um ihm in die Augen zu sehen. „Ich liebe dich, Catcher Mains. Mir ist klar, wir kennen uns kaum und es geht unglaublich schnell, doch ich weiß, dass ich dich liebe. Das ist schon eine Weile so, aber als die Hinterwäldler-Zwillinge uns auf unseren Todesmarsch mitnahmen, erkannte ich, *wie sehr* ich dich liebe."

Da Agent Solano mir förmlich an den Lippen hing, hatte ich keine Ahnung, welche Art von Reaktion Catcher zeigen würde. Ich stellte mir vor, wie er den Macho-Han Solo spielte und auf mein „Ich liebe dich" sagte: „Ich weiß".

Aber stattdessen beugte er sich vor und legte seine Lippen auf meine. „Ich liebe dich auch."

„Awww", machte Solano.

„Leck mich", grummelte Catcher an meinen Lippen.

Dann kamen die Sanitäter und einer begann mit der Behandlung von Catchers Bein. Ich hielt seine Hand, als der Mann die Wunde reinigte.

„Gut, dass ich Sie übernehmen konnte", sagte der Sanitäter. „Ich bin sicher, mein Partner hat viel Spaß dabei, sich um diese Hundebisse zu kümmern."

Da erinnerte ich mich an den armen Motown. Ich stand auf und pfiff nach ihm. Er kam angetrabt und schleckte mich ab. Normalerweise war das okay, aber im Moment war er mit dem Blut von John Deere bedeckt.

Der Sanitäter reichte mir ein zusätzliches Tuch aus seiner Tasche und ich wischte Motown ab.

„Du bist so ein guter Hund", gurrte ich und kraulte seine Ohren.

„Das ist ein ziemlich heldenhafter Köter, der es mit richtigen Bösewichten aufnehmen kann", stellte der Sanitäter fest.

„Ja. Wenn er ein Bad genommen hat, werde ich dafür sorgen, dass er ein schönes, saftiges Steak bekommt." Ich warf einen Blick zu Catcher und grinste. „Ich werde meinen beiden Männern heute Abend ein paar Streicheleinheiten zukommen lassen."

„Wir Glücklichen", murmelte Catcher.

Ich pausierte kurz beim Abwischen von Motown. „Es gibt eine Sache, die ich mich frage."

„Wie Krumps rekonstruierter Schwanz aussieht? Ich bin sicher, wir könnten ihm die Hose runterziehen, bevor sie ihn wegbringen."

Ich rollte die Augen. „Nein. Das nicht. Ich habe mich gefragt, woher deine Kollegen wussten, dass du hierherkommst."

„Als ich zur Haustür kam, bemerkte ich, dass sie nur angelehnt war – etwas, das Olive nie tun würde, wenn man bedenkt, wie sie an dem Tag, an dem wir hier waren, darauf reagiert hat, dass die Tür offen war. Ich holte mein Handy heraus, damit ich bei Bedarf den Panikknopf zur Agency betätigen konnte. Nachdem ich erst einmal drinnen war, überfielen mich die Hinterwäldler-Zwillinge, wie du sie nennst, aus dem Hinterhalt. Glücklicherweise konnte ich den Knopf drücken, bevor ich mein Handy fallen lassen musste. Dann habe ich einfach versucht, cool zu bleiben, als ob niemand unterwegs wäre." Catcher warf Solano einen Blick zu. „Natürlich haben sich diese Arschlöcher Zeit gelassen, um hier aufzutauchen."

„Diese Meinung teile ich", sagte ich.

Solano hob die Hände. „Ich bitte um Entschuldigung. Aber denken Sie bitte daran, dass Sie in der Pampa waren. Es ist nicht so einfach, hier rauszukommen."

„Apropos Krump, habt ihr ihn erwischt?", fragte ich Solano.

„Klar. Wir haben ihn geschnappt, als er gerade in Ms. Thornhills Hütte zurückging."

Innerlich reckte ich bei der Nachricht die Faust in die Luft. Es war schön, zu wissen, dass er wieder ins Gefängnis gehen würde. Natürlich würde er nach den Morden an Randy und Mr. Delaney lebenslang dort bleiben.

„Okay. Wir sind jetzt bereit, Sie in den Krankenwagen zu bringen", sagte der Sanitäter.

„Können Sie laufen?", fragte Solano Catcher.

„Ja. Solange ich dieses Bein nicht belaste."

„Ich helfe."

Solano und der Sanitäter hoben Catcher hoch und jeder legte sich einen Arm von Catcher über die Schultern. Catcher zuckte zusammen und atmete heftig ein, doch er humpelte den Abhang hinunter, bevor er auf einer Trage zusammenbrach. „Verdammte Scheiße", zischte er.

„Ma'am, wollen Sie mit uns fahren?", fragte der Sanitäter.

„Ja. Aber mein Hund muss mit uns mitkommen."

„Ich schätze, für einen Heldenhund können wir ein paar Zugeständnisse machen."

Ich grinste. „Ich danke Ihnen."

Motown und ich gingen an der Seite von Catchers Trage entlang.

„Wahrscheinlich bekomme ich dafür eine Gedenktafel", bemerkte Catcher.

„Wirklich?"

Er nickte. „Immerhin wurde ich bei einem Einsatz verwundet, bei dem ich einen berüchtigten Drogenhändler und seinen Schlägertrupp zur Strecke gebracht habe."

„Wenn du geehrt wirst, werde ich in der ersten Reihe sitzen, Fotos machen und dich bejubeln."

Catcher strahlte. „Dann haben wir ein Date,

was?“

„Ja.“

Ich hatte das Gefühl, dass es eins von vielen Dates sein würde, die ich mit Catcher haben würde. Unsere Zukunft sah rosig aus.

Epilog

Sechs Monate später

Als die Orgel die vertrauten Akkorde des Hochzeitsmarsches anschlug, atmete ich tief ein und versuchte noch einmal, meine außer Kontrolle geratenen Nerven zu beruhigen. Das Letzte, was ich brauchte, war, aufs Gesicht zu fallen, während ich den Gang entlangging. Heute war mein großer Tag, auf den ich so lange gewartet hatte, dass es sich wie ein Leben anfühlte.

Mein *Hochzeitstag.*

Allen bot mir seinen Arm. „Bereit, Schwester?"

„So bereit, wie ich es je sein werde."

Er schenkte mir ein warmes Lächeln. „Du warst seit Jahren bereit dafür. Du hast die Hölle durchlebt, um hierher zu gelangen, und du verdienst alles Glück der Welt. Das ist deine Zeit, um zu strahlen."

Ich blinzelte ihn einige Male ungläubig an. Wann war mein kleiner Bruder so weise geworden und auf die Idee gekommen, sowohl für die Ehe als auch für mich einzustehen? „Oh Allen", murmelte ich.

„Jetzt hör auf zu meckern und beweg deinen Arsch zum Altar", befahl er.

Ich lachte schallend. „Das klingt schon eher nach dir."

Da ich mich nicht von meinem Vater zum Altar führen lassen konnte, hatte ich Allen gefragt. In dem Moment schien er gerührt gewesen zu sein, aber dann, als es ums Anpassen des Smokings und andere hochzeitsbedingte Termine ging, hatte er geächzt und gestöhnt.

Die Hochzeitsplanerin winkte uns wild zu. „Lasst uns loslegen."

Nachdem ich meinen Arm durch Allens geschoben hatte, nahm ich einen letzten beruhigenden Atemzug, bevor ich einen Schritt vorwärts machte. Die Doppeltüren zum Altarraum der First-Baptist-Kirche öffneten sich und jeder drehte den Kopf, um einen Blick auf mich in meinem trägerlosen elfenbeinfarbenen Kleid mit dem perlenbesetzten Satinmieder und dem bauschigen Rock mit Blumenmuster zu erhaschen. Eine glitzernde Tiara hielt meinen langen, fließenden Schleier an seinem Platz. Er fiel mir über die Schultern und lag auf meiner langen Schleppe auf.

Obwohl ich alle Augen auf mir spüren konnte, gab es nur ein bestimmtes Paar, das mich interessierte. Das ozeanblaue mit dem Schlafzimmerblick, das meinem zukünftigen Ehemann gehörte.

Als ich ihn sah, stockte ich kurz bei meinem Marsch zum Traualtar. Gott, er schaute so wunderschön in seinem Smoking aus. Wie James Bond. Statt seines unverkennbaren, umwerfend sexy Lächelns trug er einen Ausdruck absoluter Ehrfurcht. Es war der Blick, den sich jede Braut erhofft und betet, ihn auf dem Gesicht ihres Bräutigams zu sehen. Der Blick, der einen dazu bringt, sich noch einmal ganz neu in ihn zu verlieben.

Ich drängte mich nach vorn und wollte nichts mehr, als zu Catcher – meinem zukünftigen Ehemann – zu gelangen. Es fiel mir nach wie vor schwer, zu glauben, dass ich endlich den Richtigen gefunden hatte. Denjenigen, der mich vervollständigte und all das Zeug. Die Wahrheit war, dass Catcher mich mehr als vervollständigt hatte. Er brachte das Beste in mir zum Vorschein. Er forderte mich heraus, der beste Mensch zu sein, der ich sein konnte. Er wollte nicht, dass ich mich den Vorstellungen der Gesellschaft darüber anpasste, was eine Frau privat und beruflich sein sollte.

Aber besser als das war die Tatsache, dass er das Schlechteste an mir willkommen hieß – meine Unsicherheiten, meine manchmal unbeholfenen Momente, meine peinliche Sex-Vergangenheit, meine Jahre ohne Dates. Aus irgendeinem Grund fühlte er sich zu jedem Teil von mir hingezogen – zum Guten, zum Schlechten und zum Hässlichen. Damals, als ich hoffte und betete, jemanden zu lieben, hätte ich mir das Glück, das ich bekommen würde, nicht vorstellen können.

Ich ging weiter zum Altar und sah die Gesichter derer, die in den Kirchenbänken standen. Der Raum war voll mit unseren Freunden und unserer Familie. Da waren die, die ich seit meiner Kindheit kannte. Leute aus meinem Beruf, wie Ralph und Todd und Earl. Und die, die ich mit Catcher getroffen hatte, wie Patricia Crandall, die zum Glück einen schönen rosa Anzug trug und nicht ihr Evakostüm, und Olive und Jewell. Natürlich fehlte Jill in den Kirchenbänken, denn sie war meine Trauzeugin. Weil sie meine *verheiratete* Trauzeugin war – ja, ich hatte endlich den Anruf erhalten, dass sie und Chase in Vegas erneut geheiratet hatten –, hatte ich Molly zu meiner *ledigen* Trauzeugin gemacht.

Natürlich hätte das strahlende Gesicht meiner Mutter die ganze Kirche erhellen können. Sie saß mit ihrem jetzigen Ehemann Harry in der ersten Reihe. Tränen der Freude strömten über ihr Gesicht. Ich merkte, dass sie kaum in der Lage war, ihr Glück zu fassen, dass ich endlich heiraten würde. Ich konnte meine Überraschung nicht verbergen, dass sogar Pease Freudentränen in den Augen glitzerten.

Auf der anderen vorderen Bank saßen Catchers Eltern zusammen mit Jem und seiner Frau und seinen Kindern. Martin und Sarah Mains würden die besten Schwiegereltern werden. Ich liebte es bereits, Zeit mit ihnen zu verbringen.

Da sie beide Englischlehrer waren, hatte ich erwartet, dass sie spießig und anmaßend sein würden. Glücklicherweise hatte ich festgestellt, dass sie das genaue Gegenteil waren. Martin besaß den gleichen respektlosen Humor wie Catcher und beim Abendessen an ihrem großen Mahagonitisch hatte ich mich über Catchers und Martins Possen amüsiert. Molly wurde schnell die kleine Schwester, die ich nie gehabt hatte, und ich liebte es, Zeit mit Catchers drei Nichten und zwei Neffen zu verbringen. Natürlich tickte meine biologische Uhr jedes Mal, wenn ich das tat, lauter.

Obwohl der Arbeitsweg die Hölle sein würde, würde ich in Catchers Haus einziehen. In den Nächten, in denen wir eine späte Aufbahrung haben würden, würde ich einfach oben in meinem alten Schlafzimmer übernachten. Natürlich war es Catchers großer Traum, dass ich ein zweites *Sullivan's* näher zu Hause eröffnete. Das war etwas, was ich in Erwägung zog, aber vorerst war ich zufrieden, keiner Kette von Bestattungsunternehmen vorstehen zu müssen.

Als ich den Altar erreichte, schenkte mir Catcher ein strahlendes Lächeln. „Du siehst so schön aus."

Tränen füllten meine Augen wegen seiner Worte und der Aufrichtigkeit, mit der er sie sprach. „Danke. Du auch."

Catcher grinste mich lediglich an, weil ich gesagt hatte, er wäre schön und nicht einfach nur gut aussehend. Er war von innen und außen schön. Genau wie es unsere Gelübde besagten, liebte ich ihn in guten wie in schlechten Zeiten. Ja, er war ein Ordnungsfanatiker, der sich aufregte, wenn ich meine Kleider und nassen Handtücher auf dem Badezimmerboden liegen ließ. Außerdem neigte er dazu, nach mexikanischem oder indischem Essen das Schlafzimmer regelrecht zu vergasen. Er konnte dickköpfig und stur sein und hatte Gefühlsschwankungen wie eine Frau mit PMS. Aber ich liebte jede Facette, die Catcher zu dem machte, was er war. Und jetzt sollte er ganz mir gehören.

Reverend Patterson, mit dem ich mich sowohl

persönlich als auch beruflich gut verstand, lächelte Catcher und mich an. „Liebe Freunde, wir sind heute hier versammelt, um mit Holden Caulfield Mains und Olivia Rose Sullivan den heiligen Bund der Ehe zu feiern."

Nach diesen ersten Worten schien der Rest des Gottesdienstes in wahnsinniger Geschwindigkeit vorbeizurauschen. In der einen Sekunde tauschten wir das Gelübde aus, in der nächsten steckte mir Catcher einen Platinring an den Finger, und schließlich küssten wir uns unter dem tosenden Applaus der Menge.

„Nehmt euch ein Zimmer!", rief Pease von der ersten Bank.

Ich entzog mich ihm kurz und schoss ihr einen mörderischen Blick zu. Nachdem ich mich wieder zu Catcher umgedreht hatte, schüttelte ich den Kopf und flüsterte: „Können wir jetzt einfach mit den Flitterwochen beginnen?"

Er grinste, als er sich vorbeugte, um mir ins Ohr zu flüstern. „Wir müssen zuerst durch den Empfang kommen. Du willst doch nicht verpassen, wie ich dir Kuchen vorne aufs Kleid schmiere und davon esse, so wie ich diese Törtchen gegessen habe."

Das Bild, das mir von seinem von der Sittenpolizei verbotenen Cupcake-Schmaus in den Sinn kam, ließ mich von Kopf bis Fuß erröten. Dieser Mann war der Teufel, der mich einige unreine Gedanken direkt vor dem Altar einer Kirche denken ließ. Gerade als wir den Gang hinuntergehen wollten, sagte Catcher: „Und übrigens. Olive hat mir als Hochzeitsgeschenk ein Fläschchen mit Männlichkeitsverstärker überreicht." Er wackelte mit den Augenbrauen. „Also wird es nachher richtig zur Sache gehen."

Meine einst von Männern vernachlässigte Vagina jubelte vor Glück. Wir waren beide sehr, sehr glücklich, Catcher Mains zu haben. Es war ein harter Weg bis zu diesem Moment gewesen, aber alle großen Liebesgeschichten haben ein paar Drehungen und Wendungen und einen Schwanz … oder vielleicht sogar zwei.

Danksagung

Danke an *Todd Sanders* für die Informationen über Bestattungen und die Führung durch das Hinterzimmer eines Bestattungsinstituts!

Mein Dank gilt auch *Earl Darby*, der sich mit mir zusammengesetzt hat, um meine Fragen im Zusammenhang mit Gerichtsmedizin zu beantworten. Welche literarischen Freiheiten ich mir auch immer für die Geschichte genommen habe, sie spiegeln nicht das wider, was Sie oder Todd mich gelehrt haben!

Vielen Dank an *JB McGee* vom *IndiePixel Studio* für die Formatierung der amerikanischen Originalausgabe. Besonders, da es immer in letzter Minute ist!

Vielen Dank an den Fotografen *Scott Hoover* und das Model *Colby Lefebvre* für das herrliche Titelbild des Originals.

Vielen Dank auch an *Letitia Hasser* von *RBA Designs* für das tolle Cover der Originalausgabe.

Ewige Dankbarkeit gilt *Marion Archer* und *Kim Bias*, die mir helfen, meine Bücher durch Lektorat und Beta-Lektüre zu dem Besten zu machen, was sie sein können. Ihr seid der Wind unter meinen Flügeln und ohne euch könnte ich kein Buch herausbringen. Danke auch an *Kim*, dass ihr täglich nachgefragt und mich vom Fenstersims wieder heruntergeredet habt!

Danke an meine Beta-Leser *Jen Gerchick*, *Jen Oreto* und *Cara Gadero*, die mir geholfen haben, *Drop*

Dead Sexy so gut wie möglich zu machen.

Danke an *Kiki Chatfield* von *Next Step PR* für all ihre Hilfe mit der Werbung beim Erscheinungstermin. Vielen Dank an *Jessica Alderette* für die super Grafiken!

Danke an alle Blogger, die es darauf habe ankommen lassen, ob ich witzig schreiben kann, und sich bereit erklärt haben, *Drop Dead Sexy* zu lesen und zu rezensieren. Ohne euch würde es nicht gehen!

Autorin

Katie Ashley ist *New-York-Times-*, *USA-Today-* und *Amazon*-Bestsellerautorin. Sie lebt mit ihrer Tochter Olivia außerhalb von Atlanta, Georgia. Sie hat eine kleine Obsession für Pinterest, die *Golden Girls*, Shakespeare, *Harry Potter*, *Star Wars*, *Sugarbaker's – Mann muss nicht sein* und *Scooby-Doo*.

Mit einem Bachelor in Englisch und einem Bachelor für Englisch in der Mittelschule und für Jugendliche unterrichtete sie elf Jahre lang Englisch in der Mittel- und Oberschule und gab einige zusätzliche Englischkurse am College. Seit Januar 2013 ist sie als Vollzeit-Autorin tätig.

www.katieashleybooks.com